RUANMENG

阮 萌

25 岁，阮氏集团继承人之一。

从小优秀，但始终被大哥压着，过着恐哥的生活。她乘承着先啃老，再啃哥的生活理念，在阮氏集团好吃懒做。
实际上，她的才华和抱负，绝对不比她的美貌逊色。姐弟恋这种事，她怎么就答应了呢？

WEIZHISHENG

魏之笙

25 岁，专栏主笔、制作人。

从小是大家口中的别人家孩子，后来患上了罕见疾病苏萨克氏症候群，导致记忆力减退，沦为学渣。
病愈后，虽然记忆力和视力、听力都有一定损伤，但是她努力克服困难，成为记者。
她靠日记和影像回忆过去，却唯独缺少了林雾的存在，她忘记了最最喜欢的人。

林 雾

LINWU

28岁，人工智能工程师。

学生时代的学神级人物，毕业后专攻人工智能领域，取得优异的成绩。工作严谨，对外人冷漠，对内则温柔无比，不需要解释他都懂，真·完美情人。撩妹高手，只撩魏之笙。

DINGCHEN

丁 辰

22 岁，高智商问题少年。
一路跳级，学业有成后归国。

看似游手好闲，实际上他是个金融才俊，在国外有一番作为。
上得厅堂——为阮萌打下了无数个分公司的江山。
下得厨房——一日三餐不重复，营养美味千里送，当然只为阮萌。

"如果有一天我忘记了一切，
要记得我深爱着林雾，
要相信他所说的每一句话，
要重新爱上他。"

——魏之笙

大鱼

有爱的青春陪伴者

笙笙喜欢你

Sheng Sheng
Xi Huan Ni

准期拟

著

贵州出版集团
贵州人民出版社

图书在版编目（ＣＩＰ）数据

笙笙喜欢你 / 准拟佳期著. -- 贵阳：贵州人民出
版社，2018.10（2021.4重印）
ISBN 978-7-221-14765-3

Ⅰ.①笙… Ⅱ.①准… Ⅲ.①言情小说－中国－当代
Ⅳ.①I247.5

中国版本图书馆CIP数据核字(2018)第207614号

笙笙喜欢你

准拟佳期 / 著

出 版 人：苏 桦
出版统筹：陈继光
选题策划：大鱼文化
责任编辑：潘 媛
特约编辑：伍 利
装帧设计：Insect 孙欣瑞
封面绘制：鱼疯子
出版发行：贵州人民出版社（贵阳市观山湖区会展东路SOHO办公区A座
505081）
印 刷：北京时尚印佳彩色印刷有限公司
开 本：880×1230毫米 1/32
字 数：191千字
印 张：9
版 次：2018年10月第1版
印 次：2018年10月第1次印刷
2021年4月第2次印刷
书 号：ISBN 978-7-221-14765-3
定 价：44.80元

目录

目录

Chapter1
/ 蜜柚薄荷

♥

阮氏公司杂志部每周一的选题例会上，魏之笙竟然走神了。好半天，她都一直盯着从玻璃照射进来的阳光。空气里尘埃起落，直到万主编第三次拍桌子，她才恍惚回神。她将头低下来，钢笔赶紧在本子上写了几笔，其实她自己也不知道写的是什么，总觉得这样就不会被发现走神。

"这次跟桃源计划的科学家团队合作到底为什么会破裂？"

她其实一直在听，也在思考，对啊，到底为什么呢？

"不是已经签合同了吗？我们只是顺便做个采访，为什么会因为我们而破裂？这不合理，综艺部的锅，我们可不能背。"负责杂志一半版面的刘希问道。她入行五年，在杂志部是数一数二的干将。

"这不光是我们或者综艺部的损失，是整个公司的损失！"万主编沉痛道。

魏之笙点开微博。阮氏已经上了热搜，围绕着一个话题——阮氏集团无缘"桃源计划"。

说起这个桃源计划，她在做采访之前有过了解。

这是一个年轻的科学家团队的研究项目，他们立志于在浮躁的社会之中，利用人工智能建立一个世外桃源一样的地方，在那里，有意想不到的高科技带来生活的便利，不会有走失的儿童，不会有频发的罪案，人们将生活在安全之中。

总之，从项目介绍的 PPT 来看，那是一个非常让人惊艳的项目。阮氏集团非常看重这个项目，专门为此项目打造了一个网络综艺节目，目的是希望能获得注资资格，未来可以分一杯羹。可因为某些原因，上周五，"桃源计划"研究院发来了解约意向，原本今天开始录制的综艺节目也临时叫停。而在解约的前一天，阮氏旗下的杂志部刚刚对桃源计划项目负责人进行了专访，所以大家都猜测是这个环节出了问题，影响了双方的合作。

魏之笙深呼吸了几口气，鼓足了勇气："这件事情交给我吧。"

这声音不大不小，在争论不休的会议室里，突然引起了关注。大家纷纷侧目，看向了坐在最末位的那个专栏主笔，一瞬间，寂静无声。

魏之笙拨了拨额前的碎发，露出一个笑容来："我来处理，我会尽最大的努力，修复这段关系。"

沉默良久，万主编开口道："你们先出去，魏之笙留下。"

魏之笙还是习惯坐在最末尾的地方，她不知道这个习惯是什么时候养成的，但总是在选座位的时候不经意就选择了这里，或许真的如此，一个人的记忆会改变，可是习惯总是无法改变的。

万主编整理了下东西，从桌子那头走了过来，柔声说道："之笙，你的身体可以吗？"

"我没事，能胜任任何工作。主编，交给我吧。"魏之笙微笑，仿佛是想让主编更放心。

的确，她刚休完病假。她在年底的时候连续加班了几个通宵，导致突然晕倒住院，自那以后，她更加怕光，也更容易疲惫，所以现在即便是复工了，也只写点专栏文章而已。

当然，她还是更加喜欢有挑战的工作，喜欢在工作中能够独当一面的感觉。可上次病了以后，无论是家人，还是好闺蜜阮萌都不允许她拼命了。他们最常说的一句话就是，我们希望你得过且过，别那么较真地过一生。

可是她偏偏不想要得过且过……

万主编思考了片刻，她刚才没有说，但这件事的确还是由魏之笙去处理更为妥当。她拿出一张名片，递给魏之笙说："那好，这是林雾的联系方式，以及研究院的地址。"万主编随意往桌面上看了一眼，"还在坚持写日记？"

"记性不好，怕忘。"

从会议室出来，魏之笙看了一眼外面，即便是天空湛蓝，干净剔透，外加微风徐徐，这样的好天气，却怎么也照射不进她的内心来。

她的掌心不由得出汗了，因为她知道合作破裂的原因，恐怕没有人比她更加清楚发生了什么。说来可笑，但其实，她也不明白，为什么会变成这样。

五天前，晚上十点。

万主编下达采访命令的时候，魏之笙刚从小区的便利店出来，头上裹着一条毛巾，里面包裹着湿答答的头发，手里拎着两桶 2L 的矿泉水。她正在家洗头，洗了一半停水了，无奈只好出来买水。

接到这个任务，她着实有些意外，因为她已经很久没有正式出过外采了，虽然以前在部门里她的业务能力确实没话说。说来也巧，负责这个采访的同事突然重病，其他几个有能力胜任的又都在外地回不来，所以万主编只能来找她了。

"好，地址我记下了主编，明天我过去，采访提纲我看过，我等下熟悉熟悉，放心吧。"她说完挂了电话，把矿泉水先放在了地上，飞速打开手机备忘录，记录下了采访对象的信息，她怕自己一个不留神就给忘记了。

魏之笙扶了扶头上的毛巾，然后拎起矿泉水朝单元门走去，掏出门卡，刷了下电梯，按下 18 层。电梯关门，一路专梯上了楼。她开自家门的时候，刚好另外那一部电梯也响了，门缓缓开启，魏之笙瞥了一眼，似乎是个年轻男人，身材高大修长，穿了件灰色的长外套，她在杂志上看过，价格不菲。她家对面是一套复式，非常大，还没开盘就卖掉了，听说是走了后门才买到的。不过一直都没有人住，早几个月有人来装修，魏之笙才知道对面的业主换人了。装修好了，却也一直没人来住。所以她还是第一次见到这一层出现其他人。魏之笙心跳有些加速，她感觉到背后有一道目光注视着自己。她拧钥匙的速度更加快了，却怎么也打不开。魏之笙扭头看了一眼，没想到那人也正在看着自己，眼神交汇的一刹那，他的眼神复杂，复杂到让她不明所以。

见那人从电梯中走出来，快步走向了自己，魏之笙回过头飞快地将门打开，然后哐当一声关上了门。她靠着门，心里七上八下。

门口一片寂静，那人没有离开。

他是谁？真的是邻居吗？不，也许不是。

她打开可视猫眼，发现那个人果然如自己预料，默默地盯着大门。他的手里拿着一本书，露出了书签的一角，是一枚银色的叶子。魏之笙蓦然一惊，她不记得自己什么时候丢了一本书，但是那书签是她的！

突然，有声音响起——那人按下了门铃，在此之前他似乎挣扎了许久。同时她的电话也响了，是她妈妈打来的。

"笙笙，你表弟要回国，你好好看着他，别让他闯祸知道吗？你那边都几点了，怎么还有人按门铃啊？"魏妈妈隐约透露出一点担心来。

"妈妈别担心，是……物业的大姐，大概找我有事，丁辰我会看着处理的，先挂了。"魏之笙挂断了电话。自己家安保系统很好，应该不会出什么意外，只要等天亮以后，跟物业沟通一下就好。

门铃还在响，魏之笙盯着电子屏幕，观察着那个年轻男人。她刚才只顾着害怕，并没有发觉，他是个长得极其好看的人，眉目如画，干净帅气。只是不知道是不是错觉，总觉得那人十分迫切地想见到自己，眼神里不但有愤怒，似乎还带着点悲伤？

门铃一直响也不是办法，魏之笙只好开口道："请问你是哪位，不要再按门铃了，会吵醒我老公的，他上夜班很辛苦。"

门口的人沉默了许久，似乎整个人僵硬了，他用一种难以置信的目光盯着这扇门，然后攥紧了袖口里的拳头，自嘲一笑，说："邻居。"

他转身走到隔壁，按下了密码，开门进去了。

魏之笙揪着胸口衣服的手这才松开，她长长地舒了一口气，竟然真的是邻居吗？太奇怪了，还是要找物业问一下。

一夜浅眠，魏之笙破天荒地没有下楼散步。她不记得是什么时候养成了晨练的习惯，没有运动细胞，就只能散散步了。

吃过了早饭，她打电话给物业，五分钟后，来了一位大姐。她把昨天晚上的情况说了一下，物业觉得不可思议，因为在他们的印象里，1802 室的这位业主很绅士。

"魏小姐，我想这其中应该有什么误会，那的确是您的新邻居，不是什么坏人，请相信我们的安保系统。这样吧，1802 室的业主现在去跑步了，等他回来，我介绍你们认识一下？"

魏之笙揉了揉太阳穴，她觉得头疼，摆了摆手说："好吧，只要他是真的业主就好。"

"不然我们先去查一下监控也可以的，让您先安心。"物业带着魏之笙去保安室看了下监控。在物业的确认下，昨天晚上的那人的确是1802 室的业主，除了敲了一下魏之笙的门，的确没发生什么别的事情。也许真的只是新邻居打个招呼，对方已经搬来快一个月了，作息不同的两个人碰一面的确也不容易。

魏之笙叹了口气，算了，只要对方不来打扰自己，也没什么。她按电梯，开门，回家洗漱化妆准备去采访。

她手里拿着对方的资料，几乎要背熟了。姓名林雾，年龄 28 岁，杰出青年科学家，本科毕业于 A 大计算机系，研究生期间在国外攻读人工智能领域。跟她还是校友，不过早了几届。她在小本子上标注了一下，看来还能凭借这一层关系套套近乎。

换好衣服出门，她一般外采的时候喜欢打扮得成熟一点，黑色的职业裙装，衬得她凹凸有致，高马尾又不失灵气。她对着镜子笑了一下，公式化的笑容，给人亲切感，看起来是一个好的倾诉对象。

推开家门的一刹那，魏之笙愣住了，门口站着一个人，换了一身运动装打扮，正是昨天晚上那个邻居。四目相对的一瞬间，对方似乎有点激动。魏之笙下意识地后退了半步，咳嗽了一声，昂起头仰视那人："麻烦让一让。"

对方没动，还是那样直勾勾地看着她，实在是不礼貌。尽管这个人长得着实养眼，但是她也有些生气了。魏之笙瞥了一眼，竟然发现对门的门框上装了一个摄像头，正对着楼道，自家门口也拍得一清二楚，她瞬间怒了。

"这是什么？"魏之笙指着那个摄像头说。

"监控，你不认识？"对方开口了，声音冷冰冰的，但是还挺有磁性。

魏之笙摇了摇头，不是想这个的时候。

她义正词严道："装这个有必要吗？小区治安非常好。"

"与你无关。"

太气人了，但是公共区域，她还真的是无可奈何。最后她咬了咬牙说："请你以后不要再敲我家门了谢谢！"

"你也一样。"

魏之笙只觉得好笑："我怎么可能去敲你的门！借过！"

魏之笙用力关上门，然后按电梯下楼。变态，我的邻居是变态！

采访的地点在本市科技馆附近的咖啡厅，魏之笙早到了半个小时，正在梳理采访提纲。资料里没有林雾的照片，他以前基本不露面，只是经常发微博，因为科技的魅力，让他拥有不少粉丝。魏之笙给自己点了杯意式特浓，听说从事电子相关行业的人都喜欢喝这个。虽然这个说法没有什么可靠的数据支持，但是万一林雾真的喜欢呢，那么两个人又多了一点可以聊的话题。

魏之笙抿了一口咖啡，苦得惊人。她吐了吐舌头，放下了杯子，嘱咐了一下服务员说："我另外点的那杯晚一点上，客人还没来。"

恰好这时有人进来，站在了她的面前，她赶紧站起来，露出一个标准的社交笑容，并且伸出手说："林先生你好，我是阮氏集团的魏之笙，今天特意来……"

他穿了一身蓝色 Kiton 的新款西装，里面配了件白衬衫，蓝色领带。头发长度刚好，精致又儒雅，他身材高挑，如果不了解，还以为他是专业的模特。棱角分明的一张脸却没有什么攻击性，眼睛深邃且有神，像是混血。同那身十多万的衣服比起来，这张脸更加让魏之笙感到意外，长成这样，男明星都要望尘莫及了。但是更加让魏之笙意外的是……这也太巧了吧！

林雾"嗯"了一声。听得出，他不是那么高兴，但是也没有丝毫的惊讶，难道他一早就知道，两个人会以这种方式见面？

　　她怎么也不会想到，自己要采访的对象竟然是新邻居！她的脑子飞速旋转起来，今天有没有跟林雾起冲突，仔细回忆了每一个细节之后，她觉得，他们那应该不算什么不愉快吧。

　　她稍微放宽了心，即便是先前不愉快，为了采访成功，她也得努力化解不愉快，这才是她能力的表现。

　　魏之笙笑了笑说："真是好巧，林先生竟然是我的邻居。喝点什么？这里的意式特浓不错的。"

　　"嗯。"林雾招了招手。

　　服务员赶紧过来，微笑着问他："今天是蜜柚薄荷，还是微糖少冰吗？"

　　林雾微笑了一下："谢谢。再给她一杯意式特浓。"

　　"好的林先生。"

　　魏之笙撑着下巴的手，有点撑不住了，一是林雾笑起来真是好看，那个词儿怎么说来着，如沐春光，二是她也想喝蜜柚薄荷，谁要喝那么苦的意式特浓啊！

　　"那个……谢谢林先生，不用再帮我点了。"

　　"你不是点了两杯？"

　　魏之笙张了张嘴，来者不善啊！不过没关系，她是有经验的老记者，什么样的狠角色没见过啊！

　　服务员将两杯饮料放在桌子上，淡黄色的蜜柚配上翠绿色的薄荷，冰块在杯子里漂浮着，那颜色相当好看。林雾搅动着冰块，时不时看一眼手表。这是赶时间的象征，魏之笙决定赶紧切入主题，她拿出了录音笔，放在桌子上，打开笔记本摊开一页空白的部分。

"林先生，我们可以开始采访了吗？"

"好啊。"林雾轻声说。他身体微微靠前，修长的双腿随意交叠，以一个极其慵懒的姿势，用胳膊撑着自己的下巴，眼角稍稍下垂，静静地看着魏之笙。

她看得有点呆。说来她也见惯了小鲜肉，按理说不该被林雾的美色所迷惑，可他身上就是有一种独特的气质，让人移不开目光去。她思前想后，这应该叫作文人墨香，他浑身上下都散发着那种大神的光芒！

"怎么了？"林雾问。

魏之笙摇了下头一时口快说："没什么，林先生长得太养眼了，忍不住多看几眼。"

她一向如此直接，演艺圈的人会比较受用，但是一般文化圈的就有点抗拒。她有点后悔刚才的口无遮拦，但好在林雾没什么反应，仿佛习惯了一样。

"林先生，我们开始采访吧。众所周知，林先生是国内知名的青年科学家，是什么让你决定带领团队研发桃源计划的呢？"

"我女朋友。"

魏之笙竖起了耳朵，对方竟然主动爆料，看来有八卦可以挖！她更加精神抖擞，继续追问："林先生的女朋友是给了你什么启发吗？"

"我女朋友很懒。"

这算是什么启发？魏之笙又问："能给我再详细介绍一下桃源计划吗？"

林雾依旧搅动着玻璃杯里的冰块，薄荷叶跟着一起旋转着，他却没喝一口，说："为她提供便利的地方，宠她用的。"

魏之笙觉得自己中了一箭，忍不住开了个玩笑说："林先生，不要再虐狗了好不好，你跟女朋友好好恩爱啊！"

"但是……"他顿了顿。

魏之笙再一次竖起耳朵，转折点来了！她全神贯注，准备记录大新闻，问道："但是什么呢？"

"六年前她把我甩了。"

"……"魏之笙很惊讶，钢笔在本子上杵着，墨迹洇开了一小块。

"你们吵架了？"魏之笙问。

"没有，感情很好。她把我追到手以后，没多久就把我甩了。"

魏之笙有点气愤："始乱终弃啊！太渣了！"

"原来这就叫始乱终弃。"

"所以说，得不到的才永远是最好的！"魏之笙感慨了一番，转念一想，自己这么吐槽也不太好，于是又说，"我最近写情感专栏，有点激动了。看得出，林先生很喜欢你女朋友，还为她专门研发桃源计划，中间是发生了什么曲折的故事吗？"

"是啊，为什么呢？"林雾放下手中的吸管，不再搅动冰块。他凑近了魏之笙，又问了一次，"为什么呢？"

她也很想知道啊！不然这个八卦新闻怎么写呢？她连震惊体的标题都想好了！

"林先生？"她小声提醒对方继续说下去，同时指了指录音笔。

林雾突然站起身，一把抓起桌上的录音笔，狠狠地攥在手里，骨节分明。

魏之笙被他吓了一跳，猝不及防，他又突然俯身下来，眯了眯眼睛，冷冷地说道："魏之笙，还想采访我吗？"

魏之笙点了点头，这是她的工作。

"很好！那就等你想起为什么跟我分手，再来找我！"他说完，将录音笔重重地往桌子上一拍，转身走了。

"林先生！林先生……"魏之笙赶忙追上去，他却已经头也不回地离开了。她被拦在科技馆的闸机外，久久不能回神，她完全蒙掉了。

林雾的前女友……是她？她始乱终弃？她还是个渣女？是不是见鬼了？

Chapter2
/ 金橘果漾

♥

魏之笙想了好几天，也没想起来两个人究竟有什么瓜葛。她特意回了一趟老房子，看看自己以前的那些日记。从小学到大学毕业，记录十分完整，从来没有出现过一个叫林雾的人，他们两个除了是校友之外，没有任何关系了，怎么她就始乱终弃了呢？

魏之笙想不通，大半夜打了一个越洋电话，找到远在美国出差的好闺蜜阮萌。

阮萌刚刚结束了一个会议，被各方领导人压着打，气不打一处来，接起电话之后就大吐苦水。魏之笙静静地听着，合作方看阮萌年轻没经验，欺负她，以为她什么都不懂，这是司空见惯的事。

"你可以尝试，在对方开口之前先介绍，这样他们就不会觉得你是个黄毛丫头了，只抛出专业词汇不行，你记得多说一点数据，把他们绕蒙了就好谈了。"

阮萌一拍大腿："之笙，没有你我可怎么办！我爸脑子一定是进水了，像我这种不学无术的富二代，根本不适合出来带项目，我要赶紧回到杂志部，我就想混日子！"

魏之笙笑了笑，这些年阮萌变了很多。她们有着惊人相似的经历，都是那种别人家的孩子，从小就没朋友，直到初中的时候遇见了对方，于是惺惺相惜，发展为闺中密友。记忆里，是大学后她才转变了想法，从那个兢兢业业学习的别人家的孩子，变成了游戏人间的精灵。阮萌是阮氏集团的继承人之一，还有个亲哥哥在公司掌舵，所以用阮萌的话来说，她完全可以先啃老，然后再啃哥，努力？不存在的。

"对了，我怎么听说你接了个采访，你身体吃得消吗？之笙，你要是不听话，我就给你调部门了啊！你爸妈可是交代过我的，不能让你操劳！"

魏之笙的父母这两年因为工作，不得不去国外暂住，因此把魏之笙托付给了阮萌，阮萌就在魏之笙居住的小区买了套房子。原本想着直接买魏之笙家对面的复式，阮萌软硬兼施，结果业主死活不卖。就在大家都以为业主油盐不进的时候，房子居然易手了！想到这儿，魏之笙开口问道："萌萌，你认识林雾吗？"

"嘟嘟嘟……"电话一阵忙音，阮萌的电话似乎断线了。

再次接通之后，阮萌握着手机的手有点颤抖，她紧张道："是不是树林的林，烟雾的雾？A大神话，今年28岁？"

"你认识他？"

"不认识！"阮萌大喊了一声，又说，"你是见到这个人了？还是他来找你了？或者你想起什么了？到底出什么事儿了啊？"

"怎么了你？"魏之笙被她一连串的问题问得一脸茫然，"没什么事，我就随便问问，林雾是个红人呢。"

阮萌松了一口气，但还是郑重道："魏之笙，你听我的话，躲着这个人点，人品太差！"

"呃……"魏之笙更加茫然了，阮萌怎么如此激动呢？好像两个人有深仇大恨似的，"莫非，你们两个有情感纠葛？"

"胡说八道什么呢！他怎么可能看得上我！"阮萌怒吼了一声。

魏之笙只觉得，这里面有故事，不然天之骄女、用鼻孔看人的阮萌，怎么会对自己如此不自信！

"好啦，你别紧张，我这里没什么事，你先忙工作，有万主编看着我呢，我保证。"魏之笙好一顿安慰，阮萌才放弃了马上飞回来的打算，美国的项目的确比较重要。

只是，魏之笙更加好奇了，这两个人以前肯定认识，或许还闹过一些不愉快。

同万主编对好了说辞，魏之笙还是有点担心阮萌突然跑回来，她觉得这件事自己可以应付，没必要拖上阮萌。

万主编表示理解，欣然答应。

魏之笙在公司办好了外出申请，她预计在搞定林雾之前都没什么机会能够回公司办公了，而林雾看起来相当难搞。魏之笙觉得，现在是一个数学方程式，假设她和林雾真的在一起过，现在这个分手的原因就应该设为 X，她只要解开这道题，那所有的问题就都迎刃而解了。在咨询了几个情感专栏写手以后，魏之笙拟订了几种情人会分手的理由，又顺便跑了一趟综艺部，跟网综的同事开了个简短的会议，拿出了一套针对"桃源计划"最棒的宣传方案，几乎是正常人看到都不会拒绝的方案。一切准备妥当，魏之笙熬了个夜，让自己看起来憔悴一些，然后第二天一早就去堵截林雾。

可千算万算，没有算到，她方才一出门，林雾的身影就消失在电梯口，而她挥了挥手臂，林雾就像没看见她一样，任由电梯关上门，走了。

恰巧在这时，魏之笙的电话响了，她那个问题表弟，正式归国。

魏之笙咬了咬牙，打车直奔机场。

在魏之笙的记忆里，表弟是跟自己一起长大的，从小感情非常好，他很调皮，自从喜欢上相声，偶像变成于谦以后，个人爱好就变成了抽烟、喝酒、烫头，为这三件事，没少挨打，回回都是魏之笙救他。他一直在美国念大学，今年正好毕业。

魏之笙在机场的国际到达大厅，没多久就看见一个穿着白衬衫的阳光美少年走过来，若不是太过了解，肯定会被这副面孔给骗了。

"姐！"丁辰挥着手臂，三步并作两步地跑过来。他张开双臂，正准备给魏之笙一个大大的拥抱，魏之笙一个闪身，让他扑了个空，险些摔倒在地。他也不生气，转身又钩住魏之笙的胳膊，就像小时候那样，晃来晃去。

"两件事，第一件事，你爸妈不同意你回国发展。第二件事，我等下有工作要处理。"

丁辰眨了眨眼睛，抱着手臂问她："所以，你的意见呢？"

"你爸妈的意见我不同意,所以你等下回家买菜做饭,等着我回来,不许乱跑。"

"没问题!姐,我这几年厨艺进步了。"丁辰这话不假,他大学四年一个人在国外,全都是自己下厨养活自己。

似乎,丁辰一直有一手好厨艺。魏之笙也忘了,丁辰为什么会学做饭这件事了,好像记忆里就是这么写进去的。她遗忘的还有很多,比如表弟是怎么从一个小傻子,突然一下子变成学霸的。

"所以,我可以住你家?"丁辰又问。

"你睡我下铺吧。"

丁辰愣了愣:"姐,你买的上下铺吗?就跟你大学那会儿一样的?"

魏之笙但笑不语,两个人先打车回家。在家门口开门的时候,魏之笙回头看了一眼1802室,摄像头好像还会追踪人像,她往左,摄像头也往左。魏之笙咬了咬牙,好气哦,高科技了不起!

换完拖鞋,魏之笙拿出手机,谁还不会监控咋的!可是她找了半天,也没找到对面那个同款的摄像头,最后只能随便买了一个。

丁辰里里外外跑了一圈以后,一脸难以置信地站在表姐跟前问:"你家就一张床,你让我睡床底下吗?"

听到这句话的时候,魏之笙打开了携程,慢条斯理地说:"过来看看机票,是买今天晚上的,还是明天早上的,送你回去。"

丁辰露出了一个谄媚的笑容,说:"家里挺乱的,我打扫卫生吧,我睡书房可以吗,打个地铺就好。"

魏之笙从电视柜里翻出一串备用钥匙,丢给了丁辰:"下午六点钟我下班回来，要准时吃饭，知道了吗？"

丁辰仰望苍天，感慨道："姐，我问题少年这个设定，在你这儿是不是没用？"

魏之笙拍了拍表弟的脸，然后特意拿了帽子和墨镜，戴好出门。

四十分钟后，抵达研究院大门口。魏之笙四处看了看，没有门卫。但是有一间接待室，接待室内有一扇合金材质的门，严丝合缝，研究院里面的光景一丁点都看不到。接待室里面排了不少人，大多数年纪不大，他们在长凳上坐了两排，默默地计算着什么。有人似乎算出了答案，兴高采烈地跑到一个安全扫描装置前，可是随即"嘀嘀嘀"的系统报错提示音响起，然后就见那人垂头丧气地离开了。

魏之笙环顾四周，陆续有人去扫描，只有一个人成功开启了那一扇门，惹得周围的人发出一阵喝彩声。

魏之笙赶紧抻着脖子往里面瞧了瞧，门后似乎是一台电梯，灯光酷炫得不行，怎么看怎么像神盾局的场景。

魏之笙找了个正在发呆的女生问了问："这是在做什么？"

女生今天已经放弃进去了，所以这会儿比较闲，就跟魏之笙介绍道："大家想进研究院，参加桃源计划项目呀！"

"所以这是在面试？"

"差不多吧！你看那边有台电脑，输入你的个人资料，然后电脑会为你随机生成一组密码，只要你生成这个二维码，通过机器扫描，就能进去啦！"

"呃……只有这一种方式可以进去？"

女生点了点头。

魏之笙又问："难吗？"

女生掏出了自己一等学府电子工程高才生的证明材料说："我蹲在这儿算了半个月了，你说呢？"

魏之笙叹了口气，好像难于上青天啊！

"你是专攻哪方面的？"女生问。

魏之笙想了一下此行目的然后说："呃……人际关系。"

女生颇为震惊："人工智能如果连这方面都能够处理好的话，那真是太可怕了！你这个研究厉害了！"

魏之笙干笑了几声，然后去前面的电脑前填资料，死马当活马医，即便是进不去，难道他林雾还不下班吗？

输入姓名、年龄等资料后，系统给了她一组十八位数字。她完全不知道应该怎么计算，也对二维码绘制一窍不通。为了不耽误后面排队的人，她掏出手机，打开自己的付款码扫了一下，嘀，门竟然开了。

魏之笙吓了一跳，差点扔了手机。旁边正奋笔疾书的人登时抬起头来，齐刷刷地看向她。

"答案是什么？"

"呃，应该是数字。"

"运气真好，这题超简单，算法呢？十进制还是十六进制？"

魏之笙："呃……可能是四舍五入。"

大家听得茫然，又问："自动绘图的程序是自己研发的吗？这个扫描仪以前不识别电脑绘图的。"

"啊？哈哈哈，勉强算吧，那个我先进去了……"魏之笙一阵心虚。她也不清楚到底发生了什么事，总之她在大家的恭喜声中进入了研究院。

电梯缓缓上行，魏之笙掏了手机看一眼时间，赫然发现，微信提示成功向 L 先生支付 250 元。什么？魏之笙满脸问号，这是门票钱？

到达 12 楼，电梯门开了，除了一条空旷的走廊，魏之笙没看到其他的东西，周围十分安静，走廊两边都是特殊金属制成的墙壁。

"你好，有人吗？我想拜访林先生。"魏之笙到处看看，发现每隔十几米就有一个摄像头，监控器后面总该有人了吧！于是她站在摄像头前面，挥了挥手，再一次说明了自己的来意。

过了大概一分钟，魏之笙身后五米处的墙壁豁然打开，出来一个年轻男人，穿着一身黑色西装，打着红色领结，瘦小的脸上戴着一副夸张的框架眼镜。

"魏小姐是吧？"

这声音她在电话里听到过，魏之笙点了点头说："高助理？"

年轻男子挑了挑眉，显然没料到对方能猜出自己的身份。两个人对视了十几秒，气氛突然变得很尴尬。

最后高助理指了指自己说："我这身真的那么像助理吗？"

"我听过电话录音，就是你打来取消合作的那通。"

高助理哦了一声："跟我来吧。"

魏之笙跟在高助理的身后，穿过长长的走廊，他按下墙上的按钮，打开了一扇门，然后又是一条走廊。如此转了几圈之后，眼前终于豁然开朗，不再是冷冰冰的金属，而是一扇木门，推开木门，门厅处还修了个鲤鱼池，里面养了十几条金鱼，条条神采奕奕。

"这里不能拍照，别相信什么转发锦鲤之类的。如果真的能成功的话，我早就登上人生巅峰了！ Boss 在里面等你，你自求多福吧。"高助理做了一个请的手势。

魏之笙嗯了一声，把口袋里马上就要掏出来的手机压了回去，又看了一眼池中的鱼，她还没见过这么大的锦鲤呢。

再往里面走，是一个小会客厅，三张香樟木的沙发，一个茶几，上面摆着一套功夫茶具。沙发正对面放了一张实木办公桌，三台电脑。整个办公室的布置飘着浓浓的中国风味，虽然用的家具都不贵重，但是符合研究所的标准，不宜太铺张浪费。她有点无法想象，林雾竟然喜欢这种风格吗，待会儿不会左手盘珠子，右手玩核桃？

想到这里，她忍不住笑了。

"魏小姐似乎心情不错？"

魏之笙循声望去，办公室里面还有一个小隔间，大概是给林雾休息用的。此时门开着，一个人就站在那里，穿着黑色的 Kiton 西装，他好像特别钟爱这个牌子的样子。

长久的互相打量之后，林雾皱了皱眉："找我有事？"

"我来向你道歉。"

林雾唇边荡起一个讥讽的笑容，从休息室缓缓走过来，站在魏之笙的跟前，距离近得有些冒犯。他轻哼了一声："错哪儿了？"

这话问的，魏之笙听了委实生气，她压根就没有错，但是还得来道歉，真是好气哦！

本着职业操守，她耐下性子，放低身段，微笑着说："林先生，我这个人脑子不太好，经常丢三落四，做了什么冒犯您的事情，千万别往心里去。阮氏传媒特别重视您这个项目，拿出了最优质的资源，您可不能因为我一个人就不推广这个项目了，我了解过，这个项目特别有市场前景。目前国内，没有比我们阮氏更适合推广这个项目的公司了。"

"哦。"林雾不慌不忙，漫不经心地回了一句。

魏之笙继续赔着笑脸："如果先前的计划您不满意，我们可以重新制订方案！"

林雾这次连一个哦都没打算给的样子，手指有节奏地叩击着桌面，嗒嗒嗒的声音像鞭子一样抽在魏之笙的心里。

她咬了咬牙，跟我玩心理战是吧！不能输！

"我请您吃饭，权当是赔罪了。林先生意下如何？"

林雾瞥了她一眼，那脸冷得几乎要把人冻住。他张了张口，看样子不打算说什么好话，好在魏之笙眼疾手快，先他一步赶紧说了："一顿简单的家常便饭！林先生务必不要有压力，也不要嫌弃！就在您家对面。"

"你会做饭了？"林雾似乎在想着什么，面部表情缓和了许多。

简单的她倒是会一点点，不过绝对拿不出手罢了。她眨了眨眼睛："您尽管尝尝，一起下班如何？"

林雾抬手看了一眼时间。出于职业的习惯，魏之笙也跟着扫了一眼，那块表价值近百万，她在心里呐喊了起来，这绝对是一位身价不菲的主啊，金钱道歉看来是没用了，还好她及时调整策略，打感情牌！

"小高！开车回家。"林雾按下扬声系统，朝外面喊了一句。

高助理已经等在门口了，手上拿了一串车钥匙。三人从后门出来，远远地看见研究院的正门前还有很多人在排队。

"这里的招聘方式还蛮特别的，是智能研究院特有的吗？"魏之笙问。

"是Boss想的办法，能够通过第一道门槛，才有资格进来面试。有些人口才极好，说得天花乱坠，可实际上资质平平，把心思都用在吹嘘上了。这个测试，也是为我们省去一些麻烦，我们这个研究院虽说是企业注资，但是这种科研项目也是政府扶持的，不养闲人。这个原理呢就是……"高助理开始侃侃而谈，顺便给魏之笙讲了许多以前的趣事。魏之笙听得很认真，偶尔还拿笔记录一下。

两个人交谈了近十五分钟，林雾终于忍不了："魏小姐对这些话题没有兴趣。"

魏之笙摇了摇头："不会，跟高助理聊天很有趣。"

高助理神采奕奕，研究院平时很安静，人往往只跟机器对话，偶有交谈，那也是Boss在怼人。

"魏小姐是我的知己！"

林雾揉了揉太阳穴说："她除了常用办公软件，其他一概不碰，她连系统都不会装，你确定她对你的算法感兴趣？"

高助理意兴阑珊，闭上了嘴默默开车。

魏之笙微微诧异："你怎么知道？"她不得不承认，林雾说的都是真的，她几乎是个电脑白痴。

林雾狠狠地瞪了她一眼，然后呵呵了两声。

魏之笙怎么忘了，他之前说过的，他们在一起过。她有点相信他的话了，简直神了！

到达小区楼下，高助理面露难色，小声请示林雾："Boss 明天我不来接你可以吗？家里有点事情。车我给您留下？"

"你开走，我又不会开。"

魏之笙灵机一动："那明天早上我送林先生吧，反正也顺路。"

"好。"

魏之笙向来欣赏干脆不做作的人，跟外面的戏精就是不一样。

两人一起乘坐电梯上楼，电梯里有点安静，魏之笙最怕场面尴尬，想起那天晚上林雾敲门的事，随口说了句："那晚真是不好意思，没给你开门。"

"我知道，你老公睡了。"

"呃……"提起这个理由，魏之笙脸红了几分。她其实只是警惕震慑而已，告知对方自己不是一个人在家，并且是有战斗力的。

叮！电梯到达，她家的大门竟然是敞开的。似乎是听到她回来了，里面冲出一个张牙舞爪的人来。白色长款 T 恤衫，下摆扫在大腿处，脚上蹬着一双咖色人字拖，由于拖鞋比较小，他只能踮着脚，手里还拿着锅铲。

"你总算回来了，没有酱油了，你快去打酱油。"丁辰火急火燎地说完，这才发现魏之笙并不是一个人回来的，身旁那个人西装革履，皱紧了眉头，是记忆中的那张脸，却也跟记忆不太一样了。他猛然间回想起了无数画面来，仿佛是陷入了黑暗的深渊里，然后在一瞬间收起了张牙舞爪的样子，他只想尖叫一声赶紧离开。

魏之笙嫌弃地看他："你怎么不穿裤子就出来了？"

林雾扑哧一声笑了。丁辰扭捏地低着头，像一个做错事的孩子，弱弱地说："我里面穿短裤了。"说完他还掀了下衣摆，的确里面有一条运动短裤。

真是家门不幸啊！魏之笙摇了摇头。

三个人杵在楼道里。

静默了几秒钟，魏之笙咳嗽了下说："介绍一下，这位是林雾先生，对面的邻居。这位是……"魏之笙又看了一眼丁辰的打扮，想起那天晚上说的话，于是硬着头皮咬着牙指了指丁辰说，"这是我老公。"说完她自己都没眼看，只想赶紧回家。

"哦？"林雾唇边扬起了一抹讥笑。

林雾意味深长地看了一眼丁辰，丁辰像是被开水泼了一样，整个人跳起来，大叫着："姐，姐，姐！你不要乱说！我是你弟啊！你别害我，别害我啊！"

魏之笙从没想过会被这么快打脸，赶紧掐了丁辰一把："姐弟恋，呵呵呵，对对，姐弟恋。"

"结婚了？"林雾说这话的时候，看向的却是丁辰。

丁辰赶紧玩命地摇头："没有没有，怎么可能，我今年才 20 岁，不到法定年龄啊！"

魏之笙哈哈大笑，暗地里又掐了一把丁辰："他外国人，不讲究的，我喜欢嫩的。"

丁辰嗷一嗓子尖叫起来，然后想死，非常想死。

林雾拍了拍丁辰的肩膀，差点把丁辰的腿给拍软了。

丁辰整个人开始瑟瑟发抖，抬头飞快地向魏之笙传递过去一个委屈的眼神，然后说："我去买酱油好了。"

"我家有，我去拿。"林雾说。

"这怎么好意思呢，我去买吧，你先在我家坐一坐。"魏之笙说着从包里翻出零钱来。

丁辰赶紧拽住她，拼命使眼色："林雾哥很忙的，姐你不要强人所难。"

林雾一眼瞥过去："似乎不太欢迎我？"

"我我我……"丁辰牙齿开始打战了。

魏之笙踹了他一脚，又笑着对林雾说："怎么会呢！特别欢迎，我老公他年纪比较小，但是学习成绩特别好，跳级毕业的呢！那个，不然去你家拿酱油吧，早点做好早点吃。"

林雾哦了一声，留下一个意味深长的眼神，然后转身去按密码指纹锁。丁辰小声质问表姐："你要干什么？"

魏之笙："你为什么害怕他的样子？认识吗？"

丁辰："我……"

魏之笙拍着他的肩膀耳语道："我说你是我老公，你别给我拆台，听见了吗？"

丁辰一副慷慨就义的样子："来不及了。他是我以前的家教老师，他很了解我的。我怕是没有命帮你圆谎了。"

"你怎么不早说！"魏之笙心里万分悔恨，果然撒谎是不对的。她快跑了几步，进了林雾的家门。

林雾拿了双拖鞋给魏之笙换："你随便坐，我一会儿就来。"

这是小区内最大的户型，使用面积差不多有四百平方米，宽敞舒适，空气里还有沉香的味道。同林雾的办公室一样，弥漫着古色古香的气息，只不过家具和装修更加考究。一楼客厅的那一组沙发是檀木制成，楼梯扶手上还有雕花，像是几百年前的大户人家别院。她用力嗅了嗅，那股香味似乎是书墨的气息，她觉得心旷神怡，对这种调调，她喜欢极了。

林雾拿了一瓶新的酱油出来，魏之笙上前两步说："林先生家的装修真漂亮。实不相瞒，原来这套房子，我朋友一直想买，可是总也联系不上业主。"

"房子买了有几年了，一直没回来住，两个月前刚装修好。"

魏之笙感到诧异："现在很少有年轻人喜欢这么古典的东西了。"

"我女朋友喜欢，按照她的喜好装修的。"

"你女朋友品位真不错，你对她真好，她一定很幸福。"

"所以，你到底为什么离开我呢？"

林雾目光灼灼，不知何时，她已经被逼到门厅的墙角处。

魏之笙不知所措，开始暗暗后悔刚才的八卦之心。她怎么忘了，自己可能是当事人之一呢！

"该吃饭了。"魏之笙小声提醒。

"好。"

回到魏之笙家，丁辰果然已经做好了饭，只差酱油做个凉菜了。丁辰换了一套规规矩矩的衣服，站在餐桌旁。

"坐吧。"魏之笙说。

丁辰没动，林雾和魏之笙都坐下了，林雾看了他一眼说："你坐吧。"

丁辰露出了笑脸来，特别谄媚地说了句："谢谢哥。"然后把凳子往魏之笙那儿挪了挪，坐下了。

林雾一眼横过去，丁辰又默默地靠近了林雾，林雾紧绷着的冰块脸这才融化了一丝。

魏之笙对这桌菜还是非常满意的，丁辰果然也只有这个拿得出手。

魏之笙献宝一样："快尝尝，丁辰是'新东方'校友。"

林雾眼前一亮："尝尝！"

丁辰咬了咬牙说："我那是英语补习班，英语英语！"

"林先生想吃什么，回头可以让丁辰专门做给你吃。"

"蛋黄南瓜。"林雾说。

魏之笙兴奋道："我也是，我也是！天哪，我们口味都一样，好巧哦！"

"不巧。"林雾放下了筷子，抬眼看着魏之笙说，"因为你曾经强迫我吃了半年，习惯了而已。"

"哈哈哈，好像，好像是有点印象哈。"魏之笙十分尴尬。她完全不记得，可是一味地否认会让人更反感，她觉得自己大概是穿越了。为了掩饰自己的尴尬，她随便夹了一口菜，在放进嘴里之前，林雾握住了她的手。

"做什么？"魏之笙不解。

"有苦菊，你苦菊过敏。"

魏之笙茫然地看了丁辰一眼："我苦菊过敏吗？"

丁辰思考了一会儿，然后猛然间拍了下脑袋说："对不起，姐，我给忘了！"

魏之笙忽然有一种心里发毛的感觉，林雾怎么什么都知道啊？

吃完了饭，林雾没有马上回去，他提出由他来洗碗，魏之笙当然不能答应，必须要抢着洗碗。在魏之笙打碎了两个碗以后，林雾按住她的肩膀，打开冰箱，顺手给她调了一杯饮料，是金桔柠檬，微糖去冰，她喜欢的口味。

"老实待着。"林雾说完挽起袖子去洗碗了。

魏之笙有点心疼他那身名贵的西装，咬着吸管，盯着林雾的背。

"林先生，桃源计划如果实现了，我们人类还需要洗碗吗？"

"事实上现在有洗碗机，人类可以不必自己洗碗。"

"我的意思是，能不能更便捷一点？"

"机器人管家会帮你打理好一切家务，人类不必再为了琐事花费时间，时间更应该用在享受生活上。"

魏之笙若有所思，暗暗记下了，又说："这个点很棒，我们可以做成一个微电影来宣传！解放双手，解放生活！林先生，阮氏传媒肯定能把你的项目推出去！合作的事情再考虑一下吧！"

林雾放下手里的盘子，洗干净手。

"我说过，只要你说出为什么要跟我分手，我就考虑继续跟阮氏合作。"

魏之笙瞬间丧气，她放下水杯，站起身说："我想我们之间可能有误会。林先生，我对你所说的过去完全没有一丁点印象。你可能认错了人，我或许很像她，但我肯定不是她。"

林雾嗯了一声："你尽管编，相信你算我输。"

"不是，你这个人怎么不听劝呢？"魏之笙万般无奈，她该如何叫醒一个装睡的人？

"我想要一个答案。"

"我可以先给你一个方案。"魏之笙赔了笑脸，拿出自己熬夜做的项目推广方案。

林雾没有反对，她就直接讲了一遍，讲完以后问："林先生有什么不明白的地方吗？"

"没有，做得很好。"

"我们阮氏传媒还可以做得更好，我会再继续优化这个方案的，林先生如果忙的话，节目的档期我联系您助理敲定如何？"

林雾伸出了手，魏之笙几乎是下意识地帮他整理袖子。林雾慢条斯理地说："我还是那句话，只要你告诉我答案，我就跟你们合作。"

魏之笙咬了咬牙，沉吟片刻："这是你说的！我就给你个答案！"

林雾冷笑一声："愿闻其详。"

"等我想想。"魏之笙有点生气，怎么会有这样的人！

送走了林雾，丁辰才颤颤巍巍地出来。他一直躲在书房里，感觉自己不能呼吸了。他万万没想到，这么久过去了，还会再见到林雾，他以为自己已经从被林雾补课调教的阴影里走出来了，可实际上根本没有！

他正在严肃地考虑是不是回美国去，继续进修也行，任何可怕的教授跟林雾比起来都是喜羊羊！

魏之笙又失眠了，门缝总能透进来一丝光线，她现如今已经发展到有星光都睡不着的地步。魏之笙带着不悦和满心的疑惑，开门出来，丁辰正埋头苦读，奋笔疾书。

这着实是让魏之笙惊讶了一把："你干吗呢？你不是不爱学习吗？"

"你不懂。"丁辰含恨道。

她或许懂了："因为林雾？你跟林雾发生过什么？"

"没什么，我初三的时候他给我补课，就是太苦了。姐，你别问了，我不想回忆。"丁辰遮遮掩掩，明显不想说太多。

魏之笙比了个 OK 的手势："那好，我不问你们的故事。你告诉我，我跟林雾发生过什么，他为什么说我把他抛弃了？"

丁辰整个人开始惊慌失措，口齿不清道："我不知道，我不清楚，我高中就出国了你知道的。"

"是不是跟我生病休学有关？"

丁辰支支吾吾："可能吧，我不太清楚，要不你问问阮萌？"

魏之笙沉默了。她没有办法现在去打扰阮萌，现在是她事业的关键期。所以他们是真的在一起过，否则丁辰会直接否认，而不是言辞闪烁。她已经无法找回那一段回忆了。六年前，她患上了罕见病苏萨克氏症候群，忘记了一切，每一天都像是刷新的人生。经过长时间的休养和治疗，她逐渐能够像正常人一样生活。对于过去的那些记忆，她只有靠过去的日记来回忆，她重新认识家人朋友，从他们的口中了解过去，像是在听故事，只是心境不同罢了。

日记里没有林雾，可能是因为他们的感情很淡，也可能是当时他俩的爱情还在萌芽阶段，不管是哪一种可能，既然还有遗憾，她好像有这个责任来解惑。

好吧！不就是要个答案吗，她给一个就是了！

Chapter3
/ 柠檬养乐多

♥

　　一大清早，丁辰就被叫起来。在得知自己要去为林雾拦车之后，他敢怒不敢言，于是顶着个鸡窝头就出了门，寒风瑟瑟一站就是一小时。

　　魏之笙并不知道林雾几点要出门，只好早早起来，在门口蹲点。快到八点半的时候，她去敲了敲林雾的门，一分钟后他来开门，已经穿戴整齐，换了一身西装，仍旧价格不菲。

　　"早安林先生。"魏之笙微笑着打招呼。

　　"有事？"

　　"送你上班呀！昨天说好的！"

　　魏之笙并不会开车，本来应承下来这件事，只是为了套近乎。

　　"你方向感一向不好，竟然也能考到驾照吗？"林雾问。

　　"呃……反正我有办法！"

　　魏之笙给丁辰发了个微信，提示目标已出门，赶紧拦车，直到两个人在楼下等了五分钟，丁辰才回复了两个字，没车。

魏之笙无比尴尬："早高峰，我本来想打车送你的。"

"没关系，我送你好了。"

"嗯？"

两个人又回到了电梯内，下到负一层，转了一个弯后，林雾按下了车钥匙，一辆新款银灰色的跑车车灯亮了，只是这车没有车标，就连跟各种广告商打过多年交道的魏之笙，也认不出这是哪个牌子的新车。

"上车。"他说。

"你不是说你不会开？"

"这车不需要我开。"

"嗯？"

魏之笙系好安全带，给丁辰发了个微信让他回家。车内很宽敞，也很舒适，因为好奇，所以她一直在打量这辆车，她总觉得这车有哪里不一样，却又一下子没想起来。

林雾也系上了安全带，然后掏出了一个平板电脑，开始处理文件。与此同时，他说了一声："去阮氏传媒大厦。"

紧接着，车子启动，嗖地开出了地下停车场。

魏之笙的心咚的一声，她终于发现这车哪里不一样了——没有方向盘，没有手刹！

"林先生，这车……"

"AI（人工智能）在开，它会自己规划路线。"

魏之笙拍了拍胸口。她只在电影里看过这样的桥段，现在也只能笑一下掩饰自己的尴尬。她忽然对林雾生出了几分好感来，按照林雾的衣品，他是个喜欢低调的华丽的人，这车从外观看也不招摇，那么他要求住在研究院附近的高助理每天接送自己的原因……

"林先生，我会相面。"她开口。

林雾从后视镜里瞥了魏之笙一眼，不冷不热的一个眼神，让魏之笙没捉摸透，不过没阻止她，那就说下去。

"我觉得林先生是一个很暖的人，为别人考虑很周到，却不会说出来。"

"继续。"

"高助理住在研究院的附近，你却让他每天开车接送，肯定是因为他平时考勤不好，而你们对这方面管理非常严苛。你为了他不被踢出局才那么做的。"魏之笙最近恶补了很多心理学方面的书，说起这种话来一套一套的，她相信总有一句话能够戳中林雾。

一直专心看平板电脑的林雾终于扭头看了魏之笙一眼，然后按下了车内的一个按钮，汽车手扣直接打开，里面缓缓升起一个方向盘来。他说："这车没有投放到市场，当然不能开出来。"

说完，林雾把手放在了方向盘上。

魏之笙朝外瞥了一眼，交警车刚好路过，等它走远，林雾又按了下按钮，方向盘缩了回去，他继续看平板电脑工作。

魏之笙："……"

转了个弯，车自动停了。

"你到了。"他出声提醒。

"真快呀……"魏之笙有些懊恼，怎么没早点开口，林雾这车也太快了吧，正经事儿还没聊呢，白起个大早了。

林雾解开安全带，下车绕到一旁，替魏之笙拉开了车门。

她踟蹰着，不能就这么完了。她在包里随便摸了个东西出来，扔在了座椅旁边，然后解开安全带。

"谢谢林先生送我，为了感谢你，我请你吃早饭，我们这里的餐厅很有名。"

阳光下的林雾听着魏之笙轻快的语气，他已经很久没有听到她如此愉悦的声音，他怀念过、想念过，可是在这一次重逢后，只觉得分外刺耳。

他走近了一步，他的影子像一片阴霾一样投下："你觉得我们很熟？"

魏之笙有些哑口无言，她明白过来，好像有些人是会伸手打笑脸人的。不过，比林雾脾气更坏更加不讲理的人，她也不是没有见过。

仍旧是那张笑脸，魏之笙坦荡地说了声："可惜了，餐厅的大师傅可是远近驰名的，林先生，回见。"

她摆摆手，率先离开了。

魏之笙在公司的餐厅吃了个早饭，顺便刷了一下新闻，头条赫然是女子偶像组合成员小欣自杀。这位组合成员在半年前被曝出诸多丑闻，大家口诛笔伐，没有人肯听她的辩解，她因此患了抑郁症，退出娱乐圈，可没想到事情还没有结束。而后但凡社会发生类似的事情，言谈间都少不了要带上她，终于在六个多月以后，花季少女跳楼自杀了。

嘎嘣！魏之笙捏碎了手里的方便筷子。她内心生出无法抑制的愤怒以及悲痛，她正是因为这件事从电视新闻转到了杂志部。

"好久不见。"穿着黑色职业套装的女人路过魏之笙的餐桌，停下来打了个招呼，脖子上挂着蓝色的工牌，写着记者黄洛洛。

魏之笙站起身，怒视着她："人渣！"

"你说什么？"

"小欣自杀了！是你逼的！你难道一点都没有愧疚吗？"

黄洛洛瞥了一眼报纸上的新闻，神色瞬间凝重起来。她拿起来仔细翻了翻，然后恢复了平静："我只是做了一个记者应该做的事情，如果都像你那样，对方说几句好话、卖卖惨你就不报道了，那这个世界上还会有新闻吗？"

"可你报道的根本就不是事实！添油加醋，诱导大众！"

"白开水一样的新闻永远不会有人关注，明星嘛，本来就是用来娱乐大众的，怪她自己没本事。你什么都不懂，所以出局了，而我是王牌。你提醒得正好，我回去写一篇小欣的回顾报道，点击量应该随便就破千万了！"

魏之笙攥紧了拳头，旋即又松开，露出了一个讥讽的笑容来："你所做的一切，都会要付出代价，并且非常惨！"

魏之笙生了一肚子气，回了办公室。

同事们一窝蜂地凑过来问："早上含情脉脉目送你上班的帅哥是谁啊？"

"你们看错了吧？"

"怎么可能呢！身上穿了'一百来万'呢，我一个做商务的，能看错？"同事肖敏说。

魏之笙连忙摆手说："我的意思是，含情脉脉这个看错了，对方是公司的祖宗，我们得求人家办事儿呢！"

"你就编吧！靠着车看你的眼神温柔得要出水了，我都脑补出一出虐恋情深的戏码了，你还说没关系！结婚请我吃喜糖啊！"肖敏笑嘻嘻地说。

魏之笙忍不住笑了："我这儿缺个写手，你要不要试试？我觉得你做商务屈才了。"

"喊！"

同事们见魏之笙嘴太严，也挖不出什么八卦，就散去了。

微信上好几条消息，都是原来人工智能节目组那边来催问结果的。魏之笙暂且把黄洛洛的事情放到一边不去想，赶紧回复道：正在努力，林雾会回来的。

她翻出自己的包，仔细看了看，笔、本子、化妆品都在，她到底把什么扔林雾车上了？

魏之笙抓了抓头发，简直要爆炸了，她原本设计好了，扔下个东西，打电话去询问有没有捡到，如此就能很自然地再见一面，顺便聊聊工作的事情。可现如今，她怎么都想不起来当时自己扔的是什么东西，这可怎么办？

下班后魏之笙早早回家，却没想到，对面一整晚都安安静静的。林雾是没有回家，还是动作太轻了自己没听见？她犹豫再三，决定过去敲敲门。

丁辰忍不住开口："姐，林雾哥出差了，下午回来收拾的行李，你就别鬼鬼祟祟的了。"

"我什么时候鬼鬼祟祟了？我在我自己家，怎么能叫鬼鬼祟祟呢？"魏之笙反驳。

正在洗碗的丁辰忍不住笑了："林雾哥果然说得没错，你心虚的时候就喜欢吼人。"

"你别胡说八道，我跟他才认识几天，他怎么可能跟你说这种话。"魏之笙用力关上大门，"好好洗碗吧你！"

林雾出差了，走了一个多星期，魏之笙打过几次电话去研究院，高助理也不在。另一边网综还一日三催，饶是魏之笙心理素质好，也有点扛不住压力了。她买了两个果篮，拿到物业办公室，给她住的这栋楼的物业大姐送去了。

"大姐，你知道1802林先生的联系方式吗？我有急事找他。"

大姐用一种警惕的眼神看了看魏之笙，公式化地笑了笑说："是他家漏水了还是煤气忘记关了有异味啊？"

"啊？"

大姐啪的一声合上了本子说："都好几个单身的女业主来我这里问了。"

"大姐你误会了，我是真的有事！"

大姐继续微笑："都这么说的。魏小姐，我们物业不会透露业主资料的，这一点也请你放心。"

"我跟他是朋友！"

"那你怎么还问我要电话？"

"我……"魏之笙十分不好意思地笑了。

身后突然有人说了句："手机给我。"

"哎？"魏之笙回头，看见林雾正站在自己身后，西装外套搭在手臂上，旁边放了一只行李箱。她一脸蒙地把手机递了过去，林雾随便按了几下，成功解锁了。

魏之笙侧目，高科技人才果然厉害！

"林先生，已经有好几家业主问了，建议您回家一定要注意安全，大家反映有漏水和煤气侧漏的现象。"物业大姐说道。

"谢谢，我在监控里都看过了，一切正常，可能是业主们搞错了。"林雾边说边在魏之笙的手机里输入了自己的号码，然后拨通了，他手机的屏幕上闪烁的是魏之笙的名字，而魏之笙的手机上显示的却是一串数字。林雾抓着手机的手，指尖开始泛白，整个人阴郁得像是快要下雨一样。

魏之笙扫了一眼那个号码，随口说道："林先生这个号码很顺呀，是靓号吗？"

"用了六年，情侣靓号。"林雾说这句话的时候，脸上的表情更加难以捉摸。

魏之笙一下子没反应过来，还夸了一句："难怪呢，这个号码真不错。"

"的确不错，所以，另外的那张电话卡，你如果不用的话，什么时候还给我？"

"啊？我……"魏之笙有点冒汗，怎么聊着聊着，就欠债了呢？她上哪儿去找这张电话卡去?

林雾冷笑了一声,没继续追问,只说了句:"回家吗?"

魏之笙赶紧点点头。

林雾转身走了,魏之笙小跑跟上。

物业大姐还沉浸在情侣卡的八卦当中,突然眼前这两人消失了,赶紧追出来说:"魏小姐,有一个你的快递,好几天了。"

"哦,谢谢。"魏之笙接过来,电梯门刚好打开,两个人并排站着。

电梯里手机嘀嘀响了,是一条微信。

魏之笙向林雾看去,她的手机从刚才开始就一直在林雾的手里,他好像忘记还给自己了。

林雾正准备递给魏之笙的时候,不小心看到了那条微信的内容:搞林雾有难度吗?你不是说你可以吗亲爱的!

"呃……"魏之笙顿时心虚,也没注意林雾给手机的姿势,她一个没拿稳,手机直接掉在了地上。她弯腰去捡的那一瞬间听到林雾说:"搞林雾?你指的什么?"

魏之笙僵硬了,缓缓直起身,也顾不上捡手机了,解释道:"不是那个意思。"

林雾上前一步,衣服随手扔在了行李箱上。

"什么意思?你倒是说说看。"

魏之笙后退了两步,背靠着电梯门。她双手抵在胸前,仰视着他:"只是说的合作,林先生不要误会。我没有别的意思……"

嘭!林雾用力一推,双臂撑在电梯壁上,将她困在身前,目光狠辣,冷冷道："魏之笙，你到底哪句话是可信的？"

"我……"魏之笙咬了咬牙，身为一个记者出身的专栏文案，她词穷了！她到底心虚什么，她理亏什么，她明明没做错什么啊？可是看见他那双眼睛，以及听到他质问的语气，就一句话也说不出来了。这是病啊，她得治治。

就在魏之笙鼓起勇气，想跟他唇枪舌剑的时候，突然间电梯的广播响了，物业大姐在监控室问道："林先生你还好吧？没有什么危险吧？"

林雾收回了手，方才他大概是不小心碰到了呼叫按钮，他转身对着摄像头说："我没事，谢谢。"

魏之笙松了口气，也冲着摄像头说了句："我也没事。"

"哎哟，跟林先生在一起能有什么事呀！●物业大姐小声念叨了一句。

魏之笙瞬间恼火，那跟她在一起林雾能有什么事啊，她难道不是更应该被担心的那一个吗？

"林先生千万注意安全，物业会把所有的陌生女访客都拦住的。"

"谢谢。"

魏之笙狂翻白眼，人气高了不起。

电梯缓缓上行，林雾没有再说话的欲望，像是累极了的样子，魏之笙也不好开口。

电梯门开了，魏之笙家的门也开了，丁辰刚好出来扔垃圾，看见林雾后，习惯性地就想跑，典型的做贼心虚。魏之笙用力挥了下手："跑什么啊？"

她忘记了手上还有个快递，更没想到盒子的胶带开了，里面的东西直接在空中划出一条抛物线。

一个摄像头安静地躺在地上，林雾和魏之笙同时看见了。林雾那探询的眼神仿佛在质问她，你买摄像头想干什么？

"呃……拍……错了。我是想买个电脑，呵呵呵……"说完她就后悔了，这不经过大脑的谎言就是不行，电脑和摄像头价格差很多，怎么会买错呢？

丁辰抬头看了一眼林雾家门口的摄像头，真是高端大气上档次，再看看他姐买的这个，真是低端简陋有点土。

"这种摄像头不安全，随时可能被入侵利用。最好别用。"林雾说道。

魏之笙狂点头："对对对！我也不是想买这个，我要买电脑，那个，我赶紧去下单，晚了被抢光了。"她赶紧往家里跑，一边跑一边在心里呐喊，让你撒谎！让你撒谎！

"等等。"林雾叫住了她。

他弯腰捡起魏之笙掉在地上的手机，翻过来一看，屏幕裂了。他走了两步，放到魏之笙的手里，说："赔你个新的。"

魏之笙看了一眼手机屏幕从底部裂到顶部的无法修补的裂痕，内心是崩溃的。她摇了摇头说："不用了，林先生，是我自己不小心。"

"明天早上我来找你，我从不欠别人东西。"说完回家了。

魏之笙做了一晚上的噩梦，梦里有人追着她到处跑，被微信吵醒以后发觉噩梦成真了。网综的同事给她一连发了十二个委屈巴巴的表情。

好啦，她知道了，她会努力的好不好？

没过几分钟，有人敲门。丁辰不在，她只好自己去开门。

"林雾？有事吗？"

此时，林雾穿戴整齐站在门口，灰色的毛衣开衫，潇洒且不失朝气，跟他穿西装时的样子简直判若两人。

"买手机。"他说。

魏之笙抓了抓乱糟糟的头发，扫了他一眼，又看了看邋遢的自己，不好意思地笑了笑说："那你陪我去，我自己付钱。我去洗漱一下，五分钟。"

"家里有鸡蛋吗？"

"啊？有吧，都是丁辰做饭。"

"我看一下。"林雾换了鞋，去厨房，魏之笙好奇他要做什么，"吃了早饭再去，不然你会低血糖。"

魏之笙脱口而出："你怎么知道？"

林雾的脸色瞬间像冰箱一样冷，他没有回答，打开冰箱挑选了几样食材。

"我去洗漱……"魏之笙说完落荒而逃。

等她洗漱出来，早餐的香味已经飘到鼻尖了。

"做的什么？哇！好丰盛！"

林雾做了蛋裹馒头片，炸成了金黄色，还有煎蛋和火腿。

"这个煎蛋怎么这么小呀？"魏之笙戳了戳。

"你每天吃一个鸡蛋就可以了，吃太多不好，馒头片和煎蛋正好是一个鸡蛋。"

"那我不客气啦！"魏之笙坐下来吃早饭。她没想到林雾厨艺不错，这个看起来很简单，但是蛋液怎么挂在馒头上，以及炸出来是什么样子，都是很考验技术的。她虽然还没想起两人的过往，但光就这口馒头片来说，相见恨晚啊！

林雾看着她吃东西有点出神，好像回到了很久以前，他强迫自己冷静下来，冷冷地说了一句："吃饱了出门。"

"哦……"魏之笙恋恋不舍地离开了餐桌，洗干净手跟林雾出门。林雾这人长得虽然好看，但脾气时好时坏，心情就跟坐过山车一样，跌宕起伏且毫无征兆！

周末出行的人很多，他们在路上堵了一会儿。魏之笙想起自己那不知道丢的是什么的东西，好几次伸手在副驾驶的座椅下摸来摸去，但是什么都没有找到，林雾这车干净得就跟新车似的，一点杂物都没有。

"你怎么了？"在魏之笙第四次抠椅子的时候，林雾问道。

"啊？没什么！太喜欢你这车座的质感了，忍不住多摸几下，哈哈哈……"

她承认这个理由有点太低端了，以至于林雾像看神经病一样看了她好一会儿，还好绿灯亮了，不然她想下车了。

"我们去哪儿买手机？"魏之笙摸了摸自己的钱包。她已经经济独立，拒绝家里的补助，自己工作后攒钱买了房子，正在努力还贷中，所以本质上是个穷人。

"科技馆。"

"哦哦，那就好。"魏之笙放心了。科技馆是本市比较大的一家电子产品展览商场，经常办各种产品的展览会，也卖东西，经营的大部分都是国产，价格公道。她这每个月要还房贷的人，太贵还真是承受不起，如果去什么苹果专卖店之类的，她就要想办法开溜了。

十分钟后，目的地到了。

林雾停好车，从科技馆的后门进去，直接刷的指纹。轻车熟路，看来是常客。

电梯上七层，牌子上提示着未来科技馆，从踏出电梯的那一刻开始，整个场馆就变了个样子，像是置身于森林里，远处望过去山脉绵延，树木葱郁，似乎还有水声潺潺。魏之笙有点惊讶，科技馆跟她以前来的时候不太一样了。

"全息影像技术，完美还原现实，你眼前看到的是目前世界上能达到的最高水平。"林雾解释道。

魏之笙四处张望，像是真的外出游玩，鼻翼前还有花香四溢。她兴奋道："太酷了，每天在大自然里上班的感觉真好。这种技术，能隐藏其他的人吗？我好像没看见有别人在。太高科技了，会不会每个人眼中看到的是不一样的？比如说，我希望看见春意，所以我看到的就是森林，你希望看到星光，所以你现在看到的是宇宙？"

林雾一脸你太天真了的表情。魏之笙转了一圈发现，旁边有块牌子上写着，本月底正式营业。她指了指牌子，讪笑了几声："还没营业呢，我们好像上错楼层了，要不快点走吧。"

"不必。"林雾说完，指了指左边那条路，是一个模拟山洞。

　　魏之笙进去以后发现，空间还挺大，有一个柜台，里面陈列的全都是手机。旁边正在忙碌的两个店员突然立正站好，行礼："老板好！"

　　"嗯。"林雾应了一声。

　　魏之笙怎么也没想到，这里是林雾研究院的线下体验店，难怪他能直接刷指纹走后门进来。

　　"随便选吧，这个最好。"林雾指着一款银色的全屏手机说。

　　"嗯……"她腹诽，你都这么说了，我还怎么随便选？

　　女店员拿出了这款手机。手机外观没什么夸张的，就是全屏设计，金属边缘，超薄款。

　　"小姐眼光真好，这个是我们的新款，刚刚拿来陈列的，市面上还没有卖哦！"女店员介绍着。

　　魏之笙心想，你这也太不走心了，你老板都说好，那能不好吗？

　　"谢谢，那就这个吧。"魏之笙说。

　　"去取 6 英寸那款，拿个新的。"林雾吩咐道。

　　"屏幕是不是有点太大了？"魏之笙有些犹豫，太大了，拿在手里不太方便。

　　"屏幕大方便有眼疾的人看。"林雾义正词严。

　　魏之笙有点纳闷，他什么意思，是不是说她瞎？

　　女店员取回了货物，拆开帮魏之笙试了试新机，没有任何问题。

　　"谢谢。哪里交钱？"魏之笙问。

　　女店员以询问的目光看向了林雾。

　　"正常开票就好。"林雾说。

"好的老板。"女店员开好了票，交给林雾。

走之前林雾忽然说："今天的主题换一下，要星空。"

"好的，老板！"女店员赶紧打了个电话给控制室，森林全息影像逐渐关闭了。

魏之笙这才看到，这一层是个空旷的场地，除了刚才的手机柜台，还有另外十几个，都是卖智能产品的。而整个空间里，只有他们两个人，其他的都是外观一样、编号不同的智能机器人。方才俏皮可爱的女店员，也是这些机器人中的一个，没有了全息影像，它们都显现出了本来的样子。

一分钟后，全息影像重启，一整个夜空展现在了魏之笙的眼前。他们仿佛置身于星河之中，如同一颗繁星一样，周身散发着微微的光芒。刚才的那个手机柜台，也变成了飞船的模样。

"太神奇了！"她目不转睛，"有外星人吗？"

魏之笙到处看，奔跑着，像一个误入异世界的孩童，她眼睛里都是新奇，她看不够，也玩不够。

林雾还站在原地，远远地看着她，有星星笼罩着她，有星河从她旋转的裙摆旁飞过。他想起了很久很久以前，那时一连几个月的雾霾污染，夜空已经许久没有星星。她第八次跟自己告白，许是还有些害怕，为了壮胆，喝了酒，又或许她只是喝酒后有感而发，她脸色潮红，冲到自己面前说："林雾，你看见这夜空了吗？你要是跟我在一起，我就能给你摘星星！你想不想看星星？"

他那个时候是怎么回答的？

他不记得了，他那时候不会说情话，各种噎人的回答她也不在意，只是傻笑。可是他却清晰地记得，魏之笙所有的话，而后多年，每每想起，都觉得夜很漫长，夜凉如水。

现如今，他把星星摘下了，可是你呢魏之笙，你去了哪里？

"林先生！咱们要是也在演播厅里用这种技术，那可比绿幕后期做上去效果好多啦！到时候来个全网直播，按照阮氏集团的实力，覆盖八亿观众绝对不成问题！你觉得怎么样？"魏之笙兴致满满地说着，却发现林雾在走神，"林先生，林先生？"

林雾低头看了她一眼，心里涌出一丝悲凉，然后是满满的烦躁。

"走吧。我还有事。"

这是又拒绝了？魏之笙叹了口气，但是也不丧气。

"小票给我，我去付款。"魏之笙追上他说。

"我说过了，我赔给你。"

语气冷冷的。魏之笙无奈，只好接受。

离开七层，搭乘直梯去了一层。林雾走进了一家电脑专卖店。

"林先生要买电脑？我们跟很多公司有合作的，有折扣价。"

果然是常来，从他们进门起，就有店员嘘寒问暖，跟林雾相当熟悉的样子。林雾对人很礼貌，从来都是微笑着的，这笑容温暖得能融化冰雪，魏之笙一时间看得有点痴迷。

魏之笙瞥了一眼，展台陈列了一款纯黑色的笔记本，质感摸上去非常舒服。

店员赶紧介绍道："ThinkPad P50 商务办公型笔记本，内存 32G，英特尔至强处理器，设计创作、数据存储、数据运算都非常稳定流畅，2.5

千克，也不算重。"

魏之笙点了点头，她不太懂，但是听起来不错。林雾送她手机，礼尚往来，她也应该回礼。魏之笙瞥了一眼墙上联想的logo，摸了摸钱包。

"林先生，这个怎么样？"

林雾看了一眼之后说："可以。"

"我送给你，礼尚往来，不能白收你的手机！"

林雾投来了狐疑的目光。

魏之笙又仔细看了看这台笔记本，真是不错，很有设计感，随口问了句："多少钱呀？"

"林先生是高级会员，可以打九折，折后价格是42029。"

魏之笙腿瞬间发软，险些没站稳："多少钱？四万多？"

"是的，小姐。"店员回答。

她小声问店员："不是联想吗，联想怎么卖这么贵了？"

店员回答道："是的，小姐，ThinkPad原来是IBM公司的，被联想收购了，所以的确是联想。"

"我……"魏之笙感觉到心在滴血。

"小姐，请问是刷卡还是付现？"店员的笑容仍旧那么灿烂，魏之笙瞬间觉得，灿烂得刺眼。

魏之笙看了看店员，看了看电脑，又看了看林雾，最后一咬牙说："刷卡……"

"请跟我来。"

店员将他们带到了一楼的收银台，魏之笙将卡递了过去。

"抱歉小姐，金额不够。"店员仍旧微笑。

"还有这部手机，我一起付。"林雾掏出钱包，递了过去。

"好的林先生，折后一共消费 46000，请您确认。"

魏之笙觉得，她像是做了一个梦，梦醒以后已经坐在了林雾的车上，怀里抱着个价值四千多的手机，而那台四万多买的笔记本，被林雾随手放在了后备厢里。

"林先生！这台电脑有什么特殊功能吗？"

"没有。"

所以为什么那么贵呢？她不理解。

"你的手机，有个防盗功能，除了你谁也不能解锁，更安全。"林雾说。

她突然想起昨天，他不费吹灰之力就破解她手机密码的事情，于是问："连你也不能吗？"

林雾愣了一下说："你觉得呢？"

"形同虚设！"

"我一般不破解密码。"

"昨天的事情你怎么解释？"

林雾瞥了她一眼，那眼神宛若在看一个智障："你密码 6 个 0，还需要我破解？"

"你不是破解，是猜出来的吗？"

"你屏幕上 0 的位置都快被你戳漏了。"

魏之笙瘪瘪嘴，她没发现这么明显啊。又想了一会儿，她说："电脑吧，太贵了，我送不起，但是手机钱我可以给你。这会儿没现金，有笔吗，给你打个欠条。"魏之笙带了笔记本，偏偏笔没墨水了，她扫了一眼看到驾驶席旁边放了个本子，里面夹着一支笔。

"借用一下。"

"哎！"林雾想阻止已经来不及了。

魏之笙拿出笔来，是一支多色的按动圆珠笔，有些旧，看不清上面的图案了，她惊喜道："你也喜欢这种圆珠笔呀？我高中的时候特别喜欢买这种笔，因为颜色多，一支笔就能划出各种级别的重点来！"

林雾猛然间拍了下方向盘，发出了刺耳的鸣笛声。他愤怒地看着魏之笙，把她吓了一跳。

"怎……怎么了？"

"魏之笙！你连一支笔都记得，却不记得……"他咬着牙，极力控制自己的情绪。

魏之笙沉默了，她大概意识到林雾是怎么了，她小声问："这支笔该不会以前是我的吧？"

林雾并不否认，魏之笙觉得气氛压抑极了。

附近似乎是有个补习班，十字路口涌出很多高中生，目光都在往林雾的车里扫射，几个女生窃窃私语道："哇，好帅！天哪，太帅了，车也帅，人也帅，女朋友差了点。"

"我觉得不是男女朋友关系，你看都没交流的。"

"这么看起来，那位姐姐顺眼多了！"

……

魏之笙怕林雾等太久，所以没化妆就出门了。她从后视镜里偷偷地看了一眼自己，也还好啊，皮肤白里透红，也没有黑眼圈，头发也还是顺滑有光泽的啊！

等等，她在意什么，她又不是他的女朋友。魏之笙想到这里，就坦然了。把目光从后视镜收了回来，一扭头就看见林雾正在看自己。

"怎么了？"她问。

"前面有家'一点点'，等我一下。"

"嗯？哪里？"魏之笙的眼睛亮了一下，瞬间转过身去，探出头四处看。

林雾飞快地抓住她的手臂，将她的头正过来："危险，等我去买。"

恰好绿灯亮了，林雾右转，停在了路边，然后下车去买饮料。

"一点点"是一家饮品连锁店，他大学的那会儿火起来的，那时候每天下午都得出去买两杯回来。他以前不爱吃任何零食，尤其甜食，六年前才习惯了糖果的味道，自那以后便是依赖。因为有人说过，嘴巴里甜甜的，心里才不觉得苦，所以糖成了他的依赖。林雾有时候会问自己，怎么就戒不掉呢？

林雾去"一点点"门前排队，不知不觉身后排了好几个女学生，慢慢地，他被包围了。

她们大方地拿出手机："哥哥，可以给你拍张照吗？"

林雾指了指那边车里的魏之笙，笑着说："要先问过我女朋友，她答应才行。"

恰好魏之笙也看见了林雾在指自己，但是听不见他们说什么。她看见林雾笑了，那笑容好看得耀眼，她便也跟着笑了笑，挥了下手。

"被秀了一脸的恩爱！"排在最前面的一个女生说，"给女朋友买饮料？我让你先。"

"谢谢，你喝什么，我请。"林雾说道。

五分钟后，林雾拎着两杯饮料回来了。

"柠檬养乐多，两瓶养乐多，微糖，少冰。"林雾边说边拆开了吸管的包装，帮她插好了，递过去。

魏之笙满脸惊喜，迅速喝了一口，一脸满足："就是这个味道！甜度和浓度都刚刚好，我以前经常喝，你也喜欢这个口味吗？"

"因为你喜欢喝，我才被迫喜欢上的！"

他说这话的时候，有点恶狠狠的样子，气急了似的。魏之笙也是有点佩服他的，明明像是情话一样的台词，却能讲得这么骇人。

"其实，不问过去，我们还是有很多事情可以聊的。找一个对胃口的朋友很重要，找个合拍的合作伙伴更加重要。能让你在工作上自在很多，也轻松很多呢！你觉得呢？"

"不觉得。"

林雾将车从路边开出来，重新驶入了主路上，堵车的高峰期已经过了，一路畅通。

魏之笙吃了个瘪，但这在她意料之中。她又另外寻了个话题，扯来扯去又扯到了合作关系上。

"我们杂志部上个月合作的那位女明星，超级难搞，封面拍摄约了十次，被放了八次鸽子，要我们做这做那，完全被当成了她的助理。最后阮萌气得直接换掉了这个女明星，找了个当红小生，销量翻了一倍。

一个专业的合作伙伴，多么的难得啊，我们公司的网综，业内口碑一向很好……"

"那个女明星是你负责的吗？"

"啊？封面一般我都会跟一下。"

"阮萌对你很好。"

"她是我最好的朋友，热心善良……"

"就是管太多。"

这是实话，阮萌喜欢帮所有人安排好一切。看来，阮萌和林雾是认识的，魏之笙想。

"有空要不要给你拍点宣传照呀？我们这儿的摄影师特别棒！"

"不去。"

固执！魏之笙给林雾打了一个新的标签。

"到了。你先回家，我去研究院。"林雾照旧下车为她开了车门。

魏之笙迟迟不肯下车，她还想再挽救一下。

"如果你实在想不起来答案，就想办法让我高兴，或许我会答应你的部分要求。"

"什么意思？"魏之笙问。

"字面意思。"

魏之笙下了车，仍旧迷茫，怎么个高兴法？

魏之笙回家，思考了半天，又在网上找了一些攻略，最终决定去同事闲聊的群里求助，毕竟里面有好几个情感专栏的作家。

没过一分钟，有人回复道：若她涉世未深，就带她看尽人间繁华；若她心已沧桑，就带她坐旋转木马。若他情窦初开，你就宽衣解带；若他阅人无数，你就灶边炉台。

魏之笙："……"

这什么乱七八糟的！

对方：爱信不信，好用到哭！

真的吗？魏之笙在心里打了一个问号。但感情方面她几乎是零经验，她决定还是相信一次吧！

林雾又加班了，魏之笙又在客厅里坐立难安，时不时跑到门口听一下对面的动静。

丁辰看不下去了："沙发上是有钉子吗？你晃来晃去的，我难受！"

"要么憋着，要么去你爸妈那儿！"

丁辰选择憋着。

十点钟的时候，电梯终于响了，魏之笙顺手抄起一袋垃圾，狂奔到门口，装作正好出门倒垃圾的样子，跟林雾来了一个偶遇。

"刚下班呀，真是辛苦了。"魏之笙微笑地开口。

"有事吗？"

有点冷冰冰？心情不太好？魏之笙忐忑起来，林雾的心思太难猜了。

"那个……你有空吗？"她问。

"你说说看，或许有。"

"咱们去看看人间繁华？"

林雾一脸你在说什么鬼话的表情。

"就是去看夜景！"

"没空。"林雾拒绝了，转身走到自家门口，按密码。

魏之笙追过来继续问："我觉得也不太合适，你一看就不是涉世未深的人，那要不去坐旋转木马？"

林雾没理她，按完了密码，录入指纹。

还不行吗？魏之笙思考了一下。

"那就只剩下宽衣解带和灶边炉台……"她窃窃私语道。

林雾背脊一僵，然后火速拉开自己家大门，进去之后用力关上，顺便拉下了暗锁。

魏之笙这才意识到自己说漏了嘴，懊恼得直跺脚："我不是那个意思！你不要误会！"

Chapter4
/ 布丁雪梨

♥

S 市的春天很短暂，就像没有来过一般，从冬天直接进入了初夏。大厦已经开始吹冷气了，而杂志部即便是不开冷气，也让人觉得不寒而栗。

原因在于万主编最近心情不好，特刊眼瞅着就要开天窗了。而众多备选方案，领导一个都没瞧上，大家处在一股子低气压当中。

会后，万主编把魏之笙叫到了办公室，犹豫再三开口道："林教授那边真的不能挽回了吗？"

魏之笙也一直在思考这个问题，然而自从上次她提出看夜景和旋转木马以后，林雾就好像躲着她一样，无论她几点出门，都看不见林雾出来。关于林雾那个问题的答案，她还没想清楚。

"我……"

"之笙，有个不好的消息，黄洛洛升职了，她现在是公司的 COO（首席运营官），这件事情我担心她做文章，我们一起努力一下吧！"

"我会的，谢谢主编。"

黄洛洛现如今真是如日中天，阮萌也拿她没办法。用阮萌的话说，我的总裁大哥一定是吃了过期的奶粉，脑子坏掉了，才会看上黄洛洛这大姐！

万主编叹了口气，桌子上是一沓文件，关于特刊的备选方案，她咬了咬牙说："实在不行，我们就在这里随便选一个吧，特刊来不及了。真的开天窗的话，我们都得引咎辞职。"

魏之笙十分愧疚，无论如何，她都得先努力保证特刊顺利出版。

下午管理例会，万主编带着特刊备选方案去了。

整个杂志部都人心惶惶，纸质书市场日渐萎缩，他们的杂志本来就风雨飘摇了，如果再搞个大事故出来，想必一定会被集团舍弃。到时候这一屋子的人，就面临失业。他们焦虑地等待着万主编归来，每个人脸上都写满了担心。

两个小时后，万主编回来了，这些霜打的"茄子"一下子紧张起来。

万主编的脸上一扫前阵子的阴霾，第一次有了笑容："同学们！有个好消息！"

几十双耳朵和眼睛瞬间就被吸引了，凳子一推，人就围了过来，七嘴八舌地问。

万主编环视一圈，也不卖关子，直接说："研究院的林先生答应专访继续，明天就来拍摄封面了！"

"哇！"

"天哪！真的吗主编？"

万主编："千真万确，研究院的高助理亲自打的电话。"

大家七嘴八舌地开始讨论，这无疑是个好消息。

聊了一会儿，万主编挥了挥手："好了，现在大家赶紧去准备吧，希望明天的拍摄一切顺利！"

万主编朝魏之笙投递过去一个赞许的眼神，然后回到了自己的办公室。

魏之笙整个人是蒙的，她上次见过林雾以后，林雾貌似还有点不高兴，怎么就突然答应了呢？但是，无论怎样，这都是一个好的开始。她要加把劲，继续取得林雾的信任，杂志部的事情解决了，网络综艺那边还嗷嗷待哺，等着林雾去录节目呢，她说过要负责，就会负责到底。

杂志部忙了一整天，一切准备妥当，就等明天了。下班大家都早早回家，早睡早起，以免迟到。

第二天一早，杂志部的同事各自领命，去了摄影棚。

刘希作为杂志部最优秀的编辑，特刊大部分内容都是由她来统筹，这次她直接对接了摄影师，在摄影棚忙进忙出。其他的编辑各司其职，万主编也亲自来坐镇，可见对这次拍摄的重视。魏之笙干不了什么重活儿，负责来打杂发呆。

上午十点，负责接送嘉宾的小孙回来了，是一个人回来的。

万主编心慌了一下："林先生呢？"

"不会又变卦了吧？"魏之笙急切地问道。

小孙赶紧挤了挤眼睛，魏之笙感觉到背后有一道寒光，她打了个寒战，回头就看见了林雾和高助理。

高助理躲在林雾后面，笑嘻嘻地冲她挥手。林雾面无表情地走过来，眼睛看都没看她一下，仿佛她只是空气。

林雾越过了魏之笙，走到万主编跟前，伸出手："你好，我是林雾。"

"你好，林先生，我是杂志的负责人，我姓万，里面请！"万主编和他握了手，她是见惯了大场面的人，但是第一次见林雾，竟然还有点压迫感。

魏之笙默默地侧了下身，往人群里缩了缩。

林雾点了点头，又退后了一步，看向了魏之笙："你以为我和你一样喜欢变卦吗？"

魏之笙干笑了几声，她委屈，但是她不说，她忍了！

万主编招待林雾去休息室，刘希跟着过来，万主编介绍道："这是我们这次拍摄的主要负责人刘希，是我们最好的编辑。"

"林先生您好，有什么意见，都可以和我说，我会为您安排好一切。"刘希吩咐助理准备了茶水，搬了一把椅子过来，直接坐在林雾的旁边，和他对细节。

林雾的手放在椅子扶手上，手指有一搭没一搭地敲击着。他听着刘希的话，也不知往没往心里去，漫不经心的样子。他的目光越过人群，落在了找不到凳子、正蹲在那儿写东西的魏之笙身上。

"都很好，辛苦了。"林雾冲刘希点了下头。

刘希心中一喜，能够得到肯定，她的努力也算没有白费，这位林先生，似乎也不像传言说的那样不好说话。刘希又说："林先生，不然我们先去化妆？"

"抱歉，我不太习惯陌生人帮我化妆。可以不化妆吗？"林雾问道。

"这……"刘希有点为难。虽说林先生长得相当帅气，但是要上杂志，太平常了显得不够重视，她希望林雾能以一个全新的形象在杂志上亮相，必须是谁也没见过的他，这才能引起轰动。

林雾看向了一旁，开口道："万主编，和您聊几句？"

经过简单的沟通，万主编回来就遣散了大部分杂志部的同事，就连刘希也回去了，理由是林先生不喜欢被打扰。为了不让这尊大佛再反悔，大家只好离开了。

魏之笙收拾了自己的东西，正打算离开，万主编叫住了她，有些为难地说："之笙，你可以留下帮忙吗？"

"我？"魏之笙指了指自己的鼻子，她已经很久没有进摄影棚了。

"林先生希望有个相对熟悉的人一起工作，只有你和他见过几次。"

魏之笙深呼吸了一口气，拍了拍胸口说："没问题，交给我。"

"太好了。"万主编说完就和大家一起离开了。

现场只剩下了魏之笙和摄影师以及摄影师助理。

摄影师在做拍摄前的准备，助理帮着摆放道具。

魏之笙站在一旁，长久没有做过这些工作，让她有点手足无措。

"化妆。"林雾突然道。

"来了！林先生这边请。"魏之笙做了个请的手势。

林雾嗯了一声，顺着她指的方向走去。高助理拎着包赶紧跟上，和魏之笙走在一起。魏之笙叹了口气，高助理眨了眨眼睛，用口型说："Boss心情不好，你小心！"

魏之笙读懂了，也用口型说："谢谢你。"

进了化妆间，化妆老师人走了，化妆品还留在这儿。

"林先生请坐。"魏之笙把椅子转过来，笑着说。

林雾坐下，魏之笙又把椅子转过去，站在林雾的身后，看着镜子里他的脸。

林雾长得可真好看，是那种典型的古典美，有浓浓的中国味道，剑眉星目，俊朗非凡。编辑部里几乎没有男生，她平时也很少接触男性，偶尔也只和阮萌的大哥一起吃饭，还是有那么一点紧张的。并且，她这是第一次给别人化妆，还是男生。她拿着粉扑，不知道该先做什么。

发了会儿呆，一回神，发现镜子里林雾正盯着自己。魏之笙假装镇定自若地笑了，她放下粉扑说："先给您做个洁面？"

林雾看着她没说话。

魏之笙就按照自己的想法来了，她去接了点纯净水，打湿了化妆棉，在林雾的脸上擦了几下。手指不小心碰到林雾的脸，他的皮肤真好，毛孔细腻。

"林先生，闭一下眼睛。"魏之笙说。

林雾这才闭上了那双一直盯着她的眼睛，魏之笙觉得舒服多了。给他做完洁面，要擦一点护肤品。

"林先生，我可以摸您的脸吗？"

林雾突然睁开了眼睛，眼神犀利得吓了她一跳。魏之笙赶紧解释："给您擦乳液……"

林雾瞥了她一眼，又闭上了眼睛。

魏之笙倒了一点乳液在手上，这是之前接广告送的产品，编辑部的人都用过，效果很好。她靠在化妆台前，弯着腰给林雾擦脸，指腹轻轻在他脸上打着圈，慢慢涂抹开。

基础护肤做完了，她又去拿粉底，却怎么也下不去手。林雾这么好看，真的不用化妆呀，皮肤好得让人嫉妒，根本不用粉底来遮瑕。她决定不用粉底了，又拿起了眉笔，发现他这眉毛也很完美，于是又放下，那眼线呢？画上去太妖娆了吧？她的脑海里浮现了一个妖娆的林雾，对着她放电。魏之笙抖了一下，不行，太魅惑了。唇膏呢？她盯着林雾的嘴唇看，嘴唇饱满，唇色也好看，嘴角的弧度刚刚好，她不知怎么就吞了下口水。

林雾猛然间睁开了眼睛，一脸的不耐烦："你到底什么时候开始化妆？"

魏之笙一紧张，手里的唇膏甩了出去，她怕掉在林雾身上，赶紧伸手去接，却没想到身体重心不稳，一下子就倒在了林雾的身上，结结实实地和他抱了个满怀。她接住了唇膏，却也搂住了他的脖子。她微微抬起头，十分窘迫地看着他。

林雾强忍着怒火。

"呃……这个是预祝拍摄顺利的友好拥抱。"她强行解释。

正准备站起来，林雾突然按住了她的腰。魏之笙还来不及反应，就被林雾抱着腰直接提起，然后将她放在了化妆台上，欺身上前，双手撑在她身体两侧。

"林先生……"

"化完了吗？"他问，有点侵略性。

魏之笙点头如捣蒜："已经好了。"

林雾嗯了一声，并没有离开，有些侵犯性地看着她。

魏之笙闭了下眼睛，尽管很紧张，但是气势没有输，她再次睁开眼睛，镇定自若地说："林先生，不然我们去拍摄？"

林雾唇边浮现一抹讥笑，又坐回了椅子上，说："我带了几套衣服，你去选。"

魏之笙从化妆台上跳下来，出门去找高助理。

"林先生带的衣服呢？"魏之笙问。

高助理一脸无法直视的表情："在……车上，后备厢里。"

"带我去拿一下吧。"

高助理咬了咬嘴唇，似乎很难下这个决定："确定吗？ Boss 带的衣服吧……"

"怎么了？"魏之笙有点好奇。

高助理叹了口气："算了，你跟我去看了就知道了。"

魏之笙点点头。正准备走，高助理的电话响了，他颇为紧张，同魏之笙说："重要电话，要让 Boss 接，魏小姐我走不开。"

"那我自己去取，车牌号是多少？"

高助理一脸太好了的表情，把钥匙给了魏之笙，撕下便签写了车牌号："就在后备厢，一个拉杆箱里。辛苦你了！"

魏之笙拿了钥匙往地下车库走去。摄影棚是一个工厂改的，有浓浓的重金属风格，三层楼，电梯也是后来才装的，因此只到一层，要去地下车库，必须要再走一段楼梯。魏之笙下楼梯比较急，一个不留神踩空了，人直接滚了下去。

她在地上坐了好一会儿没爬起来，头有点晕，眼睛似乎不太能对焦，最重要的是屁股也好疼，疼得不敢动了。

偏偏这个时候，林雾还打了电话过来催她，语气极差："人呢？"

"马上来。"魏之笙挂了电话，咬着牙站了起来，扶着腰慢慢往前走。

在停车场找了一圈，终于找到了林雾的那辆商务车，打开后备厢，里面有几箱饮料，一些文件夹，就是没有拉杆箱。

高助理是不是记错了？或者开错了车？她很纳闷，突然身后有人咳嗽了一声，在这寂静的停车场里，显得十分突兀，她吓了一跳，转身的时候，尾椎骨疼得让她面部扭曲。

"怎么了？"林雾问。

"摔了一跤。"

"摔哪儿了？"

魏之笙有点难以启齿，皱着眉说："崴脚了。"

林雾低头看了看她，打开了车门："坐下。"

魏之笙扶着车门坐下了，林雾蹲在她的跟前问："哪只？"

"呃……右脚。"

林雾单膝跪在了地上，抬起她的脚，脱下鞋子，放在自己的腿上。

"林先生！"她发出一声惊呼，身体的扭动让她的屁股更加疼痛难忍。

而这个表情落到林雾眼里，变成了她脚疼得受不了了。

"别动！"林雾握住她的脚，轻轻地按摩她的脚踝。他顺时针转动着她的脚，轻声问，"这样疼吗？"

魏之笙皱了皱眉，她不想坐着，她只想站着，她要怎么说她屁股疼啊！

林雾看她扭曲的表情，动作放得更轻："下楼不能小心一些？都这么大了，还毛毛躁躁，又没人催你！"

魏之笙："……"

难道刚才打电话的是别人？她出现幻觉了吗？

"林先生，我好多了，不用揉了，谢谢。"魏之笙强忍着因为这个坐姿带来的坐骨神经痛。

林雾只好放开了手，但还是蹲在她的面前，帮她穿好了鞋子。

记忆里是第一次有人帮她穿鞋子，但又好像不是第一次了，魏之笙一下子有点恍惚，说不上来的感觉。沉默了一会儿，她觉得有点尴尬，就说："高助理说衣服在后备厢里，我没有找到。"

"在车里。"

魏之笙扭过身去，在商务车里扫视了一圈，发现后座上有一个小箱子。

"这个吗？"

"嗯。"

林雾绕过去另一边，把箱子取出来。

"你选。"林雾说。

魏之笙慢慢地蹲下，把箱子打开，没有密码。里面一共有三套衣服，一套蓝白相间的校服外套，一件有好几个洞洞的白色毛衣，一件粉色的卫衣。都是旧衣服，还不怎么起眼。校服外套有点眼熟，她拿出来抖开一看，惊喜道："我们学校的校服啊！难怪这么眼熟，你还留着，我的早就不见啦！我都忘了林先生你是我学长。那你要穿校服拍封面照吗？"

林雾蹙眉："选这个？"

好像不太合适，魏之笙放下了校服，又拿起毛衣，毛衣有点旧了，但是很干净，大概是经常洗的缘故。那几个洞洞一看就是织毛衣的人不小心掉了几针，应该是个新手。这件毛衣实在是难登大雅之堂，但是林雾带来了，想来应该很喜欢吧。她也不好太直接地说他品位有问题，想了一下，婉转道："这件毛衣虽然很时尚前卫，但是和《时尚》那本的封面有点撞，我们最好不要选吧。"

"只是时尚前卫？"林雾反问。

魏之笙面露难色，硬着头皮接下去："还很怀旧。林先生从哪里淘的宝贝？"

林雾哼了一声。

魏之笙放下毛衣，又去拿卫衣。卫衣正面一个白色的"她"字，有点翘边了。她觉得林雾是在故意整自己，这样的衣服怎么拍嘛！

"没有什么想说的吗？"林雾问，声音又冷了不少。

"嗯……有点……"她搜肠刮肚，想要好好点评一番。

林雾却突然一把将衣服夺了过去，咬着牙说："你买的情侣装，怎么你觉得不好看了吗？当时逼着我穿了半个月！还有这件毛衣，你织给我的，我穿着它不知道被教授笑了多少次。还有这件校服，M码的，领口有你的名字，你让我洗完了还给你，你都不记得了吗？魏之笙，你到底是真的忘了，还是在和我演戏？"

林雾一拳捶在了车窗上，玻璃碎裂，他的手血肉模糊。

"我……"魏之笙吓了一跳，她手足无措，想去拉一拉林雾的手，被他一把甩开，他的血就甩在了她的脸上。

"等你想清楚，再来找我！杂志我不拍了！"林雾转身走得决绝。

"林先生！"魏之笙想去追他，奈何屁股的疼痛让她举步维艰。

没一会儿，高助理跑了过来，看到一地的碎玻璃，碎碎念了好久。

"怎么回事呀？不知道人为损坏保险赔不赔啊，真是好焦虑啊！我先送你去医院好了，脚崴了是吧，哎……"

"林先生叫你来的？"她问。

高助理先是摇头，然后又点了点头。

魏之笙给万主编发了个信息：对不起，我好像搞砸了。

医院的检查结果出来，魏之笙的尾椎损伤，稍微有一点骨裂，需要在家静养。在她千叮咛万嘱咐之后，高助理还是把这件事告诉了林雾。

高助理悄悄看林雾的反应，林雾只是继续处理他的工作，连头都没有抬一下。

"Boss？要不要去看一下魏小姐？"高助理问。

林雾敲代码的手更用力了，仿佛是在拆键盘，他有点不耐烦地说："你没有工作要做吗？她怎么样和你有什么关系？"

高助理心说，和我是没关系，可是和你有关系啊。但是他瘪了瘪嘴，最终也没敢说出来，只冲林雾笑了一下，然后灰溜溜地走了。

办公室门关上的一刹那，林雾砸了一下键盘，瞥了一眼桌上的手机，给丁辰拨了个电话。

丁辰那边几乎是秒接的，接了电话之后磕磕巴巴地问："哥……哥哥……您有事吗？"

"你姐摔了一跤，这几天你好好照顾她。"

"什么？没摔到脑袋吧？"丁辰整个人都紧张了起来。

虽然这是一句还算平常的疑问，但是林雾从他的语气里听出了些许不同来，琢磨了一下又问："以前是不是也摔过头？"

"我的意思是，她别摔成个傻子，还得我伺候她。哥，我去买点猪脚，给我姐补一补啊！"丁辰迅速地挂断了电话，过了三秒钟才回过神来。他对林雾撒谎了，他再多说一句，都会露馅，幸好自己的反应够快。

那边研究院办公室，林雾深深地感觉到丁辰这个人不靠谱。他翘班了，几乎是光速回到了家，在魏之笙家门口站了一会儿，给丁辰发了条微信：开门。

大门打开，丁辰拖鞋都没顾得上穿，喉结滚动了一下。

林雾从皮夹里拿出了一沓钱，递给丁辰："去买点吃的回来。"

丁辰只好离开了。

林雾在门口换好了拖鞋。

房间里魏之笙趴在床上，喊了一嗓子："丁辰！有没有冰糖雪梨吃啊？"

"想吃冰糖雪梨？"

魏之笙的耳朵动了一下，这声音如此低沉好听，绝对不是自己那个欠揍表弟的，她想起来看看，奈何尾椎实在是疼，她就歪了下脖子，瞧见了 Kiton 西装的一个角。她倒吸了一口冷气，林雾怎么来了？她不能让林雾看笑话！

魏之笙咬着牙，转了个身，坐在了床边的沙发上，微笑着看林雾。

"林先生，你好。"

林雾嗯了一声，又问："还疼吗？"

魏之笙摇了摇头，扭动着自己的脚踝，咧嘴笑着说："没事儿，我很皮实的！"

林雾蹙眉，魏之笙这个姿势极其古怪，歪着半个身子，双腿交叉，像极了一个尿急的人，脸上的笑容比哭还难看。林雾叹了口气，她什么时候自尊心这么强了，不就是摔了尾椎吗，怎么就不能和他说？

"不请我坐下？"林雾说。

魏之笙赶紧拍了拍沙发："坐坐坐！林先生别客气。"

林雾迟迟没坐下，看了她一眼，又看了看沙发说："太挤了。"

魏之笙咬着牙，从沙发上爬到了床边坐着。林雾这才坐下，他方才落座，又开口："你要不趴下吧，我颈椎不好，仰头看你累。"

魏之笙心中一喜，她早就想趴着了。

她翻身趴下，果然舒服多了。她昂着头看林雾，即便是沙发比床矮了许多，身材高大的林雾也绝对可以用俯视的眼神看自己。她忽然觉得林雾是不是知道了，只是没有拆穿她？

她从心里觉得，林雾这个人，有点暖。

"林先生今天过来是？"

"有事。"

　　魏之笙嗯了一声，然而等了好一会儿，也没听林雾说到底是什么事情。两个人互相看了一会儿，有点尴尬。林雾是从研究院过来的，还带着公文包，他掏了台电脑出来，打开之后开始写代码，键盘噼啪作响。

　　魏之笙歪着头看了一会儿，林雾还是没和她说话。或许他临时有事？魏之笙安静地等着，内心开始思考措辞，林雾肯来看自己，应该是已经消气了，合作的事情看来有戏。说不准今天就是来商量重新去拍杂志封面的。她等会儿一定要好好和林雾沟通，可不能让这煮熟的鸭子再飞了。

　　然而，过去了许久，林雾依然还在写代码，头都没有抬一下。魏之笙根本没找到机会和他说话。等啊等，到了最后，她竟然一歪头，睡过去了。

　　林雾这才把电脑合上，拉了个被子给她盖上，起身去了厨房。炖了一锅冰糖雪梨，设定好时间，又给丁辰发了微信，喊他回来。

　　魏之笙醒来，已经天黑了，她翻了个身，感觉屁股没那么疼了，一阵口渴，她床头没有水，刚想叫人，突然想起林雾来，于是悄悄给丁辰发了条微信，问：林雾走了没？

　　丁辰直接开门进来，端着一碗冰糖雪梨。

　　魏之笙眼睛一亮："你怎么知道我想吃这个？从今天起，我要拿你当亲弟弟了！"

　　丁辰嘿嘿一笑，把碗放到她手上。

　　魏之笙喝了一口，眉头紧蹙。

　　"怎么了？不好喝？"丁辰问。

　　魏之笙舔了舔嘴唇说："你这厨艺忽高忽低啊……以后你还是当我表弟吧！"

丁辰："……"

魏之笙在家休息了两天，"难言之隐"彻底好了。她一回到办公室，就看见一张张愁云惨淡的脸。虽然大家没有埋怨，但是杂志没拍摄成功的确有她的因素。

午休的时候，魏之笙给林雾打了个电话，并且看起来，他没有拒绝的理由。

"林先生，我是魏之笙，之前坐您的车，您还记得吗？"

电话那边的林雾正在开一个技术评审的会议，他原本正在坐观科学家们吵架，突然电话响了，比了一个嘘的手势，然后慢条斯理地说："你说哪一次？"

"呃……大概就是你送我上班那次。"

"怎么了？"

"有没有捡到什么东西？"

"什么东西？"

这个问题问得好，特别让人难以回答，她如果想得起来，就不用思考这么多天了。在长达几秒钟的沉默之后，魏之笙说："你猜？"

"你来找吧。"

"那我回家等你？"

会议室里的科学家们倒吸一口冷气，望向林雾的眼神堪比参观稀有动物，并且闪烁着八卦的光芒，他们迫切地想要见见电话那头的人到底是谁，能让林雾显现人类的表情。

林雾抿着唇笑了说："来研究院。"

"行！"魏之笙满意地挂了电话，她的目的达到了！谈工作，当然去办公室比较好。

后来魏之笙每次来研究院，都能够吸引工作人员充满探究的眼神，如果不是自己一直普普通通，她会以为自己是个外星生物，这些人想要解剖自己。

研究院大门口依旧是很多人在排队，魏之笙排了一会儿，又掏出手机扫了个码，进去了。照旧掌声雷动，她委实汗颜。嘀嘀，微信提示向 L 先生支付 250 元。魏之笙扶额，怎么每次来都得花钱，这工作成本也太高了！海底世界的门票都没这么贵，那边可比这里好看多了啊！

她这次来，高助理没有来接她，倒是电梯口有个人形机器人，大概一米多高，穿着跟高助理一样色系和款式的衣服，从背影看，还真不像个机器人。它的语音系统大概也是高助理做的，十足的话痨。一路带魏之笙去林雾的办公室，它敲了敲门，里面没人应声。魏之笙从玻璃窗看了一眼，林雾坐在沙发上睡着了。但是小机器人没有得到可以进入的指令，于是一直在敲门。

"我直接进去吧，谢谢你，不要再敲门了哦。"

机器人点了点头："虽然不明白你的意思，但是林先生说过要听你的。"

魏之笙心里突然觉得有点甜，摸了摸机器人的头，轻手轻脚进了办公室。

　　林雾的沙发都是木质的，躺在上面很不舒服。可他的样子该是困极了，坐下就睡了。魏之笙拿了个软枕让他靠着，林雾迷迷糊糊拉住了魏之笙的手，拉着她坐下，然后顺势枕在她腿上，把软枕抱在怀里。

　　魏之笙吓得差点尖叫，正手足无措要推开他的时候，林雾转了个身，抱住了她的腰，嘟囔着说了句："别闹笙笙，开会好累，都动手了，我头都破了。"

　　"不不不……不是……我……"魏之笙不知是因为害怕还是怎么，心跳加速，快要爆炸了，她完全没有预料到林雾会这样，好像他们还没熟到这个地步啊？我的天，怎么办，她慌了，这侧脸真帅，传说中的侧颜杀，她要忍不住了，现在发个帖子求助网友，还来得及吗？

　　他今天没系领带，白衬衫开了三颗扣子，她歪着头顺着领口往里看了一眼，瞬间觉得血脉偾张。这身材，这么瘦还有肌肉！她这手怎么有点控制不住了呢？

　　不行！太禽兽了！她不能这么干！

　　对，林雾刚才说脑袋让人打破了，这肯定是神经错乱了。她不能乘人之危，回头林雾清醒了，极有可能控告自己非礼，到时候想要恢复合作关系，就难上加难了！他这领子也开太大了，这不是赤裸裸的诱惑吗？魏之笙决定给他把扣子扣上！

　　魏之笙深呼吸了两口气，想要平复情绪，但作用不大。

　　"要不念点心经？"她自言自语道。

　　系统音："好的，马上为您播放心经。"

　　什么？她扭头看了一眼，那机器人还在门口待命呢！下一秒就唱起来了。

林雾紧接着醒了，看见自己正躺在魏之笙腿上，她的手正在解自己的扣子？

林雾噌地跳起来了，弹开了一米远。

林雾："你听心经干吗？"

魏之笙："我怕你坏我修行。"

"你在干什么？"

"那个……你要相信我……你那扣子跟我无关啊！"

"所以，是我的衬衫先动的手？"

魏之笙用力一点头："嗯！"

林雾笑了，一边扣扣子，一边在她隔壁的沙发上坐下，那动作潇洒又妖娆，看得魏之笙眼睛都要直了。

"给你。"

"这什么？"

"我的车钥匙，你不是说东西落我车上了吗？"

魏之笙当然知道这是车钥匙，她只是有点惊讶于对方的信任，这种信任让魏之笙心里觉得有点甜。她摇了摇头，该不是有点喜欢他吧？

"你们公司那个综艺节目，我下周开始有时间，可以重新商谈细节。"他说。

"你说什么？"魏之笙惊喜地觉得自己可能出现了幻听。

"需要我再说一遍吗？"林雾显然不是询问的语气，但是什么原因让他突然改变了主意呢？前后不过几天而已，这期间除了黄洛洛升职，没有发生别的事情。

"但是我需要贵公司配一名助理给我，研究院工作很多，高助理没有精力陪我外出，在录制期间的一切事情，还需要你们来帮忙。"

魏之笙认真地拿笔记了下来："没问题！我现在就可以答应你。"

"那就你吧。"

"啊？"她的笔差点断了，"我不是这个团队的，况且也不专业，我觉得需要一个专业人士来负责。"

"没关系，跑腿你很擅长。杂志专访还做不做？"

"做做做！"魏之笙感觉过年了一样，林雾今天黑着脸都看起来和蔼可亲了！

"我要的答案告诉我，专访继续。"

"呃……"魏之笙拿着小本子一脸蒙，但是又没有拒绝的理由。

"明天开始你每天来我办公室，跟我对节目流程。不过我比较忙，每天只能给你二十分钟的时间。"

"好的。"魏之笙拿笔记好了，又问，"可不可以约在你们院附近的咖啡厅？"

"就在我办公室，你等我。"

魏之笙面露难色："不不不……不太好吧。"

林雾："？"

魏之笙咬了咬牙，丧气道："你们这门票也太贵了……"

林雾看了看她说："走家属通道。"

魏之笙脸红了几分："我又不是你的家属。"

"什么？"

"我说你头疼吗，我帮你处理一下吧。"魏之笙指了指他的额头，有一点点擦伤。

"回家吧。"

"我还没下班呢。"

"回家帮我处理伤口，我这里没医药箱。"

"等一下。"魏之笙翻出来一个创可贴，"今天沙尘暴，你这脑袋值钱得很，不能再受伤了，怎么弄的呀？跟人打架了？"

"开会，技术人员吵起来了，丢东西不小心砸到的。"

"你们开会还动手？"

林雾点了点头："你有别的图案的创可贴吗？"

"没有！"

"哦……"他有点委屈。

然后林雾额头上就顶着一个红心创可贴出了门。

回家是林雾亲自开车，魏之笙在车上找了许久，也没发现有自己的私人物品。一方面，她怀疑是林雾故意藏起来不给自己，不然不可能翻个底朝天也找不到；另一方面，她怀疑是自己的记忆力减退，出现了幻觉。她把两种找不到东西的原因进行比较，最后发现，第二种的可能性比较大，林雾这种身价过亿的黄金单身男神，藏自己的东西干吗？

"你慢慢找，不急。"林雾如是说。

魏之笙在内心中更加鄙视自己了，瞧瞧人家，多么体贴，多么温柔，多么周到！自己还好意思揣测别人，多么无情，多么无耻，多么无理取闹！

交通台提前预告了今天拥堵的路段，刚好就有他们回家的必经之路，林雾只好开车绕了一圈，开着开着路过了 A 大的西门。两个人同时沉默了，林雾停下了车。

"以前这里有个卖老式棉花糖的。"林雾突然说。

"不记得了。"魏之笙忽然有些伤感。

"嗯，你连我都忘了。分手的理由还是没想起来吗？你究竟有没有认真在想？"

"我……"魏之笙想了，但是没头绪，她不想让林雾觉得自己在敷衍，尤其今天林雾还答应了她重新合作的事情，这绝对是一个惊喜。青春期的恋人分手，无非就那么几个理由，于是魏之笙想了想说，"学业太重，怕耽误你，为了各自的前途着想。"

林雾仿佛听了一个笑话，拉着魏之笙就进了校门，找到学校的光荣榜，指着上头让魏之笙看："你觉得，我会因为学业太重分手？"

魏之笙看了一眼，光荣榜里面有一栏专门是林雾，各种三好学生奖状，各种奖项，品学兼优到令人发指，还没毕业就被很多家名企看上了，这样的人的确不是很需要担心学业和前途啊。

魏之笙嘿嘿一笑说："荣誉闪瞎了，让我治治眼睛。"

"回家。"林雾负气道。

回到家，两个人出了电梯，一起去了林雾家。魏之笙对林雾家十分有好感，她盯着一楼书房的多宝阁使劲看，花瓶放了好几只，其中有一只她比较喜欢，但又不敢把玩，就一直围着看。

林雾去拿药箱，拿了有一会儿才回来。他把药箱放在桌子上。

"你可以拿起来随便看的，不用这么紧张。"

魏之笙摇了摇头，仍旧盯着花瓶，视线一刻也没有离开。

"我没戴手套，别弄坏了，永乐年间的青花瓷，真美，像一个待字闺中的姑娘。"

"送给你。"林雾说着就去找东西想给她包起来，找来找去，最后拿出了一个……塑料袋。

魏之笙赶紧摆手："不不不，喜欢看看就好，这么贵重，我家里放不下。药箱拿了吗，我先给你上药吧。"

魏之笙洗干净手，回到书房给林雾上药，林雾端端正正地坐在一把太师椅上，脊背挺直，像个要上课的学生。魏之笙站在他面前，他的视线刚好落在她的下巴上。

林雾头上的伤口已经结痂，魏之笙拿碘酒给他清洗了一下，涂了点药膏，可是怎么也找不到创可贴，连纱布也没有，倒是有一把医用剪刀和医用胶带。魏之笙内心出现了一串省略号。

"纱布呢？"

"不知道，小高买的，我没用过。"

"那就用这个吧！"

魏之笙拽了一点药棉，用自己的创可贴给他贴在额头上。

林雾皱了下眉头："不去你家包扎一下吗？"

魏之笙笑了笑说："我家也没纱布！我回去了。"

回到家发现没有饭吃，丁辰不在，桌子上只有一张字条，字歪歪扭扭的，一看就是时间来不及了，草草了事。

"去野外生存训练？"魏之笙摸了摸干瘪的肚子，你离开了我这里就是野外了！平日里下班都是去阮萌那儿吃饭，可最近阮萌也不在。魏之笙的强项是打扫卫生和洗衣服之类，两个人分工明确，谁也不偷懒。

冰箱里空空如也，就连她之前买的零食也不见了，她分明记得，丁辰昨天去超市买了很多食材的，不然她也可以煮个面吃。

洗完澡，看了半本书，魏之笙越发觉得饿了，外卖平台上只有烧烤和快餐还在送，她偏偏不爱吃这些，考虑了良久，点了个炸鸡。

半小时后门铃响了，她拿了外卖，发现对面的门是开着的，也不知开了多久，外卖小哥也是一脸的迷茫。魏之笙听到对面有动静，鼻翼下飘过一阵香味。魏之笙不自觉地往前走了几步，直接趴在了林雾家门框上，抻着脖子往里面看。

"林雾？林雾！"

林雾没听见，却看见魏之笙满脸渴望地冲自己招手，像一只等待主人投喂的猫咪。他拉开厨房门，身上还系着围裙，里面一件白色的T恤衫，黑色裤子，黑色拖鞋，头发大概是刚洗过，湿答答的。

"有事？"

魏之笙努力嗅了下他带过来的气味，然后举着自己手里的炸鸡说："你吃炸鸡吗？一起一起！"

"不吃。"

"……"

万万没想到，他竟然不吃！但是魏之笙想吃他锅里的菜啊！

突然一阵风穿堂而过，魏之笙家的大门咣当一声关上了。魏之笙惊恐地回头看了一眼，奔跑已经来不及了，她用力抠抠门缝，纹丝不动。

"你带钥匙了吗？"林雾问。

魏之笙怎么可能带了呢，她就是开门拿个外卖。

"有备用钥匙吗？"

魏之笙眼睛一亮："对对对，我有备用钥匙！"

"放哪儿了？"

魏之笙："阮萌家，但是她出差了……"

"她家有备用钥匙吗？"

"有，在我家……"魏之笙委屈，"你能借我五百块钱吗？"

林雾靠在门口，狐疑地看她。

"小区外面有个酒店，明天一早我再找个开锁师傅来。记账上，等我一起还给你。"

林雾思考了一下说："你睡衣口袋里应该没有身份证吧？"

魏之笙点了点头。

"进来。"林雾让出入口。

"不用了，我凑合一下就好了。"

"嗯，所以你进来凑合。"

魏之笙不再拒绝，在门口换了双拖鞋，虽然她原本穿的就是拖鞋。

林雾的餐厅里已经摆好了四个菜，方才传来香味的是一锅汤。

"一起吃吧。"林雾摘了围裙，给魏之笙盛汤。

餐桌上，都是魏之笙喜欢的食物，他们的口味是一样的吗？魏之笙很惊喜，林雾像一个知己老友，一切的一切都让她觉得舒服。

魏之笙喜欢吃清淡的东西，阮萌常常吐槽她一袋盐能吃到过期。

饱餐一顿，炸鸡却一口没动。

"我来洗碗吧。"魏之笙说。

林雾按住了她的手："有 AI。"

她一开始没有发现，虽然林雾的家装修风格很中式古典，但是用的东西却非常现代化。除了吃喝拉撒，其他一切都可以让机器代劳。

这种吃饱了什么都不用干的感觉真是难以言喻的好，魏之笙特别怀念这样的日子，奈何她离开家以后，做任何事都必须要有度。

"看电视吗？"林雾问。

魏之笙摇了摇头："借本书看成吗？"

"想看什么？"

"你家书很多吗？"

"还好。"

林雾带她上了二楼，二楼有四个房间，其中两间是书房，另外一间主卧一间客卧，楼下还有两间书房，外加厨房电脑室之类的。

门上还挂了门牌，左边中文，右边外语。

推开门更是不得了，四面墙壁全都是书，房间充斥着书墨的香味，简直像个图书馆。

"选好了出来看，里面光线不好。"

两个人各自选了一本，然后在二楼的摇椅上坐下，林雾沏了壶好茶，香气四溢。

　　魏之笙坐在摇椅上，向右看是一个露台花园，亮着几盏昏黄的灯，开着嫩白色的花，她喝了一口茶，看了半页纸，仿佛岁月已然开出花来，这就是她所向往的生活。她不喜欢太大的房子，喜欢居住在热闹的人群里，喜欢花草，喜欢书。当然，除了茶，她不怎么爱喝茶，看着跟养生似的。

　　冷不丁一抬头，发现林雾正在看着自己，魏之笙指了指他的额头："你过来，我看看。"

　　林雾往前凑了凑，魏之笙一皱眉："创可贴呢？怎么又破了？"

　　"洗澡掉了大概。"

　　"你这个要注意，可别留疤，不然白长这么好看了。"魏之笙翻了下口袋，找出来一个草莓图案的创可贴，给林雾贴上了。

　　"你很喜欢看书？"

　　魏之笙点了点头："我以前不爱看书，我是学霸来着，不用看书成绩也很好。后来我也不记得怎么了，就特别喜欢看书，大概是被谁影响了吧。你超爱看书吧！"

　　她说完了之后有个可怕的想法冒出来了，她该不会是被林雾影响的吧？

　　"你……是学霸？"林雾用一种非常怀疑的语气说出这句话来。

　　魏之笙一愣："我怎么了！我成绩好到没朋友！"

　　林雾笑了笑，回了一个极其敷衍的："嗯。"

　　"你不信？"

　　"你要证明吗？"

"要！我为学霸正名！"

林雾起身，去楼下的杂物间翻出来一纸箱卷子，擦了擦灰尘，放在魏之笙身前的茶几上。

"做吧！"

魏之笙一看头就大了，三年高考五年模拟……还是熟悉的味道，熟悉的配方。她现在感觉到骑虎难下了，毕竟高中离她很远了，太多知识点已经忘记了。

"我去遛狗，有不会的，你叫我。"林雾笑了笑，给魏之笙拿了一盏台灯来。光照射在卷子上的那一瞬间，她有一种回到高三的错觉，简直可怕得要命。可到底为什么可怕呢？她那个时候经历过什么？她已经记不清楚了。

实在做不出来，魏之笙放弃了，下楼想倒杯水喝。她走到楼梯口的时候，听到有人在说话，林雾不是去遛狗了吗？他在跟谁对话？

"你今天心跳很快，需不需要做个身体检测？"

"不需要，我非常健康。"

"你是不是谈恋爱了！天哪天哪，你谈恋爱了，你要结婚了，你老婆怀孕了，你就得抛弃我，我要变成流浪狗了，雾，给我写个流浪狗生存的程序好吗？"

"你是不是想得有点多？"林雾笑了笑，回头发现满脸惊讶的魏之笙。

她看见两台跑步机上，一人一狗，正在对话！她觉得大脑要不够用了，她指了指林雾，又指了指那只狗。

“那个……那个……我是不是知道得太多了？”

林雾关掉了跑步机，指了指冰箱。魏之笙下意识地就过去拿了瓶水递给他。林雾抿嘴笑了笑，真甜，她心里一阵小鹿乱撞。

“过来，做个自我介绍。”林雾对跑步机上狂奔的哈士奇说道。

哈士奇跳下来，优哉游哉地走到魏之笙面前，蹭了蹭她的腿，摇着尾巴坐下了。

“我是林雾的狗，也是管家，这里的电器都听我的。”

“所以你是 AI？”魏之笙明白了，她仔细听了听，这只狗狗的声音是有电子音成分的。

狗狗点了点头然后说：“仿真皮毛哦，手感跟真实的狗狗一样，我不用喂，充电就行了，我叫……”

林雾眼睛一转，似乎想起了什么，然后迅速捂住了狗嘴。

林雾笑了笑说：“它就叫狗！”

“呜呜……”

“过来充电。”林雾拽着狗去了厨房。

“你要对我做什么？”哈士奇努力挣扎着后退，满眼的惊恐，“外面那个是你的老婆吗？我要被抛弃了吗？这么快吗？我的天，要死了要死了，我该怎么办，啊我该怎么办！”

林雾满脸黑线：“你话好多！”

“怪我喽？当初是你自己设定的，想要个能陪你说说话的，我现在说话了，你还嫌话多，你看看谁家狗能陪主人聊天的！”

嗯，这事儿怪他，可他当初写程序的时候没想到，这家伙话多成这个样子。

"过来，改个名字。"林雾说着就把手放在了哈士奇的脖颈上。

哈士奇玩命挣扎："我不！我叫笙小笙叫得好好的！为什么要改名？汪汪！"

"它叫笙小笙？"魏之笙出现在了厨房门口。

"汪汪！"哈士奇摇起了尾巴。

魏之笙快走了两步，在哈士奇跟前蹲下，捧住了它的脸，揉了起来，手感跟真狗是一模一样的。她笑了："笙小笙，你这名字挺可爱的嘛！"

"当然！汪汪！"笙小笙配合地舔了舔魏之笙的手。

林雾皱起了眉头："不是说让你不要随便舔人，你也不会分泌唾液，全都是油，脏死了。"

笙小笙开始委屈，魏之笙摊了摊手，小声跟它说："没关系，我很喜欢你。你名字跟我好像哦！"

魏之笙陪笙小笙玩了一会儿，狗狗困了自己跑去充电。她一下子有点愣神，她过去好像也有过这样的一只狗。

林雾和魏之笙都没有早睡的习惯。

"电脑能借我用一下吗？"魏之笙问。

"一楼工作间里面，架子上的你随便拿吧。"

随便拿这个词听起来很霸气，魏之笙本以为只是说说而已，没想到是真的可以随便拿，随便到什么程度呢？他的工作间里有一个铁架子，一共四层，每一层都放着七八台笔记本，桌子上还有三个台式机，墙角处有一台服务器，连接到这里所有的电脑以及家用电器。

"好酷！"魏之笙赞叹道，"我用这个白色的可以吗？"

"可以。"林雾的声音从楼上传来，他正在帮魏之笙铺床，客房还没有住过人，他忽然觉得有点不可思议，他摸不清自己现在是个什么心态了。

魏之笙取了电脑出来，在客厅的地毯上坐下，电脑放在茶几上，她挺喜欢这台电脑，有眼缘，外形像她大学的时候，做兼职策划赚的第一笔工资买下的那个。她按下开机键，有密码，习惯性地输入了自己的生日，成功登录了。她恍惚间觉得这就是自己的电脑，可几秒钟以后她反应过来，呆愣愣地看着电脑，以及周围的一切。

林雾从楼上下来，顺手拿了个垫子，放在地上，拉着她的胳膊，让她坐在垫子上："说了多少次，不能直接坐在地毯上，你肚子疼我又不能替你。"

"林雾……"

他一个恍惚，意识到自己这样有点逾越，尴尬地收回了手，坐到一旁的沙发上。

"怎么了？"他平静地问。

魏之笙扭头看向他，眼睛里弥漫了一层雾气，她不知道自己为什么会觉得难过："你的电脑密码，为什么是我的生日？"

林雾表面看起来非常平静，可是他觉得已经死去的内心，已经被搅活了。

"我习惯了，改不掉。"他如是说。

"有酒吗？"魏之笙问。

"你要干吗？"

"突然想喝一杯。"

"我没买过。"

"不会吧？料酒也没有？"魏之笙把只写了个开头的策划书保存了一下，然后起身去找酒。

冰箱里有两瓶啤酒，魏之笙感到很惊喜，她晃着脑袋跑回来，一脸兴奋："这不是有吗！来来来！"

魏之笙把两个啤酒瓶的瓶口正反倒立对在一起，打算直接用力和反作用力把瓶盖给别开，林雾赶紧阻止她："危险。"

魏之笙想了想也是，洒身上也不太好，于是放进嘴里，直接用牙齿起开了，林雾看得眼睛都直了。魏之笙把其中一瓶往林雾手里一塞，跟他碰了下瓶子："干！"

"你确定？"林雾皱着眉。

"我干了，你随意！祝我们合作愉快！"她抬起头灌了一大口，估计有小半瓶。

林雾看着魏之笙，有点无奈。

魏之笙用力地拍了下林雾的肩膀："林雾，我没想到你们家有啤酒，我都以为能从你家厨房挖出来一坛子雄黄酒之类的，我看你这日常的状态，跟修仙似的。"

林雾："5……"

魏之笙："我要把那个网综做好，我要扬眉吐气，让那什么 COO

黄洛洛哭出来！"

　　林雾："4。"

　　魏之笙："你家门口那个破摄像头害苦我了你知道吗？你没事儿装那玩意干吗，你监视谁啊！"

　　林雾："3。"

　　魏之笙："你明天早上能给我做炸馒头片吃吗？"

　　林雾："2。"

　　魏之笙："林雾，对不起，我真的想不起来了……"

　　林雾："1。"

　　魏之笙双眼一闭，倒在了林雾的怀里，已然醉得不省人事。林雾笑了笑，眼底却隐藏着悲伤，果然酒量还是那么差。他喝光了剩下的酒，然后把魏之笙抱到了客房里。

　　魏之笙睡着了，过了没多久在房间里大喊大叫，直嚷嚷头疼。林雾被她给叫醒了，以为出了什么大事，坐在她床前，开了床头灯，低声问她："怎么了？"

　　魏之笙开始哼哼，抱着林雾的腰开始哭，眼泪止不住地流。林雾整个人都僵硬了："闹哪样？"

　　魏之笙嘤嘤嘤地哭，然后说了句："太亮了，睡不着。"

　　林雾关了床头灯："现在呢？"

　　魏之笙还哭，哭着哭着就咳嗽起来了，然后干呕。林雾拍着她的背，特别无奈，咳嗽了一声说："黑暗模式，伸手不见五指那种。"

　　房间的墙壁和天花板以及窗户都变成黑色，一丝光线也没了。

"好了吗？"

魏之笙干号了两声，然后躺平了，手却还攥着林雾的手。

林雾抽了两下，她抓得更紧了，于是问："做什么？"

"我觉得你面熟。"

"面熟？"

"我们在学校见过吗？"

林雾有一种要气炸了的感觉，他咬牙切齿地说："见过。"

"不能吧，你长这么帅，我对你竟然没印象！你好像很确定的样子，我们以前很熟？"魏之笙嘿嘿嘿地笑了几声，"也可能真的见过，我前几年脑子不太好，忘记的事情太多了。你摸这里！"

魏之笙抓着林雾的手，摸到自己的后脑勺，有一道疤，头发盖着，平日里看不见。

林雾一阵心惊："怎么回事？你做过开颅手术？你的信息里为什么没有？"

魏之笙哈哈大笑了好一会儿。

林雾有些生气，按住她的肩膀，大喊了一声："白昼！"瞬间房间里如同被阳光洒满了一般，他将魏之笙拉到怀里，然后用力一翻，让她面朝下，趴在自己的腿上。

魏之笙被他突然的霸道吓了一跳，酒醒了三分，委屈地问："你干吗？"

他扒开了魏之笙的头发，仔细研究那道伤疤，月牙的形状，疤痕边缘已经不长头发了。

“到底发生过什么？”

魏之笙在林雾怀里扭了好一会儿，终于把自己给扭正了，枕在他的大腿上，慢吞吞地说道：“好像是摔了一跤吧，我不记得了。”

“你把脑子摔坏了？”

“哎！你怎么骂人呢？但是这么说好像也没错。”魏之笙有点不好意思，傻笑着把脸埋进他的腿里，一顿乱蹭。

林雾手足无措，脸霎时红了，只能严肃地训斥她：“你坐好！”

魏之笙把脸抬起来，换了个姿势，趴在他腿上，歪着头看他。

林雾摸了摸她的后脑勺，手指来回抚摸着她的疤痕，心里顿时一片柔软，好像能把所有的不快都抛却，他温柔耳语：“头还疼吗？”

“疼！”魏之笙脸上挂着大写的委屈，“宿醉明天一定会头疼的，头疼我就写不了稿子，做不了专栏，跟不了拍摄，带不了项目，黄洛洛肯定要嘲讽我！”

“黄洛洛是谁？”

“一个饭桶！”提起黄洛洛，魏之笙就觉得反胃，这个人没下限、毁三观。“哎？你不认识黄洛洛？我以为你突然答应帮我，是因为知道她要整我。”

林雾叹了口气说：“我的确接到消息，但是我记不住她的名字。”

魏之笙抬起头来，打了一个酒气嗝：“多好记呀！”

“我只需要记住你的名字，其他人只是代号而已。”

魏之笙听了一阵傻笑。

林雾把手伸过去：“要不要咬一口？出气。”

魏之笙惊了，抓住林雾的胳膊用力地咬了一口。她的确有这个习惯，非常气愤的时候就要发泄。咬完了，她说："林雾，你比我爸都了解我！你为什么对我这么好？我该不会长得像你初恋情人吧！哦，对对对，我就是你的初恋情人。"

林雾冷笑了一声说："因为我敬你是条汉子！"

魏之笙喊了一声："科学家怎么也是网瘾少年？"

林雾没有理她，转身出去给她煮醒酒汤。

他没煮过醒酒汤，查了查做法，弄好了材料，煮好了送到房间里，魏之笙已经再次睡着了。他调暗了灯光，在她床边坐下，哄着喂了几口。

林雾一夜没睡，他在书房想了许久，终于在太阳快要升起的时候，给高助理打了电话："动用一切关系，查出魏之笙头上的疤痕是怎么回事，为什么之前她的个人信息里，没有记录。"

"明白。"高助理是信息采集的高手，早些年还当过黑客，他大概明白林雾留着自己的原因了。

Chapter5
/ 一杯仙草

♥

　　魏之笙做了一个梦，梦里她回到了学校，她走在校园花园的小路上，
路的尽头通往宿舍，这条路平时没有什么人走，而她似乎在躲着谁。

　　"魏之笙，题你算出答案了吗？"

　　突然有人跳出来，吓了魏之笙一跳，来人正是她躲着的人。

　　"大神你饶了我吧！ $x^2+\left(y-\sqrt[3]{x^2}\right)^2=1$ 我不会解。"

　　对方特别生气的样子，魏之笙吓得赶紧顺毛："你知道的，我数学
不行！"

　　"你究竟是怎么考上 A 大的？"对方怒斥。

　　魏之笙吐了吐舌头说："你辅导的呀！你忘了吗？"

　　他的目光非常灼热，魏之笙一头雾水，她不明白为何他这么生气。

　　过了很久很久，他叹了口气，魏之笙感受到了他强烈的失望。

　　魏之笙赶紧道歉："对不起，我下次一定努力。"

　　"这是高中的知识点！是笛卡尔的心形线公式。"

魏之笙只能继续解释："文科生和理科生的高中是不一样的，知识点对于学霸和学渣来说也是不一样的，你知道我数学不行啊，要不你出点别的题？"

然后那人又拿了物理题和化学题出来，魏之笙终于崩溃了，直接哭着说："你再这样，我们就绝交吧，你知道文科生是什么概念吗？"

他也很难过，并且委屈："知识点已经放到初中了，你怎么还不会？"

再后来他在地上写了一道数学题，就是网上当时很流行的那一道，$128\sqrt{e980}$。

魏之笙大喜，蹲在地上开始解题，工工整整写了一个解字，然后得出答案 2113.82。

魏之笙觉得自己扬眉吐气了一把，昂起头冲着那人笑，灿若春光。

结果那人更加生气了，他说："你是不是智障？"

魏之笙很不服气："我算错了？"

他："谁让你算了！"

他直接把那道题擦去了一半，他按住魏之笙的肩膀，让她往地上看，有点咬牙切齿地说："现在明白了吗？"

数学题改头换面，地上只剩下 I LOVE YOU。

魏之笙呆了呆，指了指地上，然后就气哭了："你要跟我告白你早点说啊！你天天让我做数学题，我都要做吐了，你就不能直接说，你让我算什么题啊！你是不是有病啊林雾！"

魏之笙猛然惊醒了，直挺挺地坐在床上。她满头是汗，房间里还保持着黑暗的模式，只有她一个人的喘息声。这是个什么梦？

"好黑，几点了？"她喃喃自语。

话音刚落，室内的墙壁就开始发光了，黑暗逐渐退去，百叶窗打开，光线洒满床上，同时系统开始报时："北京时间 7 点 45 分，魏小姐您还可以休息十五分钟。"

魏之笙吓了一跳，她没有想到随便说了一句话会有人回应，她差点从床上跳下来。

电子音："抱歉，我不知道会吓到您。"

魏之笙想起这是林雾家，刚才跟她对话的是 AI，她摆了摆手说："是我不好意思，我忘记了。请问林雾呢？"

电子音："先生不在。"

"去哪儿了？上班了吗？"

电子音："对不起，我没有权限了解先生的去向，可以询问管家。"

魏之笙说："好的，谢谢你。"

魏之笙起床简单洗漱了一下，客厅里空无一人，她尝试着叫了一声："笙小笙，你在吗？"

下一秒厨房里就蹿出来一只狗，它跃跃欲试，看样子是想要扑一下魏之笙，但是临到跟前，它急刹车，忍住了。

魏之笙笑着摸了摸它的头，然后又挠着它的下巴。

笙小笙表情凝重，紧接着它就有一种忍不住了的感觉，摇起尾巴来，然后舔了舔魏之笙的手。

"好乖。"

笙小笙得到了赞扬，心里都快要开出花了，但是主人告诉过它，它是高科技产物，要高冷，它跟一般的狗不一样。但是怎么办，它太喜欢眼前这个会夸奖的女主人了！

"林雾呢？"她问。

"主人出去了，等下就回来，让你等他别走。"

"早起他遛你了吗？"

"汪？"笙小笙陷入了沉思，这是什么意思？

魏之笙拿了一件挂在玄关处的外套穿上，给笙小笙拴上链子，开门出发。

早起小区里遛狗的人不少，魏之笙抓紧了牵引绳。

"我们先说好，不能跟狗打架，也不能跟人打架，不许开口说话。"她说。

"汪汪！"笙小笙表示同意了。

在踏出楼宇门的那一瞬间，笙小笙觉得，新世界的大门被打开了。它有一种钻进电视剧里的感觉，这真实的房子、真实的草地、真实的花朵，以及真实的狗……

魏之笙和笙小笙在花园的石子路上遇见了另一只哈士奇，长得跟笙小笙极其相似，狗主人是个年轻的男人，穿黑色的短裤，白色 T 恤衫，头发挑染的咖啡奶茶棕色，戴着 Sennheiser 的 HIFI 耳机，不知在听什么音乐，身体很有节奏地晃动着。他的狗也很有节奏地晃动着，可是，在看到笙小笙这只看似纯种的健美哈士奇以后，疯狂了。

那一瞬间，正在音乐里享受陶醉的年轻主人，被自己的狗拽得一个趔趄。

"汪汪……"笙小笙轻轻叫了两声。它第一次见到外形跟自己一样的活物，有点兴奋和激动。

魏之笙看了一眼对面冲过来的狗，瞬间觉得大事不妙，拽着笙小笙扭头就跑。笙小笙完全不明所以，接着汪汪。

"别叫了！来者不善啊！"

笙小笙对这句话不是很理解，但是下一秒，对面来的大狗就将它扑倒在地，咬着它的脖子，整个狗骑了上去。笙小笙吓蒙了，这是什么打招呼的方式？

魏之笙也吓蒙了，另一只狗的主人也完全一脸蒙的状态，因为他被自己的狗拽着直接撞到了魏之笙身上，不过幸好，他平衡能力还算不错，一把搂住了魏之笙的腰，两人才没有不幸摔倒。

那边两只狗狗，笙小笙真真正正地做到了狗脸茫然，不知道这家伙要做什么，只听魏之笙大喊了一声："笙小笙！你反抗啊！"

笙小笙接到指令，虽然不懂，但也要坚决执行，起身用力一甩，将骑在自己身上的狗给甩开了，然后蹲在了魏之笙的身后抬起爪子，顶住她的腰。

魏之笙稍微松了一口气，推了推那个年轻的狗主人："可以放开了。"

男生松开手，后退了两步，摘下了耳机，低着头，脸已经红到脖子了。

魏之笙蹲下检查笙小笙的身体，笙小笙递过去一个不明所以的眼神。

"看看你还完不完整，别动啊！"魏之笙边说，边看了看笙小笙的尾巴处，似乎没什么问题，她松了一口气。

"同学，你的狗要拴牢啊，尤其现在春天了，我家孩子什么都不懂的。"魏之笙气鼓鼓地对那个男生说。这个男生活像一根烧红了的木头，一动不动，连最起码的道歉都没有，没有丝毫的表示。

魏之笙有点生气，但是也没有跟他大吵一架的想法，只能摇摇头，牵着笙小笙继续遛弯。

"那个……"那个男生终于开口了。

"怎么？"魏之笙停下脚步。

"我是姜末山，不是同学。"

魏之笙脸上画了一个大写的问号，这是重点吗？

"我工作了。"他轻声说，满脸无害的样子。

她完全不关心这个好吗！

"你……你……"姜末山继续脸红，并且伴随着结巴，以及害羞，头快要垂到胸口。

"还有事吗？"她问。

姜末山用力点了点头。

"那你说吧。"

姜末山稍微抬了下头，把手机掏了出来，递到魏之笙的面前："电话号码。"

"嗯？"魏之笙觉得自己遇见了个奇葩。

"我的狗冒犯了，如果有问题的话，打给我，我会负责的。"他憋了许久，才说完这一整句话，魏之笙听着都觉得很累。

"不用了，你拉住就好了。先走了。"

"不行。"姜末山拽住了魏之笙的袖子，一脸的认真。

"真的不……"魏之笙再次开口拒绝的时候,有人从她身后伸出一只手来,接住了那个手机,然后顺势把下巴放在了魏之笙的头顶,把手机拿到魏之笙眼前,飞快解锁,然后找到了本机号码。

"你的号码我记住了,如果有事,我会打给你的。"林雾说完把手机丢了回去,手放在了魏之笙的肩膀上,把她整个人抱在了怀里,魏之笙感觉到自己的背开始僵硬了!

"回家吧。"林雾说。他用拎着袋子的手握住了牵引绳。

"才刚出来,笙小笙还没上厕所呢。"魏之笙简单解释。

"没关系,它可以用马桶。"林雾的下巴蹭了蹭魏之笙的头,然后瞥了一眼那个一直盯着魏之笙的男生。

"好。"林雾和魏之笙并排回去。

"你们养的真的是狗吗?"姜末山小声嘟囔了一句,"太智能了。"

林雾的家门是密码锁,他开门的时候,魏之笙礼貌地回避了,后来发现根本不需要,他是指纹锁。

"你过来。"林雾叫她,握住她的手,放在了感应器上,重复确认后,说,"权限给你了,我不在的时候你也可以进来。"

他给我他家的钥匙!魏之笙的心开始扑通扑通地乱跳,这是什么意思?他要干什么?

"进去吧。"林雾对发呆的一人一狗说。

回到家里,关上门的一瞬间,笙小笙对林雾狂吠:"你以前都不带我出去!我再也不要在跑步机上遛弯了!"

林雾:"为什么?"

笙小笙："我是狗！"

林雾蹲下来，笑道："你是 AI。"

笙小笙张了张嘴，无比委屈，嗷呜了几声，扭头去给自己充电了。

"你好像有点太……"魏之笙犹豫着开口。

林雾笑了下说："太什么？无情还是残酷？我说的只是事实，作为一个机器，它不该有自己的思想。"

"我只是想说，你太冷静了。林雾，你可以感性一点。"魏之笙摊了摊手。

"嗯，我努力。这个拿去，换好衣服，我送你上班。炸馒头还要吃吗？"

"啊？"魏之笙呆呆地看着他。

"不吃算了。"

"我吃！"

魏之笙欣喜地拿着衣服去换，白色的长裙，款式她非常喜欢。她很难想象，林雾这样的工科男有这么好的眼光，更重要的是，尺寸非常合适。

换好衣服出来果然有早餐吃。

"好吃！林雾你是怎么知道我早餐想吃这个的？"魏之笙眨了眨眼睛。

"你很喜欢吃这个？"

魏之笙用力点头："吃一辈子都可以！"

"真好养。"

"什么？"

林雾端起咖啡浅浅地抿了一口说："我认为你听到了。"

魏之笙有点扭捏，其实他说真好养也没有别的意思吧，自己肯定是想多了，不代表他想养自己吧？

"走吧，送你上班。"林雾说。

"等一下，我给你换个药吧。"魏之笙重新帮他弄了下额头的伤口，仍旧贴上一个非常可爱的创可贴。

林雾开车挺快，二十多分钟就到了魏之笙的公司附近，魏之笙道谢，准备下车，又被林雾给叫住："这个手机你先用，你的应该锁在家里了，里面有我的号码，有事情可以随时打给我。"

"哦，好。"魏之笙拿过来，跟林雾的同款。

林雾掏出皮夹，取出了一千块钱："今天的零花钱，我下班可能会比较晚，等不及了，就自己打车回家。"

魏之笙简直受宠若惊，她目前的确需要点现金："不用这么多……"

"没关系，我高兴。"

"除了我爸，没人给过我这么多零用钱。"她说的是实话。虽然她家庭富裕，但是家里对她价值观教育还是很严格的，比如不可以收别人贵重的礼物，如果收了一定要想办法还之类。

"我拿你当朋友，你却把我当爸爸。"

魏之笙笑得前仰后合，眼睛余光扫见了一大票燃着八卦之火的同事，赶紧冲林雾眨了眨眼睛说："你再不走的话，直接拖你进去做专访了！我好几个同事是你的粉丝呢。"

"男同事女同事？"

"女同事。"

"那你让她们快点脱粉吧。"

"为什么？"

"女朋友知道了会不高兴的。"

"你有女朋友？"

林雾瞪了她一眼，魏之笙吐了吐舌头："对不起，我先走了。"

回到公司，魏之笙去杂志部报了个到，向万主编汇报了项目的进度。万主编悬着的心总算是放了下来，魏之笙算是她的得力干将，如果不是身体不太好的话，她真想好好培养一下这个年轻女孩，让她来做自己的接班人，很可惜……

"万主编，没什么事我先出去了，去综艺部那边沟通一下，也算给他们个交代。"魏之笙说。

"去吧。"万主编想了想又说，"跑腿的活儿交给小孙就好，你别太操劳。"

"谢谢主编。"

魏之笙从办公室里出来，踩着玻璃楼梯下来，同事们已经围了过来，一脸八卦地等着她。

"怎么了？"魏之笙不明所以。

"这满面春风，豪车接送，到底是怎么回事呀？"做商务的肖敏又来问了。

这也不是第一次被同事打趣了，魏之笙从容笑道："娱记那边缺人，我推荐你们过去吧。"

肖敏冲她吐了下舌头，几个八卦的同事散开了。

魏之笙走到自己座位前，把要用的资料找齐了，然后直奔综艺部。

网综那边她一直是和主策划之一的田叮沟通的，整天夺命连环催的也是她。田叮是个非常有活力的二次元姑娘，进公司一年半，表现出众，以前也是混圈的小名人，漫展走穴，微博粉丝小一百万，当然，有一半是买的。

印象中非常热情的田叮，今天有点没精打采，趴在桌子上玩橡皮泥。

"怎么了？"魏之笙问。

田叮抬了抬眼皮，哭丧着脸说："亲爱的，我可能要回去走穴了。"

魏之笙这才发现，整个人工智能团队的人，都没什么精神，好像天塌了一样。有几个甚至已经在看智联招聘，打算换一个工作了，态度不是一丁点的消极。

"林雾，已经答应了重新合作，马上就可以进行节目录制了。"魏之笙公布这个爆炸性的消息，可惜仍旧没能调动起大家的情绪。

网综部门的老大张总从小会议室里出来，后面跟着的，还有人工智能这个节目的总导演兼制作人孟楠。

这两人怎么会在这儿？魏之笙投去了询问的目光。

田叮摊了摊手，拉着魏之笙去了茶水间，悄悄对她说："孟楠和张总一起递交了辞职报告，我们这个栏目组保不住啦！"

"这……"魏之笙惊呆了，这绝对是一个爆炸性的事件。张总在阮氏集团十几年，一直发挥着重要的作用，几个口碑好的综艺，都是他主导的。孟楠这档人工智能节目，更是公司目前最重要的节目，他们两个一走，网综怎么办？

"本来呢，孟楠不想走，是张总非要走，情侣档嘛，没办法啦……"田叮继续摊手。

"他们两个……"魏之笙惊讶地张大了嘴，她真是眼神不好吗？竟然没看出来这两个人的关系。

"这事儿还是黄洛洛爆出来的！张总说是辞职，实际上，我们都知道，是找到新东家啦！"

魏之笙心下明了，张总的出走八成和黄洛洛有关。黄洛洛现在越来越受器重，作为首席运营官，直接插手了很多部门的事情，张总不满已久，这次出走肯定已经找好了下家，孟楠跟着一起走的话，人工智能这个节目，是不是也会易主？

"田叮，那你们怎么办？"

田叮更加沮丧了，说："亲信已经带走了，我们几个本来就不被公司看好的临时工，估计就要失业了吧。笙笙，我好惨啊！好不容易想靠才华干点事业！怎么就那么难？难道我只能靠美貌吗？"

魏之笙听了又替她着急，又觉得有点好笑："如果，你们这个节目，有了新的制作人呢？"

田叮的眼睛里先是燃起了一点希望，旋即就被自己扑灭了，说："我们这烫手的山芋，没人能接，接了玩不转。"

"那也不一定，你是主策划，这节目没你也不行，等我好消息。"

"你干什么去呀？"田叮一头雾水。

"给你们找个负责人！"

田叮有点蒙了，现如今，还有谁能撑得起来？

　　阮氏集团总裁的办公室在大厦顶层 32 层，需要总裁办允许才可以开权限刷卡上楼。魏之笙坐电梯上了 30 层直接去到阮萌的办公室门口，正准备给阮萌打电话，她的手机就恰好响了。是一通微信语音，恰好是阮萌发来的，仿佛心有灵犀。她的手机落在家里了，林雾给的这个竟然可以不用原手机授权，轻松登录微信。

　　"笙笙！恭喜我吧！项目我拿下来了！你之前教我的办法果然有用，那几个老外后来都不敢轻视我了！"阮萌在那边手舞足蹈，她恨不得马上就出现在魏之笙的面前，给魏之笙一个大大的拥抱。

　　魏之笙轻轻地笑了："我就知道你可以。"

　　"算了，我啃老挺好的，太累了，我现在只想回家睡觉。"

　　"你哪天回来？"

　　"等一下就到家了，我已经到机场了。"

　　"辛苦你来一趟公司。"

　　"干吗？"

　　"咱俩去找你哥立个军令状。"

　　"嘟嘟嘟……"

　　电话里变成了忙音，魏之笙给阮萌发了一条微信：不来就绝交。

　　阮萌一连发了十几个痛哭的表情，最后说：知道了。

　　阮萌从小就害怕她大哥阮杰，因为阮杰小时候非常调皮贪玩，一肚子坏水，经常欺负妹妹。虽然阮杰长大了以后成熟稳重，如同脱胎换骨，但是阮萌仍然没有修复好自己的心理阴影。阮杰今年 35 岁，掌管公司八年了，从来没出过错，唯一不得长辈欢心的地方，也就是至今未婚，长辈想抱孙子一直催促未果。因为和阮萌的关系，魏之笙也叫阮杰一声大哥。阮萌在公司有两个职务，平时会在杂志部混混日子，做个小文案，还有一个职务就是市场部的经理，也带一些项目，30 层的这个办公室，是阮杰特批给她休息的地方。魏之笙也有办公室钥匙，就坐在沙发上，修改PPT。

一个半小时后，办公室门开了，阮萌穿着 12 厘米的高跟鞋，红色的风衣外套，披着一头黑色的大波浪长发，精致的小脸上架着一副大墨镜，下面是烈焰红唇。整个人看起来攻击性十分的强，她丢下行李箱，跑过去按住了魏之笙正在敲键盘的手。

"你是不是见林雾了？"

第一句话竟然是说这个？这让魏之笙有点没料到。

"你不是不认识林雾吗？"

阮萌的气场顿时减弱了几分："我撒谎了。"

魏之笙也说："我也撒谎了。我的确是见到林雾了，咱们公司的合作方，得罪不起。你们有什么过节，现在可以告诉我了吗？"

阮萌握了握拳头，再松开手，像一个泄气的气球，什么气场都没了。她坐在魏之笙旁边，委屈地说："没有过节，说来话长，不知道怎么说，一言难尽……"

魏之笙摸了摸她的头说："那咱们就先不说他，等你知道怎么说了，再说。我们先聊别的。"

　　阮萌点了点头，她心想，我们家笙笙真是善解人意啊，从来不逼自己，比她大哥好多了！等后来阮萌才恍然间明白，她又被套路了，魏之笙只要一见到林雾，套路就比道路还要多！

　　魏之笙把自己的想法和阮萌说了，并且说服了她，阮萌咬了咬牙答应了。两个人上了 32 楼，阮萌深呼吸吸了几口气，哭丧着脸对魏之笙说："我这可都是为了你啊！"

　　"你最棒了！"魏之笙竖起拇指鼓励她。

　　总裁的首席秘书见到阮萌后，表示总裁现在有客人，请她们稍微等一下。

　　等了十几分钟后，里面的人总算出来了，竟然是黄洛洛。阮萌翻了个白眼，黄洛洛走过来，直接无视了魏之笙，同阮萌打了个招呼。

　　阮萌掏了掏耳朵，没理她。阮萌眼睛一扫，看见了黄洛洛手上拿着的文件，透明的文件袋露出了一行标题。阮萌瞬间瞪大了眼睛："你怎么也打这个项目的主意？黄洛洛，你现在是什么都要掺和了吗？"

　　黄洛洛手上的是关于人工智能综艺节目的策划书，她做了很久了，这个项目算是公司目前最好的项目，她当然要抢到手。黄洛洛笑了笑，沉稳道："现在公司除了我，貌似没有人可以接这个项目了。"

　　"大姐你哪儿来的自信？"阮萌撸了一把袖子，正准备和她大吵一架。这时总裁的电话打了出来，秘书小心翼翼地说："阮小姐，总裁请您进去。"

　　阮萌瞪了黄洛洛一眼，拉着魏之笙就往里走。秘书又赶紧拦住她："总裁说让您一个人进去。"

　　魏之笙捏了下阮萌的手，给她打气。阮萌就昂首挺胸，一脚踹开了总裁办公室的门，冲进去就大吼了一声："大哥，人工智能这个节目，我要做！你让黄洛洛一边待着去！"

　　阮杰瞥了她一眼，看到她身后的门关好了之后说："美国的项目听说你表现得不错，你生日大哥给你买辆新车吧。"

　　"我不要，我要项目！"阮萌接着吼。

　　阮杰皱了皱眉。

　　阮萌把高跟鞋一脱，坐在地上开始要赖："黄洛洛那大姐有什么好，我可是你亲妹妹，你不给我，要给外人，大哥你变了，你以前很宠我的！"

　　阮萌的分贝很高，吵得阮杰头疼，强忍着说了句："我什么时候宠你了？你是不是有什么错觉？"

　　阮萌愣了愣，然后开始假哭。

　　"滚出去！"阮杰吼了一声。

　　阮萌连滚带爬出去了，见到魏之笙后有些愧疚。

　　"没事。"魏之笙给她擦了擦眼泪，转而对秘书说，"能不能帮我通告一声，我想见总裁。"

　　"笙笙你别去，我大哥鬼迷心窍了！咱们不求他，我去找我爸！"阮萌打定主意了，这个项目她一定要帮魏之笙拿到手。之前她是因为不想让魏之笙操劳，也不想让魏之笙接触林雾，可现在黄洛洛掺和进来就完全不一样了，她知道魏之笙和黄洛洛水火不容，她们不能输给黄洛洛。

　　"让我先试试。"魏之笙握握她的手。

　　"总裁请您进去。"秘书说。

魏之笙敲了下门。

"之笙你坐。"阮杰起身,亲自给魏之笙倒了杯奶茶,还放了点烧仙草,"少糖,喝吧。"

魏之笙接过来,冲他笑了笑:"谢谢大哥。"

"你想要桃源计划那个项目?"阮杰问。

魏之笙点了点头,送上了自己的策划书:"这个项目我也跟了一阵子,有一些了解,我想和阮萌一起做这个项目。"

"论资历你俩太浅,没什么经验。老张和孟楠走了,公司最合适的人选其实就是黄洛洛。"

"项目其实已经定型了,只需要人去推进。我和项目组的人很熟,熟悉他们的工作方法,而阮萌的身份,也很有说服力。我们两个来负责,可能比黄总监更合适一些。而且,我们对节目的方案做了改进,未必不比黄总监的好。总裁您看一下?"

"我会看的。"

该说的都说了,剩下的就要公司的领导层来决定了,魏之笙告辞。

"之笙。"阮杰忽然叫住了她,"晚上和萌萌一起回家吃饭吧。"

"好呀。"魏之笙笑了笑。

"那下班一起走吧。"

魏之笙点了点头,退出去。

阮杰看着桌子上那杯烧仙草,只喝了一口,留下了一个浅浅的唇印。

出了总裁办公室的门,魏之笙松了一口气,阮萌也松了一口气,两个人相视一笑,都明白——她俩其实都害怕阮杰!

"你大哥答应会看看我的策划，以及晚上让我们一起回去吃饭。今天什么日子？"魏之笙问。

阮萌想了一下说："今天周三。"

阮萌这一次出差时间比较久，身上穿的还是春装，完全没料到，S市一下子就进入了夏天。于是下午她拉上了魏之笙，就在公司附近的商场逛街买衣服。魏之笙带着电脑，在"老公寄存处"写采访稿，准备用在周年特刊上。

买好了衣服，阮萌又去做了个SPA。魏之笙就找了几本书，看看节目制作，顺便还整理了第一期节目的台本。其实她不是专业的，只能边做边学。

"笙笙，你这么努力的样子，让我想起了你高三的时候。"阮萌忍不住笑了，"你那时候每天被逼着学习，眼睛都恨不得长在书上了。"

魏之笙有些茫然地抬起头："逼着学习？我以前可是学霸，超爱学习的，谁逼我呀？"

"林……"阮萌硬生生话锋一转，"你爸。"

魏之笙还是茫然，阮萌转过身去，抽了自己一个小嘴巴，心里默念着，叔叔对不起。

做完了SPA，阮杰下班了，打电话问她们在哪儿。魏之笙本以为是派个司机来接她们，没想到是阮杰自己亲自开车来了。

阮杰从她们手里接过八个购物袋，放在了后备厢里，为她们开了车门。晚高峰，一路上都很拥堵，魏之笙看着窗外有点走神，她有点想念林雾的车技了。想起林雾，她赶紧给他发了一条微信。

"去闺蜜家吃饭，不要来接我了。"

等了几分钟，林雾没回，魏之笙有点失望，这人是收到了还是没收到呀？

阮萌家大宅是两栋四层的独栋别墅，阮妈妈早就在门口等他们了。先是跟魏之笙打了招呼，又看了儿子手里拎的东西。

阮杰说："阮萌买的。"

阮妈妈颇有些高兴的样子，说："萌萌长大了，懂事了。小杰你喜欢吗？"

阮萌有点蒙。

阮杰咳嗽了一声说："妈，全是她自己的。"

阮妈妈瞬间就尴尬了，阮杰拎着东西往楼上走。

魏之笙扫了一眼家里的摆设，悄声和阮萌说："今天你哥是不是生日呀？"

阮萌瞬间惊恐——常年不回家的爸爸在家，桌子上是妈妈亲自下厨炒的菜，以及蛋糕……

"坏了，错过了一个拍马屁的机会。难怪我大哥的脸跟驴脸一样长！"阮萌小声嘟囔，却被阮妈妈给听见了。

阮妈妈过来掐了她一把说："有你哥哥这么帅的驴脸吗？"

魏之笙尴尬得不行，她好像每年都来吃饭，但是每年都记不清日子，反倒是她生日的时候，总会收到一份阮杰哥给的礼物。所以这顿饭吃得心虚极了，阮萌也同样，两个人头都没抬，全程扒饭。

阮杰和父亲聊起了公司的事情，阮妈妈忙进忙出，为三个孩子准备吃的，一家人难得的其乐融融。

阮萌趁着这个空当，鼓足了勇气说："爸，桃源计划的综艺节目，交给我和笙笙做吧。"

"别给你大哥添乱了。交给笙笙做可以，你就歇歇吧。"阮父道。

阮萌瘪了瘪嘴，她不服气，正准备回击，魏之笙在桌子下踢了踢她的腿。

"她们的策划案我看了，可以考虑。"阮杰忽然为她们解围。

阮萌有那么一点惊讶："大哥，你的意思是，准备帮你亲妹妹和干妹妹了？黄洛洛跟你闹的话，你可不能心软！"

阮妈妈捕捉到了一条信息，紧接着问："黄洛洛是谁？"

阮萌刚想说话，阮杰一记眼神杀，她赶紧闭上了嘴，还打了个冷战。阮妈妈只好问魏之笙："笙笙认识吗？"

"呃……"魏之笙为难了，她不知道该怎么说。

"公司同事。妈，我想喝汤。"阮杰又说。

"儿子今天胃口不错呀。笙笙再来碗汤吧。"

"谢谢阿姨。"魏之笙道谢。

吃了饭以后，还得切蛋糕。餐厅里的灯光都熄灭了，只剩下了烛火，阮杰被逼着许愿，他其实不相信这些。

阮妈妈："希望儿子早点结婚。"

阮父："希望儿媳妇不是黄洛洛。"

阮妈妈："不是说同事吗？"

阮杰："……"

阮萌偷笑，小声对魏之笙说："我经常跟我爸说黄洛洛的坏话。"

魏之笙比了个大拇指给她："你真棒！这要是真的棒打鸳鸯了，大哥还不得打死你？"

蜡烛一点一点燃烧，阮杰也不知道许什么愿望好，好像什么都有了，又好像真的缺点什么。在家人的催促下，他许了一个和去年一样的愿望，希望每年都这么过生日。

阮家人过生日都比较简单，就是一家人一起吃个饭。家里两栋别墅，一栋是父母住，另外一栋是兄妹俩住，阮萌一年也就回来住几天，实在是和大哥相处压力大。魏之笙自然也不能走，两个人承受压力总好过一个人独自面对。

洗漱完，两个人躺在床上玩手机。

阮萌的电话响了，是阮杰打过来的。

"客厅汇报工作。"阮杰说。

"好的大哥！"阮萌挂了电话，狠狠地踹了踹被子，"住在一栋房子里，还得打电话！你瞧瞧我大哥！"

魏之笙的电话也响了，是一条微信，看过提示后，她紧张了起来。

"谁呀？对了，你电话我怎么打不通，这谁手机啊，你新买的？"阮萌扫了一眼屏幕，写着林雾，她瞬间瞪大了眼睛，噌地从床上跳了下来，随手抓了件衣服披上，骂了句脏话就往外走。

阮萌看见了，信息写着：出来，接你回家。

魏之笙有点没反应过来，阮萌为什么这么大反应？莫非他们三个真的有感情纠葛？

她也找了件衣服下楼，阮杰坐在客厅的沙发上，问："大哥你看见阮萌了吗？"

"跑出去了，不知道发什么神经。"

魏之笙赶紧给林雾打了电话，电话通了，却没人接。她在花园里跑了一会儿，没想到迷路了。

阮萌低着头像一头小狮子，愤怒的样子和当年一模一样。那时候他们刚刚分手，阮萌也这样来质问过自己，一副要打架的样子。林雾恍惚之间觉得，一切都没有变，魏之笙还是魏之笙，阮萌也还是阮萌，只是时间跳了一步，跨越了整整六年。

不同的是，那个时候他没有说他和魏之笙为什么分手，因为那时候，他也不知道他们为什么会分手，那可笑的理由绝对不是真正的理由。这一刻他选择将魏之笙当时给的那个前后矛盾的理由说出来，他实在是不想徒增阻力了。

听他说完，阮萌的眼睛越瞪越大，似乎她也难以相信。

"我和她的事情，我自己告诉她，你继续守口如瓶吧。"

阮萌思索片刻，终于点了头，又发狠道："林雾！你要是伤害她，我会杀了你！"

林雾笑了笑，他觉得魏之笙能有这么个朋友真好。

两人一前一后从树丛后走过来，看见了魏之笙。阮萌快跑了几步过来抱住了她，声音有点哽咽："笙笙，你和他回去吧。我给我大哥汇报工作去了。"

"你怎么哭了？"

"我没事。我就是怕……你可别忘了我！"

魏之笙拍了拍她的背："我要是忘了，你就告诉我，多说几次，我就记住了。"

阮萌破涕为笑，走向了站在后面的阮杰。

林雾给魏之笙开了车门，又把自己的西装脱下来给她披上。

"我不冷。"她说。

"上车回家。"

"我的东西还在里面。"

"不要了，给你买新的。"

魏之笙又回头看了一眼，阮萌挥了挥手。

一直沉默的阮杰开口了，并且拦住了魏之笙，拉着她的胳膊，问："大半夜的，去哪儿？"

"大哥，我……"魏之笙话还没说完，就感觉到林雾抓着她的手用了力，她就像一只老鼠夹上的老鼠，动弹不得。

林雾皱了下眉，眼睛盯着阮杰拉着魏之笙的那只手。

阮萌走了两步过来，掰开了她大哥的手，拉着她大哥说："大哥你别管了，咱们回去，让他们也回去。"

魏之笙心烦意乱，被林雾强行拉着上了车，她始终望着窗外，也不知道该和林雾说什么，甚至不知道自己为什么要跟着他走。

"给你买了陈记的烧仙草。"林雾说。

"嗯。"

林雾把车恢复成自动驾驶，转过来看她："你不高兴。"

他用的是肯定的语气，魏之笙自己都不知道自己有没有不高兴，只是觉得心里不太痛快，他是怎么看出来的？男生的心思会这么细腻吗？

"觉得我和阮萌有事情瞒着你？"他问。

魏之笙："……"

"没和她说什么重要的事情，就让她别管闲事。下次和她说话，我会录音的，放给你听。"林雾又说。

"我又没说什么……"魏之笙说，其实知道自己嘴硬，尽管她和林雾也没有多么亲密的关系，并且她和阮萌更加要好，她更加也不会怀疑阮萌对友谊不忠。可就是在心底有那么一丁点的异样感，她自己都在唾弃自己。等她想明白了这一丁点的感觉后，发现竟然很有可能是她太在乎林雾了。

为什么在乎他呢？

是他不经意之间透露出的习惯，恰恰是她所喜欢的？

还是因为，他就是他？

林雾笑了笑。

"你今天很开心？"

林雾点了下头："算是吧。"

"发生了什么事吗？"

"心结解开了一部分。"林雾打开汽车手扣，拿出了一个本子来，递给了魏之笙。

魏之笙惊讶地瞪大了双眼："这个好眼熟啊！"

"你的日记本，上次你扔在我车上的。"

魏之笙瞠目结舌，她想了很久，竟然没想起来是这个不见了，这个脑子真是不中用了。她犹豫着问："那你看了吗？"

"我看了。"林雾回答得很痛快，一点也没有窥探人隐私的羞愧。

"你……"

"你这里面全是吃饭睡觉打豆豆，错别字很多，小学生写的日记都比你这个好。你在杂志社做文字编辑，是走后门的吧？"

魏之笙咬了咬牙，翻开日记本一看，上面多了不少红笔的改动痕迹，有些措辞的纠正、标点符号的纠正，以及错别字的纠正……

"你不是很忙吗？谁让你给我批改日记了？"魏之笙气鼓鼓的。

林雾没说话。

魏之笙觉得自己是不是说得太重了，怕林雾翻脸，又撕毁合同，赶紧补救："我不是这个意思，我是怕你辛苦。"

"仙草你还吃不吃？"

"吃。"

等到了家楼下，她一碗烧仙草全都吃完了，约好了明天一起上班，她几乎忘了是怎么和他化解尴尬的。最后归功于，这碗烧仙草太神奇了。

Chapter6
/ 红豆布丁

❤

阮氏集团大厦 32 层总裁办公室，黄洛洛和阮杰大吵了一架，甚至摔了总裁桌子上的文件。

"我不认为你妹妹能做好这个节目！"黄洛洛生气地说。

"我也不认为。"

"那你还要把这个节目给她做？阮杰，你不是公私不分的人，我替你打拼了这么多年……"黄洛洛有些哽咽了。

阮杰打断她说："甲方你搞不定的。"

一语道破，黄洛洛多次联系过林雾，起初吃的是闭门羹，后来全都是冷言冷语。

"闹够了，就回去工作吧。"阮杰最后说道。

黄洛洛还是头一次这么失态，她收拾好散落在地上的文件，冷笑了一声："桃源计划不让我插手，那新一季的《一周情侣》让我做，可以吧？"

阮杰点了点头："需要什么资源，你自己去领。"

　　"谢了！"黄洛洛退出了总裁办公室，高跟鞋踩在地板上发出嗒嗒的响声，正如她愤愤不平的内心。

　　两天后，阮氏集团正式发了人事任免通知。

　　由阮萌担任综艺部副总监，全权负责网综人工智能栏目，魏之笙为栏目制作人。

　　因为出差美国近两个月，阮家父母强行留阮萌过周末。阮萌在阮杰的威压下，乖乖的哪儿都没去。而丁辰就跟人间蒸发了一样，整整一周都没回来。魏之笙有家不能回，不得不继续借宿在林雾家。

　　但是她感觉到林雾有了一点变化。

　　不，确切地说，他变化很大。

　　从一开始的冷言冷语，动不动就横眉冷对，好像全世界欠他的钱一样，变成了有那么一点……和颜悦色？

　　那个表情应该是叫和颜悦色吧？魏之笙拿下了挡着自己脸的报纸，偷偷看了一眼林雾，他正在厨房看着 AI 切水果，他的脸映在玻璃门上，他努力在调节自己的情绪，练习着嘴角上扬。

　　太奇怪了，林雾到底怎么了？

　　这样的林雾，反倒是让魏之笙觉得不习惯了。她琢磨着，是不是暴风雨前的平静，或者更严重点，这是回光返照！

　　看来拖不下去了，她要赶紧想出一个合理的分手答案来。并且，还不能耽误工作。她在阮氏集团拿一份薪水，要做好几个人的活儿，她考虑是不是要找机会宰阮萌一顿。

　　林雾周末在家闲着，两个人也没什么交流，就看看书。林雾很喜欢看书，他在自己那个小露台花园里一坐就是一下午。魏之笙也喜欢看书，但是定力明显不足，她看一会儿就要发一会儿呆，再玩一会儿，碰碰这个，再弄弄那个。好几次她都差点把林雾的盆栽给打翻，林雾都身手敏捷地接住了。她很不好意思，林雾没什么反应，接着看书，就跟老僧入定一样。

后来下雨了，林雾就打开了防护系统，整个花园被有机玻璃笼罩了，听着雨声沥沥，魏之笙更困了。

怎么就坐不住呢？魏之笙叹了口气，站起来打算悄悄溜走。

"去哪儿？"林雾开口问。

她吓了一跳："我拿点吃的。"

"想吃什么？"

她其实就是随口一说，还真没什么特别想吃的，胡乱瞥了一眼之后，看见一株正在开花的相思子，于是说："我想吃红豆布丁。"

林雾放下书，从藤椅上站起来。

"你干吗？"她问。

"家里没有红豆，我出去买。"

天早就黑了，今天天气还不好，外面还下着雨。

"我不吃了，你别去了，不用这么麻烦。"

林雾看出了她的不好意思，莫名就有点郁闷，不好意思就还是生疏，魏之笙和他到底什么时候才能回到过去呢？她这么有礼貌，真是不太习惯。林雾想了想又笑了，觉得自己有病。

"等我一下。"林雾拿手机打了个电话问，"家里有红豆吗？嗯，好。"

挂了电话之后，他说："丁辰说你家有红豆，去拿点。"

"我家有？"她怎么不知道，可是就算有，她也拿不了啊，"我没钥匙。"

"没关系。"林雾淡淡地说了句。

什么叫没关系？魏之笙有点迷茫，她跟着林雾从楼上下来，又出了大门，她看见林雾掏出钱包，看了看她家的大门，然后翻了下钱包，找出一张金卡和一枚回形针，接着用金卡在她家大门的门缝里划了一下，回形针一钩，门锁吧嗒一声，开了……

魏之笙目瞪口呆，指了指敞开的大门，又指了指林雾："还有这种操作？"

林雾扭动了几下门锁，摇了摇头。

"你这个门锁不太好，防盗性太低了，回头我给你换一个密码锁吧。我那儿有指纹加瞳孔识别解锁的。"

听他理所当然的说法，魏之笙简直要气炸了，就他这种高科技中华开锁王，什么锁能防得住？既然早就能开锁，为什么不早点让她回家？

"借过！"魏之笙推了林雾一把，挤进了大门，林雾紧跟着要进来，却被魏之笙拦在了门外，"红豆不借，你回去吧！"

然后一把关上了大门，咣当一声，林雾的鼻子差点撞门板上。林雾无奈地笑了笑，说翻脸就翻脸了？他回头，发现他家大门被锁上了。按了几次密码，死活打不开，低头一看自己的手指，这几天做饭切到了，指纹识别不出来。

林雾去敲魏之笙的门。

魏之笙从猫眼里看了一眼，然后没好气地问他："干吗？"

"来帮我开一下锁。"

"自己开！"魏之笙关上了门镜，回了房间。

林雾只好在门口叫笙小笙给他开门，笙小笙在门内晃了晃脑袋说："我没有这个权限，再见！"

林雾："……"

魏之笙也没闲着，家里几天没人了，有点脏，她打扫完了也偷看过对面，发现门口没人，应该是进去了，毕竟高科技中华开锁王嘛。她想来想去都觉得这个人太可恶了，但是还有点想吃红豆布丁。

这种想法折磨得她睡不着，本来也不想吃的，都怪林雾！

第二天一早去上班，她精神不太好，头有点疼，没睡饱。

出门之前她特意在猫眼看了看，对门安安静静，林雾不知道走没走。她像做贼一样下了楼，楼下停着一辆车，阮杰就站在那儿。

"大哥？你怎么来了？"魏之笙有点意外。

阮杰从车上拿了个袋子，递给魏之笙："你那天放在家里的东西，我刚好路过办事。"

魏之笙接了，道了谢，里面有个笔记本是她今天开会要用的东西，阮杰这一趟真的很及时。

"吃早饭了吗？"阮杰又问。

"没呢，来不及了。"

阮杰又拿出个袋子，是两盒生煎包、两碗粥。

"你带去公司吧，和阮萌一起吃。我就不送你了，还有事。"

"谢谢大哥。"魏之笙恭恭敬敬地接过来。虽然阮杰以前也偶尔给她们带吃的，但是她每回都很紧张。

"林先生也住这栋？"阮杰抬头望了一下，忽然说。

"我和他是邻居。"

阮杰笑了笑，开车走了。

到了公司，阮萌正在办公桌上趴着，她精神也不太好，哈欠连天，见到魏之笙以后大吐苦水："我大哥给我突击培训，我都三十多个小时没睡觉了，就跟修仙似的！你这拿的什么啊？"

"早餐，你大哥给的。"魏之笙把东西一一取出，摆在了桌上。

阮萌顷刻间不困了，看来她大哥阮杰是很重视这个项目了，她们俩更得打起精神来。

两个人搬着自己的办公用品，从杂志部离开了，同事们都表示了祝贺和不舍，约着晚上一起去聚餐。

站在电梯里，两个人抱着箱子，相视一笑，深呼吸了一口气，在电梯门打开的一刹那昂首挺胸，走了出来。和网络综艺的同事们打了个招呼，像是第一次参加工作的时候，紧张又兴奋，一种责任感和使命感油然而生。

这个新部门有二十来个人，策划和导演对半开，摄像和后期请的是外包团队。阮萌作为继承人之一，公司的人对她都有了解，啃老啃哥誓死不靠自己是她的座右铭，因此对她这个领导也没抱什么希望。

在分配工作的时候，还是魏之笙主导，她把广告招商这一块交给了阮萌。包括田叮在内的老成员都提心吊胆，只有阮萌云淡风轻："放心吧，我不行，我还可以刷我哥的脸。"

这个网络综艺节目原本已经全部准备完毕,现在要改版也并非难事。从棚拍,变成了实景真人秀。一上午的会议讨论质量非常高,大致方向全部敲定。艺人统筹由欢哥去对接,他老婆是著名经纪人,带过不少大腕,刷老婆的脸绝对好用。

田叮非常能干,挑起了总导演的大梁。其他的工作也被大家各自认领,实在没人能接的活儿,才由魏之笙这个制作人来接管,其中就包括对接好桃源计划的研究院,也就是伺候林雾这位大爷。

与此同时,有一个非常不好的消息爆出来,从阮氏集团离职的张总和孟楠加入了楚天视频娱乐,正式跟阮氏集团的影视视频部门打擂台。孟楠推出的第一档节目,也跟人工智能相关,并且,该节目在今天上午进行了第一次官宣。虽然只是发了一张什么都看不出来的概念海报,也算赢在了起跑线。魏之笙所在的阮氏集团必须加快速度才行。

这个节目原本的名字不能用了,大家商量了一下,决定改名叫《未来的你》。

兵荒马乱了一整天后,魏之笙和阮萌吃上饭的时候,已经是下午四点多了。魏之笙对照着行程单,看到接下来首要的任务是和桃源计划研究院洽谈,顿时心中一塞,有点吃不下了。

"你怎么了?"阮萌边问边从魏之笙的饭盒里夹了一块鸡腿走。

"你和林雾,到底是什么关系?"魏之笙决定直接问出来,面对自己最好的朋友,不该有所隐瞒。

阮萌的鸡腿吃不下了,又还给了魏之笙。

"没有没有,什么都没有!坚决没有,完全没有!"她连连否认,最后还扔下饭盒跑了。

更诡异了！

这肯定是有关系呀！

魏之笙想。

没一会儿，她手机响了，杂志部那边的商务打给她的："亲爱的，咱们公司的王牌节目《一周情侣》要开拍了！制作人是黄洛洛，这节目最起码提档了半年啊，问我们要了好多资源，连续几个版面的头条都是这个节目，还有公司的几个营销号的资源，你那节可要小心！"

屋漏偏逢连夜雨，黄洛洛这唱的哪一出？是怕她这档节目对打输给孟楠呢，还是怕她死灰复燃？

无论怎么样，现在想别的都没用，干活！

魏之笙做了个深呼吸，给林雾打电话，他竟然关机了。难道在开会？

她又打给了高助理："林雾在干吗？"

高助理："吃枪药呢。"

魏之笙："……"

打了个车直奔研究院，前门依旧门庭若市，她走后门进去，高助理来接她。

"你可算来了，今天开会 Boss 又发火了，正在会议室骂人呢，你要不要现在进去？"

魏之笙眨了眨眼睛，怀疑自己听错了。她疯了吗？林雾在骂人，她现在进去，找骂？

高助理也不管魏之笙的反应，直接过去敲门说："Boss，魏小姐来了。"

过了两秒里面传来了林雾的声音："进来！"

冷冰冰的，她不想进去怎么办？

"他今天有反常吗？"她问。

"昨天半夜就来了，空调吹得他冻感冒了。"

难道昨天晚上没进去家门？早知道就帮他开门了。

魏之笙进去，里面正挨骂的两个年轻科学家如获特赦，顺着门缝就溜了。路过魏之笙的时候，还投来了一记感恩的眼神。

这间会议室四周都是金属板，隔音、隔绝视线。林雾就坐在老板椅上，看着投影屏幕。满脸的严肃，让人有点害怕。

这种感觉又回到了之前他们相处的模式，她一下子紧张起来，站在圆桌边上，像一个犯错的小学生。

"有事？"林雾开口，声音接近于零度，随时可以结冰那种，冷得吓人。

"带……带了策划案和第一期节目的脚本，你看看？"

林雾没答话，魏之笙这个文件放下也不是，拿着也不是，很明显，林雾脸上写着我不高兴这几个字。但是他为什么又不高兴了呢？因为昨天没帮他开门？

"那个……听说你感冒了。"

林雾很配合地打了个喷嚏，严丝合缝，就像是排练过一样。

"发烧吗，流鼻涕吗？我这儿有感冒药。"魏之笙从包里拿了盒感康出来，又给他倒了一杯水，满脸的关切。

林雾的脸色这才好了一点说："看字头晕，你给我念念。"

魏之笙心里窃喜，把整体节目的创意策划给他讲了。主要节目形式是户外真人秀，一共有六位主嘉宾，每期还会邀请两位嘉宾，每期提供二十个高科技道具，散落在场地的各个角落，需要嘉宾自己去找到道具，然后逃离。选择并肩作战，还是各自为战？你是我的伙伴，还是我的敌人？场地则是阮氏集团刚刚建好的度假村，如果可以在这里装上桃源计划的全套人工智能设备，那将是度假村最大的亮点。

魏之笙的这个新策划，简直是一石三鸟。这也是阮杰愿意让她们接手这个项目的原因之一。

林雾揉了揉睛明穴问："完了？"

"完了。"魏之笙说。

"不就是个大型密室逃脱？"

魏之笙张了张嘴，竟无法反驳他的吐槽。尽管用高科技包装了，但内核还真的是密室逃脱＋生存挑战。

"那不然，我再改改？"魏之笙小心翼翼地问他。

"不必。虽然是密室逃脱，但是比棚内说教有趣。去看看场地，你有什么想法，直接告诉我，我来思考能不能用科技的手段办到。"

她上次已经参观过他的科技馆体验店，神奇得不像是现实世界，她非常期待林雾有更多匪夷所思的东西。

"好的，找个时间一起去看一下。"

"现在。"

"现在？"魏之笙看了下手表，已经傍晚了，"度假村比较远，开车过去要三个小时，我们现在去来不及赶回来了，况且天黑也看不清什么。明天白天去可以吗？"

"明天没空。"林雾说完就站起身，率先走到门口，见她还发呆，催促了句，"节目不做了？"

"做做做！"魏之笙小跑着跟上来。

林雾亲自开车，手动驾驶，中规中矩。魏之笙坐在副驾驶座上，帮他把度假村位置输入导航，选择了一条最近的路线。

她这个策划案阮杰通过了，但是还没走正规流程，现在突然要去看场地，也不知道能不能进去。她只好硬着头皮给阮杰发了微信，申请入园。

她很少联系阮杰，写了又删，删了又写，反反复复的，就怕措辞不当。发过去以后，她又开始忐忑了，万一领导不同意呢？

很快阮杰回复了她，同意他们去看场地，并且安排了专人接待。

魏之笙总算踏实了一些，连忙感谢了阮杰。

"聊得很开心？"等红绿灯的时候，林雾瞥了一眼，等他再瞥一眼，发现那人是阮杰。他今天查了家附近的监控，发现阮杰还来送过东西。那天他去接她，还是阮杰的生日。阮杰今天还来拜访了他，有意提起了魏之笙至少五次。

真是……烦死了。

林雾把方向盘收回去，切换成了自动驾驶。

魏之笙感觉到旁边的人变脸了。面对如此暴躁的林雾，她想起林雾之前说过的话，两个人分手的答案还没给他，于是她组织了一下语言说："林雾，咱俩当年分手是因为情变。"

林雾转过脸来，盯着她。

魏之笙苦大仇深地盯着车窗外，高速行驶的车外，景物都是一闪而过的，一瞬间有什么东西也像是在她的脑子里一闪而过了。她又要说什么的时候，忽然听林雾说："想不起来别硬编！"

魏之笙："哦……"她在椅子上缩了缩，好不容易酝酿出的苦情大戏，生生地给掐了。

车子出了高速出口，又开了半个多小时，最后在一家酒店门口停了下来。

魏之笙下车一看："这是哪儿呀？我们是不是走错了？你刚才是不是出错了高速路口了呀？"

"这是 D 市。"

"我们来这儿干吗？是我导航输入错了吗？"

"有个饭局，同学的儿子满月酒。"

魏之笙满脑袋问号："所以我们是来蹭饭？"

林雾拿上给孩子买的礼物，另一只手拉着魏之笙，进去了。

满月酒中午开始办的，晚上这桌只邀请了老同学，也算是一次聚会。

林雾报了房间号，跟着服务员上楼。包房门虚掩着，里面没多少人，但是声音不小，欢声笑语，好不热闹。

"我来晚了。"林雾在门口说了句，里面的声音顿时戛然而止，大家齐刷刷地看着门口的林雾和魏之笙。

"林雾！你小子可算来了！"说话的是办满月酒的主人张维，他从人群里挤过来，照着林雾的胸口就想捶一拳。

魏之笙刚想惊呼，发现林雾侧身给躲过去了。

张维又来捶，又被林雾躲开，如此三次。

张维就笑了起来："你怎么每次都能躲开？"

"你出手顺序没有变过。"林雾挑了挑眉，有点骄傲的样子。

"别站着，你和魏之笙找地方坐。"张维拍了拍他们两个的肩。

魏之笙错愕了，这人竟然认识她？

魏之笙环视了一圈，一桌一共十个人，有三个女生，其中一个长得十分亮眼，长发及腰，凹凸有致，标准的御姐。最关键的是还很有气质，并且她的视线一直在林雾的身上，从未离开过。魏之笙琢磨了一下，可能有故事。

林雾把礼物给了张维，拉着魏之笙随便找个地方坐下了，刚巧，只有长发御姐旁边空着两个位置。魏之笙左边是御姐，右边是林雾。

"来晚了得罚酒！"有人提议。

张维直接就倒了三杯酒给林雾，还是白酒。

林雾没有反抗的意思，看样子是打算全部喝下去，魏之笙忽然想起他还在感冒，于是噌地站起来，抓住他的手说："他不能喝酒！我替他吧！"

一桌子人瞬间安静了，他们盯着魏之笙，沉默了那么十几秒之后，然后不约而同地开始摇头摆手："不不不！放过我们！你别喝！我们自罚！"

十几个人一起碰了个杯。

魏之笙一愣，林雾笑了起来，端起杯子干了三杯。

“怎么回事？”魏之笙小声问林雾。

林雾凑过来，在她耳边轻轻地说话，他的呼吸喷洒在她的耳边一点一点荡漾开来，直让人心痒。

“你是一杯倒，还要撒酒疯，上次和他们聚餐，你哭喊着说我们拐卖儿童，差点把警察给招来。”

魏之笙满脸的不相信：“有这事儿？”

林雾嗯了一声，又说：“张维是我宿舍老大，刚给我喝的是水，放心。”

林雾说这些话的时候，魏之笙明显感觉到来自左边的凝视。她扭头瞥了一眼长发御姐，刚巧御姐也在看她，对她笑了笑说：“过了这么久，你们还在一起，真好。”

魏之笙答不上来，只能尬笑。这桌上的人都认识她，而她一点印象都没有，这种感觉不太好。她听着他们聊起大学的时光，原来他们是同一个社团的，搞人工智能研究，最后只有林雾一个人坚持在做这件事，其他的人毕业后各奔东西，各自发展。

饭吃了一半，魏之笙发现有未读消息，是半个小时之前阮杰发的，问她怎么还没到度假村。魏之笙起身出去给阮杰回了个电话，挂了电话再回去，路过一个拐角处，看见了林雾和长发御姐在聊天，她就停住了脚步。

林雾一抬头就看见了角落里做贼一样的魏之笙，于是招了招手：“过来。”

长发御姐说了句“那我先走了”，然后就离开了。

魏之笙别扭地走过来，有点手足无措，问：“打扰你们了？”

"你觉得呢？"林雾反问。

魏之笙的大脑快速运转了一下，脑内已经上演了一出大戏，开口道："咱俩分手，是因为你喜欢上别人了吧？刚才的那个御姐？"

林雾觉得有点好笑，说："你为什么不从自己身上找原因？"

魏之笙内心挣扎了一番，又回忆了一下说："那可能是因为我那会儿喜欢上了别人？原因在我？"

林雾耐着性子又问："你喜欢谁？"

魏之笙咬了咬牙说："你哥们，张维？我劈腿了？"

那边刚从洗手间吐完了出来的张维正好听到了这一段，酒醒了大半，跑过来喊了一嗓子："不可能！魏之笙咱俩是什么关系，咱俩互为宿敌啊！我烦死你了，你也烦死我了，咱俩劈什么腿啊！一杯果汁你也能醉，我真是醉了！林雾你别听她胡说啊！"

林雾笑而不语，拉着魏之笙走了。

魏之笙也尴尬，就是随口那么一说而已，情侣分手不就那么几个理由吗。不是闺蜜插足，不是兄弟插足，也不是为了前途和学业，那到底是为什么呢？

"咱俩到底为什么分手啊？"魏之笙一个没留神，直接问了出来。

问得林雾也一愣，一脸你问我我问谁的表情。

为了缓解尴尬，魏之笙换了个问题："宿敌是怎么回事？"

"那时候刚和你在一起。每次做实验，你都找我有事。"

"然后你就跟着我出去了？"

林雾点了点头。

魏之笙啧啧两声："你这就是传说中的猪队友，女朋友叫你你就走，完全不顾战友呀！"

林雾没生气，她说得对，他那时候的确没什么人性。

"然后你和女朋友约会的时候，张维总打电话找你，破坏约会？"

他有些激动："你想起来了？"

"我猜的，不然这个宿敌不成立呀。"魏之笙笑嘻嘻地说着，还觉得自己很聪明，完全没有注意到林雾的黯然。

"张维的电话你存一下。"

"干吗？"她心说，难道还要接着掐架不成？

"他现在在有关部门工作，你这档节目以后少不了要过他那一关。"

魏之笙紧张了："你怎么不早说？我刚才得罪他没？"

"得罪了，不过没关系，他应该已经习惯了。宋文的档期我帮你谈好了，她答应来做一期嘉宾。"

"什么？"信息量有点大，魏之笙还没能消化掉。宋文她有所耳闻，是在人工智能领域里取得了杰出成绩的女科学家，刚刚回国没多久，上过某电视台的一档大型益智类节目，大杀四方圈粉无数。魏之笙是有计划每期都请一位科学家作为嘉宾，宋文是她的首选之一。只是她拜访无门，还没找到宋文的人。

看她一脸迷茫的样子，林雾又好气又好笑："怎么？宋文你不记得了？刚才吃饭饭桌上你还冲她一个劲儿地抛飞眼来着。"

啊？长发御姐竟然就是炙手可热的科学家宋文！

出来这一趟，林雾把她马上要遇到的困难给消灭掉了，甚至都还没有萌芽。她感觉到有点神奇，林雾好像是万能的。

"谢谢你林雾！"她打从心里感谢林雾，对她照顾得无微不至，又懂她在想什么。

魏之笙的手机又响了，是一条微信，因为拿在手上，屏幕亮起来的时候，林雾也看到了，又是阮杰。

阮杰哥：到了吗？要不要接你？

林雾皱了下眉头，心里不悦到极点，张口就说："把他拉黑！"

魏之笙茫然地看他："那怎么联系啊？"

"漂流瓶、摇一摇，随便！"

魏之笙怀疑自己耳朵出问题了："你是不是'喝醉'了？"

林雾也意识到自己失态了，索性嗯了一声。

魏之笙没有回复阮杰，两个人上车再次出发。她恍然反应过来，林雾喝的都是水，怎么会醉。

Chapter7
/ 熊猫奶盖

♥

度假村场地到底还是第二天去看的，一同来的还有栏目组的几个导演，以及研究院的高助理。根据第一期主题，要将度假村打造成一个充满幻想的未来世界。

而这些幻想的地带，就像当初她和他所描述的一模一样，他已经把这些变成了现实，只是她忘了而已。

一切准备就绪，《未来的你》第一期节目在盛夏来临的时候，正式开始录制。

节目的主嘉宾其实不算太理想，当红的艺人很少能够随时请到，能来的都是处于上升期的小生和小花，青春靓丽的嘉宾组合，光是看看都觉得养眼。但是嘉宾却请了两个大牌，正当红的一线小生，再加上酷炫到玄幻的高科技道具，栏目组都还没开始宣传，就有路透出来，把他们夸了一番，上了一回热搜。

魏之笙盯着剪片子，实在是舍不得下刀。所以第一期节目剪了90分钟，笑点密集，又让人觉得热血沸腾，而且没有中二病的感觉。

《未来的你》马上要开始宣传，每位嘉宾都拍摄了单人海报，但是拍出来的片子都不怎么理想。用阮萌的话说就是有一股子浓浓的城乡结合的气息。魏之笙也纳闷，不该是这个水准，于是又申请重新拍摄，但是这件事情一拖再拖，足足拖了有半个多月。魏之笙急了，找内部人问了才知道，公司所有的摄影棚和摄影师，都在拍摄《一周情侣》相关的东西。

阮萌为此去找过黄洛洛几次，当面发了火，奈何黄洛洛总有正经理由来搪塞。阮萌大闹了几次，反倒是被阮杰说了一顿，什么资源都没抢来。

魏之笙从头到尾都很淡定，不慌不忙，阮萌就有点急了："算了，我自己搞定，不就是个摄影棚吗，不就是个摄影师吗！姐姐我自己找！"

摄影棚简单，但是好的摄影师难找，尤其是他们节目的照片要求科技与梦幻相结合，拍不好就显得太低层次了。阮萌朋友多，发了个朋友圈，几十个给她推送名片的。

有一个魏之笙觉得眼熟，好像在哪儿见过，仔细看了下资料，叫姜末山，就是那天遛狗遇见的男生，竟然是个摄影师？

两个人百度了一下姜末山，年纪轻轻还拿了不少奖，主业是画画，业余才摄影，风格是照片和手绘相结合，真实又梦幻，深受追捧。

阮萌拍了下大腿："就是他了！"

魏之笙电话拨了过去，很快，那边接了，刚喂了一声，那边就挂断了，也不知道是不是按错了键。

两个人一脸茫然，还想再打的时候，魏之笙手机响了。

"请问是丁辰的家属吗？"电话里问。

消失了一个月的丁辰，终于有消息了。魏之笙忙于工作，几乎要忘记这个表弟了。

"来我们这儿领人吧。"对方说。

魏之笙怀疑自己听错了，有点发呆。

"怎么了？"阮萌问。

"丁辰进少管所了。"

魏之笙说完，就和阮萌一起陷入了沉思——丁辰那么大年纪了，怎么进少管所的？

魏之笙的手机又响了，是姜末山的电话。阮萌拿了车钥匙，对魏之笙说："弟弟我来领，姜末山你搞定。"

阮萌风风火火地离开了，魏之笙这才接听了姜末山的电话，没想到对方一开口竟然是："遛狗小姐？需要我赔偿吗？"

魏之笙："……"

她刚才只是喂了一声，对方就听出了她的声音？记忆力和听力也太好了吧！魏之笙有点难以置信，方才他那边迅速挂断，是在想什么对策吗？

"没想到你还记得我，我不是来要赔偿的。能不能约你拍一组照片？"魏之笙在电话里大致把工作内容介绍了一下。

电话那头的姜末山始终沉默着，他似乎不善言辞，等魏之笙全都说完了，他才嗯了一声说："地址我发给你。"

挂断电话，魏之笙收到了姜末山工作室的地址。她迅速和栏目组的同事们同步了这一个好消息，并且敲定几位艺人的档期。

　　阮萌开着火红的小跑车，一路招摇去了局子里，办完了手续，被人领着去见丁辰。阮萌和丁辰属于活在魏之笙嘴里的人，他们对对方只听过，没见过。阮萌看着那边蹲着的一排少年，叫了一句："丁辰！"

　　穿着脏兮兮卫衣的男孩抬起了头，他原本白皙的脸，现在像一只花猫，委屈和倔强写了满脸。

　　阮萌那时觉得，这娃娃脸，相当"娃娃"啊！身上又没证件，被错认为未成年也情有可原。

　　丁辰第一眼看见阮萌的时候，只觉得她长发飞扬，双腿修长，就像一个天使降落在他的面前，冲他伸出一只手来说："姐姐带你回家。"

　　也许是那天的光线太好，把阮萌整个人都笼罩在里面，显得她异常温暖，让丁辰主动忽略了那个姐姐的自称，直接变成了我来带你回家。

　　也就是在那一个瞬间，丁辰决定，他要告别单身生活了。毕竟他被偷了钱包和手机，被扔在野外迷路了三天三夜，又和几个小流氓打起来才被抓进来，心心念念等着亲表姐来救自己，结果等来的是一位天使。

　　冯唐那首诗怎么说的来着？

　　春水初生，春林初盛，春风十里，不如你。

　　此刻的阮萌对丁辰来说，就是这种感觉。

　　宣传海报拍摄的日子定下来了，就在录制第二期节目的当天。姜末山拿着相机到处走走看看，很快就把几位男嘉宾的照片拍好了。姜末山在小屏幕里看，没什么瑕疵，有意境又写实，他很满意。

到了女嘉宾，随便拍了一两张就结束了。女嘉宾是个新晋小花，刚在一部网剧里演了个女二号，好感度还行。她当场就要求看照片，看完之后十分不满意，姜末山就沉默了。小花以为姜末山不重视她，也闹起了脾气。

有人叫了魏之笙来调解，姜末山见了魏之笙后，不着痕迹地往她身后躲了躲。

"大家先补个妆，我来沟通。"魏之笙递了个眼神，姜末山跟她往外走。魏之笙拿了两罐可乐，给了他一罐。

姜末山接过来直接说："我不拍妹子，刚给她拍的那个能用，就是没那么好而已。"

魏之笙往前走了一步，姜末山赶紧后退了一步，时刻保持着距离，并且眼睛从来不看她。

"OK，我来说服她。"

"不应该是想办法让我退让，重新拍一张吗？"

"你都说了，能用，我相信你的审美。"

"谢谢。"姜末山抿着唇，低着头看自己的脚尖，他感觉魏之笙有一点不同，让他觉得很舒服，想了想又问，"你们家狗还好吧？"

笙小笙她也有几天没见到了，林雾在，应该没什么问题。

"嗯。"魏之笙点头。

然后姜末山就沉默了，就一直看自己的脚尖，看得魏之笙都好奇了，到底有什么好看的呢？

这是个不善言辞，有点交流困难的男生，魏之笙在心里给他打了个标签。有些人的交流方式不同，比如姜末山，他的照片会说话。

"我帮你拍张照。"姜末山忽然这么问。

魏之笙愣了一下，不是说过不拍妹子吗？她抬头的一瞬间，快门已经按下了。姜末山看着小屏幕里，她刚好抬眸的瞬间，唇边不经意扬起了微笑。

"好看吗？我都没准备好，不是表情包吧？"魏之笙问。

不等姜末山回答，他们的身后突然出现了一个人，高大挺拔走路带风，他礼貌地问了句："相机什么牌子的？"

姜末山回头，这人见过，魏之笙的男朋友，他礼貌地把相机给他看了一眼。

林雾笑了笑，对魏之笙说："有点事情找你。"

度假村有几处自然景观不错，修建得古色古香，两个人找了个凉亭坐下。林雾来的路上买了两份红豆布丁，打开都放在她的面前。

是她想吃，却一直没能吃到的。魏之笙有点高兴，吃了一大勺。

林雾拿了一个小风扇给魏之笙降温。他还顺便给高助理发了一条信息，报了一串数字过去，说："这个相机一旦联网，就黑掉魏之笙的那张。"

高助理："……"

"后面几期的脚本你看过吗？有没有什么想改的？上次你带我去科技馆，那个全息投影好厉害，我们能去你那个科技馆录一期节目吗？"魏之笙兴奋地同林雾说着，转念一想又说，"还是别了，栏目组人太多了，科技馆可能装不下。"

“可以。只带嘉宾就好，摄像工作可以由我们的机器人跟拍。”

“那太好了！我想了个主题，穿越时空。”

林雾皱了下眉，无情地说：“老梗。”

“哎呀，不是那种穿越！就是让嘉宾呢，回到自己最想回到的那一年，重新走过那段时光。也许会发生意想不到的事情，是不是还挺有共鸣的？观众会喜欢吧？”魏之笙紧张地抓着林雾的胳膊，像一个等着被夸奖的小学生。

林雾点了点头：“技术上可以支持，需要提前了解嘉宾的故事，好进行编程。”

“那就这么定了！做一期特别节目，放个大招！”魏之笙把自己这个想法在编导群里简单说了一下，得到了一致好评。她预感这期节目上线，肯定会有不俗的表现。

“你最想回到什么时候？”林雾忽然问了一句。

魏之笙认真想了一下说：“和你分手的那天，我想知道到底是什么原因。”

第二期节目录制完，官方才开始正式宣传这个新的真人秀节目。姜末山的人设海报简直帅裂苍穹，几个上升期的小鲜肉瞬间吸粉不少。与此同时，孟楠的人工智能节目也开播了。让人类与人工智能进行 PK，一连三场比赛，人类全部落败，舆论导向有点火药味，人脑和电脑到底谁是主宰。

同时《一周情侣》第二季也开播了，两个互相不认识的人，假装成情侣，度过七天的蜜恋，会发生怎样的化学反应呢？黄洛洛选了一对十分般配的神仙眷侣，一对南辕北辙的情侣，一对浑身槽点的情侣。网上对这三对情侣褒贬不一，但是话题度很高，点击也非常高。在点击之战上，《一周情侣》赢了，但是紧接着《一周情侣》就被点名批评了。孟楠的人工智能节目本就有不错的口碑，凭借着寓教于乐的宣传主题，在暑期档杀出了一条血路。

《未来的你》就是在这个时候，正式定档，发了第一支预告片。栏目组卖力吆喝，却连个热搜都没上，只有几位嘉宾的粉丝在撑场面。

魏之笙把宣传部的大门都要踏破了，质问他们为何不投入资源。奈何宣传部也很委屈，很快魏之笙就明白了，问题出在黄洛洛身上。阮杰不在，黄洛洛作为集团的首席运营官，这些资源全都在她手里。

《未来的你》第一期节目上了，每周六晚八点，在阮氏集团的视频平台上独播。

魏之笙和阮萌来公司餐厅吃饭，正巧遇见了黄洛洛。黄洛洛的节目虽然被点名，但是点击高，魏之笙她们这个节目点击率那叫一个惨淡。黄洛洛见到她们自然是不放在眼里的，甚至有恨，原本这节目该是她来做，肯定比现在要好上百倍。

"有空吗，谈谈？"魏之笙问黄洛洛。

"没空。"

阮萌当即火大，也不管是不是在公众场所，指着黄洛洛的鼻子开骂："宣传经费你为什么不批？没长手不会写字？"

"公司自己有团队，为什么要找外包团队来宣传？你们这个经费，我不能签字。"黄洛洛不慌不忙，看似有理有据，可实际上公司的团队都在为她的项目服务，根本就是想要赶尽杀绝。

"这个节目公司投入很大的，你们这么搞下去，可能会被拦腰斩断。为了这个项目好，不如换个制作人？"黄洛洛诚恳建议。

"你再说一遍！"阮萌跳着脚，若不是魏之笙拦着，她肯定要上去揍这个女人一顿。

黄洛洛淡淡一笑，转身走了。

"你刚怎么不怼她啊？"阮萌指着魏之笙说。

魏之笙很紧张，额头上一层细汗："我没想好怎么说呢，她就走了。"

阮萌狠狠地跺了下脚："你就不能和林雾好好学学！哎哟……"

"你怎么了？"

"崴脚了……"

魏之笙看着阮萌的恨天高，无奈地摇了摇头。

"下午你别上班了，回家躺着吧。下次见到黄洛洛，我会努力发挥的。"魏之笙给丁辰发了条信息，"我让丁辰来接你，去医院看一下。"

"对对对，丁辰可得好好看看眼，总觉得他眼神有问题。"

丁辰就像一阵风一样吹来了，速度快得让魏之笙都有点怀疑他是不是就在附近监视自己。

丁辰看见阮萌崴脚了，心疼不已，直接打横抱着出的公司大门。

晚上魏之笙下班准备回家吃饭的时候，收到了丁辰的微信：我留下照顾阮萌，家里有饭你随便吃点。

魏之笙回到家，打开冰箱发现这个"家里有饭"真的只是有米饭而已。

她凑合着给自己做了个蛋炒饭，煳了锅。她尝了一口，咸得差点没吐了。她刷了一下朋友圈，发现阮萌在晒美食。荤素搭配六菜一汤，精致程度堪比米其林，配文是弟弟做的。

魏之笙："……"

算了，她不吃了。她起身端着盘子打算倒掉这盘炒饭，她的好邻居林雾正巧回来，她听到声音，开门和他打了个招呼。

林雾看看她，又看看她手上盘子里的食物问："又养小鸡了？"

"啊？"

林雾指了指盘子，问："不是饲料？"

魏之笙哼了一声，顺便还瞪了他一眼。但是在林雾眼里却变成了娇嗔，尽管连续加班很累了，他还是说："我给你做点吃的？"

"好哇！"魏之笙瞬间变脸，穿着拖鞋直接跨了出来，门随手一关。

"你带钥匙了？"林雾问。

魏之笙一摆手，满脸的无所谓："没带，有你呢，中华开锁王。"

林雾还能说什么？他只好顿了下说："有空帮你换锁。"

林雾家厨房也没什么食材，最后给她做了个茄汁意大利面。魏之笙吃面声音特别响，一碗普通的面条能吃出十足的幸福感。

"你不吃吗？"魏之笙吃光了最后一口面之后问。

"不饿。"他就是有点困。

"我吃饱了，我去洗碗。"魏之笙站起来，林雾刚好握住了她的手腕，仍旧那么纤细，他闭着眼睛说，"不是和你说过了吗，只要跟我在一起，永远不用你洗碗。"

林雾说完一个恍惚，睁开了眼睛，看着一脸茫然的魏之笙，松开了手："我去洗碗。"

破天荒，林雾今天是人工洗碗，没用 AI 帮忙，但是他打碎了一个盘子，明显心不在焉。

魏之笙听到声响过来问："林雾你怎么了？"

林雾突然一个转身抱住了她，吓得魏之笙措手不及，却也挣脱不开。他仿佛要把自己和她融到一起去一样，紧紧地抱住，一句话也不讲，他所能够呼吸的空气，都带有她甜甜的味道。

"林雾？"魏之笙拍了拍他的背，"你是不是……受委屈了？"

"嗯。"他非常委屈，他那么想她，她却把他给忘了。

"我能帮你做点什么？"

"明天一起上班吧。"林雾说。

说一起上班，果然就是一起去上班，林雾直接跟着魏之笙在阮氏集团大厦里办公。栏目组办公的地方有点乱，魏之笙和田叮他们开会讨论后续的节目脚本以及宣传事宜。会议桌给林雾挪了一小块，让他坐着办公。

栏目组好多人都是第一次这么近距离见到林雾，只觉得帅得没朋友。作为不好惹的甲方，今天突然参加会议，肯定是有什么重大的决策。于是在场所有人都格外卖力，都争取着给林雾留下一个好印象。

好几个女生，就连说话的语气都是特意拿捏过的，让人听了觉得酥酥麻麻的。魏之笙都不知道她们什么时候变成精致的猪猪女孩了。

会议中间休息，大家集体奔向卫生间想办法补妆，有人哀号了一声：

"帅哥要来为什么不提前打个招呼！我都三天没洗头了！"

"我五天。"

"我十天！"

此起彼伏的比惨过后，抱在一起哀叹了一声："干传媒苦啊！"

再回到会议室，发现桌上有人准备了咖啡，只有魏之笙的那一杯是熊猫奶盖，还有一张林雾给她留的字条：晚上接你。

魏之笙喝了一口，唇上沾了一圈奶油，甜度刚刚好。就像林雾一样，他走得也刚刚好，他在这儿气氛太诡异了，走了才能提高效率。

一个下午的时间，特别节目的脚本定型了，根据几位嘉宾讲述的内容，他们进行了合理化的改编，更加有可看性。道具准备时间稍微有些紧，基本用科技弥补了这些不足，大部分都用全息投影来展现画面。

第二期节目播出后反响比第一期要好太多，阮氏集团的视频网站给了首页推荐，四期节目点击量终于破亿。路人不但对几位嘉宾颇有好感，对里面的道具也非常有兴趣，十分想要住在这样的一座全智能城市里。

特别节目的录制，节目组决定改成平台直播＋剪辑录播的形式，同阮氏集团最新收购的直播软件合作，和观众实时互动。阮氏集团的各大营销号也卖力宣传起来，各种夸这个节目如何良心。阮氏集团之前的王牌节目《一周情侣》反倒是跌出了点击排行榜的前三。黄洛洛大为恼火，重新把节目剪辑，故意制造了矛盾点，原本想引起一些话题，结果引来了网友的反感。

孟楠的人工智能节目被爆出作假，好口碑顷刻崩塌。

脚伤在家休养的阮萌看到这些消息的时候，简直美翻了。唯一美中不足的是，丁辰什么时候能搬回去住？自从上次丁辰来给她做饭以后，就一直没走，美其名曰照顾她，倒还真是照顾得无微不至。虽然她的伙食得到了很大的改善，但是行动相对来说就不自由了，丁辰这个也不让那个也不让，好像她生活不能自理。

另外苦不堪言的还有魏之笙，她已经好久没有吃到丁辰做的饭了。她照了照镜子，好像是瘦了，胃口不好，心情也跟着不好了。

为了这次的"穿越时空"节目，林雾连续加了好几天的班。其实几位嘉宾的回忆影像早就做好了。他还有更重要的东西要做，比如说信息捕捉，图像生成，模拟生态，以及做饭。

林雾拨了个内线叫高助理进来："我让你买的书呢？"

高助理一脸为难，一颗想要吐槽的心不知如何安放。

"Boss，没有书是可以瞬间提升厨艺的啊！都得练才行，要不您多练练？"

"我没有时间。"林雾眉头深锁，他感觉到了好几个情敌若隐若现，再不努力，煮熟的魏之笙就要飞了。

高助理嘟囔了一句："没时间您干吗学做饭啊？"

本以为林雾听见了会发火，没想到林雾一脸自豪的表情："你不懂，要抓住一个女人的心，就得先抓住她的胃。"

高助理："……"我的 Boss 一定是疯了！

正说着，监控里显示魏之笙来访。

林雾几乎是从椅子上弹起来的："我下楼了！"

高助理默默地张大了嘴："恋爱果然使人疯狂！"

　　夏日炎炎，魏之笙打车来研究院，一下车差点就被热浪给掀翻了，她快走了几步，进了大楼。林雾正巧拿了一杯加了少许冰块的柠檬茶在等电梯。两个人打了个照面，很自然地笑了笑。

　　林雾顺手就把柠檬茶递给了魏之笙："你怎么来了？我刚去超市买的，还没喝过。"

　　"谢谢！你怎么知道我口渴？"魏之笙喝了一口，甜度正好，她抹了一把额头上的汗，冲林雾仰起脸笑了。

　　林雾把魏之笙手里拎的袋子接过来，分量不轻，脸上微微有些讶异，说："这是什么？"

　　"样刊呀！我们公司的杂志，不是给你做了个专访吗，前几天忙忘了，今天同事提起来，我给你送来。"

　　"你应该直接叫我去拿。"

　　其实是可以快递过来的，只是她今天突然特别想要见他。因为今天她去杂志部的时候，万主编恭喜了她，她起先不明所以，后来才知道原来之前公司已经决定让黄洛洛去做人工智能这档节目了，并且负责后续的相关工作，还给林雾提出了相当优厚的条件。

　　但是林雾拒绝了，所有的条件都可以按照最开始谈好的，但负责人，他只要魏之笙。

　　魏之笙这才明白，她打败黄洛洛拿到这个项目，并不是她的点子比别人好、策划案比别人精彩，而是因为林雾的信任。

　　她没有因为这种优待而觉得埋没了才华，相反觉得自己非常幸运。

所以她特别想要见到林雾。

她笑了笑说："你可不能出现在我们公司了，影响同事们的工作效率！"

林雾抓过魏之笙的手，手已经被袋子勒红了，他放在唇边吹了吹。魏之笙被他这个举动给惊到了，以至于电梯到了，就这么和他牵着手出来了，一直到他办公室。

高助理的嘴巴全程都是一个大写的"〇"。

"我有个东西给你看。"林雾拉着她去电脑前，让她坐在自己的椅子上，然后就环着她，操作电脑。

魏之笙能够感觉到，他的脸近在咫尺，他们呼吸着同样的空气，他的唇就在她的耳边，轻轻地说着："给下一期节目做的影像视频，先给你看看。"

她能够感受到他身体前倾，胸膛靠在她背上的温度，感受到他浑身上下散发出的气息。

她心猿意马，大脑一片空白，迟钝地说："嗯……好。"

林雾笑了笑，点了一下播放，一小段视频播完了，是一段怀旧的画面。

"还有 VR（虚拟现实）版的，你要不要试试？"

"这么厉害！试试！"

林雾取来了 VR 头盔，给魏之笙戴上，抓着她的手，在房间里走着。她的眼前已经不是办公室的场景，变成了 A 大校园的画面，很奇妙，又很真实，被他牵着的手，很暖。

走了几步，画面变成了教室，教授正在上课，她惊喜地脱口而出："刘老师!"

画面戛然而止，林雾按下了停止，帮着魏之笙摘掉 VR 头盔。魏之笙摇了摇头，有点眩晕，还好有林雾扶着她。

"观众到时候看到的，是我看到的这些画面吗？"

林雾点了下头："观众甚至比你看到的还要多，他们是上帝视角。"

"有意思！林雾你好棒啊！"

"最好在节目录制之前进行一次测试。你能帮忙吗？"

魏之笙狂点头，这本来就是她的工作啊！

这是他想要的答案，他做这些就是为了带她回到过去，可是如果忘却是她的自我保护，强行灌输给她这些记忆，是否会刺激她？林雾在这一瞬间又犹豫了，他还是应该先找个医生咨询一下。

"过两天再说。"

魏之笙被他弄得有点蒙，一下子兴奋，一下子又惆怅，他到底在想什么？

林雾说："我还有点工作，你在这儿等我下班，然后一起回家。"

"好。"魏之笙跑去沙发上坐下了，林雾给她拿了个小毯子盖着，免得吹空调着凉。

魏之笙闲得无聊开始刷微博，因为做杂志，她的首页关注了不少时尚博主，大家发的内容都差不多，都是新一季的彩妆和服装。本着合作关系，她给博主们点了个赞。

林雾在微信上戳了一下高助理："本市最好的医院是哪家？"

高助理："同仁医院。"

林雾："你帮我挂一个神经科的专家号。"

高助理："……"

林雾今天工作到了深夜，一方面是工作内容的确有点多，另一方面，效率不高，他总是时不时要去看魏之笙一眼。等到他忙完了，魏之笙已经睡着了，林雾笑着摇了摇头，将她一路抱去了停车场。

小心翼翼地放在车里，一路上开得平稳缓慢。

等到魏之笙睁开眼睛，已经躺在舒适的大床上了，周围一片漆黑，感觉不太陌生，她试着开口叫了一声："开灯。"

房间亮了起来，AI 细心地为她报时：北京时间晚上 12 点整。

果然是在林雾家，她到底是什么时候睡着的呢？魏之笙掀开被子，发现自己的衣服也换过了，是一条真丝吊带睡裙，脸也洗过了。

洗脸她可以理解，但是换衣服……魏之笙陷入了沉思。

没一会儿，林雾敲了敲门，端着一碗皮蛋瘦肉粥，问："要吃夜宵吗？"

"吃！"魏之笙欢快地答道，完全没骨气的样子。

这碗粥应该熬了很久，米香四溢，入口即化，皮蛋 Q 弹，肉质鲜美，魏之笙吃了一大碗。

林雾坐在床边的椅子上，翻看手里的书，时不时抬手拿纸巾帮她擦一下嘴角。

等吃完了粥，魏之笙开始回过味来："林雾，我的衣服是谁给我换的？"

林雾翻书的手一个不小心，多使了三分力，好端端的一本书被他撕掉了半页，林雾索性把书合上，脸不红心不跳地撒谎说："是 AI，机器人做的，怎么了？"

魏之笙哦了一声，然后开始赞叹："真是高科技啊！什么都会！懒人之光！"

林雾嗯了一声，十分自然地说："吃完了记得去刷牙，你还困吗？"

魏之笙摇了摇头，像一只小狗一样跪坐在床边："不困了，睡饱了。"

林雾抬手就摸了一下她的头发，温柔地问："看电视吗？"

魏之笙点了下头，林雾牵着她的手去楼上的休息室。这间休息室放的是一张大的懒人沙发，两个人坐在沙发上，几乎整个人都陷了进去，舒服极了。电视打开，换到纪录片频道，林雾把《我在故宫修文物》找了出来。

魏之笙眼睛一亮，她最爱看的就是纪录片，刚好这一部还没有看过。

林雾指挥着笙小笙拿了点零食，开始剥开心果，剥开一个就送到魏之笙嘴边，她正看得入神，顺势就吃了，也没意识到两个人是不是过分亲密。

连着喂了二十多个开心果之后，林雾停下了，魏之笙还习惯性地张嘴，却没吃到想吃的食物，她歪了歪头，看着林雾。

"不口渴吗？"

"有一点。"魏之笙舔了下嘴唇，是有点干。

林雾盯着她这个不经意的动作，喉咙突然有点发紧。他别开脸说："喝奶茶吗？"

"好呀！好呀！"魏之笙兴奋之余又担心，"会长肉的吧？我今天晚上吃的都是高热量！"

"不会。等我一会儿。"林雾起身下楼，去厨房做了一杯奶茶。他之前抽风买了这么一套奶茶店的设备，没想到真的有用上的一天。

没一会儿，魏之笙从楼上的围栏探头出来说："有熊猫奶盖吗？"

林雾端着杯子从厨房出来，恰好是一杯熊猫奶盖，上面的拉花是他练了很久的。魏之笙惊叹了许久，围着林雾和这杯奶茶转圈，直惊叹："你怎么知道我想喝这个，你这个练了多久啊，好专业啊！林雾，我们开一家奶茶店吧！"

林雾恍惚想起了几年前，魏之笙也这么围着自己说："林雾，我们开一家奶茶店吧，卖奶茶和你的颜！"

林雾的唇角不知不觉间扬起了笑意，暖暖地说："以前你每次睡不着，都吵着要喝高热量的奶茶，我每次去帮你买，都只有这个。"

魏之笙捧着那杯奶茶，林雾口中的回忆，她已经没有任何印象，就像是听着别人的故事，她为之感动，却不能感同身受。她知道那或许真的是自己和他的曾经，只是一丁点的记忆都没有了。而苦苦守着这些回忆的林雾，这几年到底是怎么过的呢？

"林雾！"她叫了他一声，然后一头扎进他的怀里，紧紧地抱住了他。

奶茶洒了他一身，林雾无奈地笑了笑，轻轻地拍着她的肩膀。

"可以告诉我，你们那时候发生的事情吗？"

"你可以自己看。"林雾说道。

他再一次打开了 VR 设备，这一次播放的是他制作了许久的画面。为此，他专门找神经科的医生咨询过，确定这么做对魏之笙曾经受伤的大脑没有伤害后，才进行的。

　　"这是……你之前说的节目前的测试？"

　　"嗯。"

　　魏之笙深呼吸了一口气，她对这些既好奇又紧张。她想要了解那些
过往。

Chapter8
/ 初恋夹心

❤

2012 年初夏，魏之笙第三次模拟考试结束后，看着自己的成绩，挺满意的。她属于那种平时不学习，考试前看几天书就可以考个差不多成绩的学霸。她觉得上个 985 没什么问题了，就不往更高学府钻了，也给别的同学留点机会。

她和阮萌约好了，报考同一所大学，同一个专业，做一辈子的好朋友。所以两人很默契地不复习了，时刻都能参加高考。

魏之笙一下子闲下来了，最开心的除了她自己还有她的爱犬，一只已经十岁了的哈士奇。一人一狗，整日厮混在一起，自在逍遥。

魏之笙的表弟丁辰不一样，他明年中考，他希望 2012 年的 12 月 21 日快点到来，他得看看玛雅人的世界毁灭预言是否能实现。如果地球真的毁灭了，那他现在就不用复习了，反正他对上表姐的那所重点高中没什么兴趣。

但是丁辰的家人不这么想，他们都想让丁辰成为魏之笙那样的学霸。

丁辰长吁短叹："姐，我该怎么办？"

魏之笙摸了摸丁辰的头，心里想的却是，我表弟该不是个侏儒吧，怎么都初二了，还这么矮，怎么就不长个呢？比起学业来，魏之笙更担心的是丁辰的长相。这个世界对长得好看的人，总是宽容一些的，就比如说阮萌。

但是现如今来看，丁辰这根萝卜头显然不可能马上就长得好看，那还是学习比较重要了。

"走，去你家，我给你补习。"魏之笙喝了一口汽水，总觉得没什么味道，又推了推丁辰说，"补习费，两杯奶茶。"

丁辰家和魏之笙家不顺路，前年新开了一个楼盘，算是本市最贵的了，丁辰家买了一套，打算给儿子留着以后结婚用。魏之笙家的老宅子在老城区，一个东一个西。

因为交通不便，魏之笙有许久没有来姨妈家了。所以刚一照面，姨妈就拥抱了魏之笙，简直不知道如何疼惜才好。也许是被突然见到亲外甥女的喜悦冲昏了头，丁辰妈妈好半天才想起家里有客人。她拉着丁辰说："儿子，你林伯伯的儿子，学习成绩可好了，妈妈请他来辅导你一下。"

"哪个林伯伯？"丁辰问。

"就是咱们家往后数三栋楼的独栋业主呀！他儿子在 A 大，学习好得不得了！他妈妈是我同学的表姐的姐夫的妹妹！你说巧不巧！"

魏之笙和丁辰面面相觑，这关系实在是远得不得了。可这么远的关系，人家还愿意来给补习，肯定有问题。

魏之笙藏了个心眼，问："真的是 A 大的？"

"那当然了，家里一屋子的奖状奖杯。笙笙呀，你表弟不如你脑子好，以后可怎么办呀。"

"姐！我想让你辅导我。"丁辰拉了拉魏之笙的裙摆。小萝卜头可怜巴巴地眨着眼睛，魏之笙一下就心软了。丁辰请过不少家教了，成绩基本上没什么提高，这次的这个家教会有用吗？魏之笙决定去会一会这个隔壁林伯伯家的林哥哥。

"姨妈，A 大我也很想考，我能不能进去咨询一下这位林哥哥？"魏之笙道。

"哎呀，好好好，我们笙笙就是上进！"丁辰妈妈带着两个人进了丁辰的房间。丁辰的书桌前坐着一个人，他正伏案写着什么，只听到钢笔在纸上划出沙沙的声音。他穿着一件白色的衬衫，袖子折了两道，露出一截手臂来，他细碎的发扫在额头上，下巴线条紧绷着，唇边始终有一抹若有似无的讥笑。

魏之笙后来想，他那时候的笑，大概是对题目太简单的嘲讽。

"林雾呀，这就是我们家丁辰，这是姐姐笙笙。我们笙笙今年高考，也想考 A 大呢，你多多费心呀。"丁辰妈妈把两个孩子推到了林雾的面前。

原本在桌前做题的林雾，一下子就站起来了，脸上带着如沐春风般的微笑，冲丁辰妈妈点了点头道："阿姨您放心。"

丁辰妈妈的嘴笑得合不拢，她转身出去了，林雾还特意过去帮她开了门，礼貌又绅士。然而在门关上的那一瞬间，林雾脸上的笑容就散去了。

"你以往的作业本和卷子我都检查过，你抄的作业不超过 30%，自己做的作业不超过 2%，其他的部分是一个叫夏雨的男同学帮你抄的。你连抄作业都懒得自己抄了吗？"

"我才没有！你别胡说八道！"丁辰昂着头，看向已经比自己高两个头还要多的林雾。丁辰大概是觉得自己的气势还不够，于是拽了拽比自己高一个头的表姐。

魏之笙收到了表弟的信号，本着我的弟弟只有我能欺负的原则，也梗着脖子说："我表弟不是那样的人！他一向乖巧！"

林雾的唇角弯了弯，眼神飘过了丁辰的书架，说："你的作业有很大一部分和你同学录里夏雨的字迹相似，他和你是同一所小学，初中之后又是同班。"

"你怎么能随便翻人东西。"魏之笙有点恼怒。

身后的丁辰探出来半个身子："哥！你是福尔摩斯吗？怎么发现的，教教我！"

魏之笙捂脸，她这个表弟不靠谱呀！

"做题可以培养你的逻辑思维。"林雾说。

丁辰露出了一个你欺负我读书少的表情，又看了一眼自己的表姐。魏之笙在接收到这个信号以后，本来不想理他了，但是丁辰比了个手势，意思是奶茶加倍。

"听说林学长是 A 大的，那应该很忙了。丁辰目前的课程都比较简单，我想我可以先辅导他，有难题，再请教你。"魏之笙说这话的时候，笑嘻嘻地看着林雾，乖乖女的形象让她看起来可靠极了。

林雾不慌不忙地说："我这儿有份卷子，你们要不要一起做？"

魏之笙心里有点不痛快，林雾没有正面回答她的问题，反倒是拿了张卷子出来，这是对她的不信任，要考验她？魏之笙偏偏就是一个不喜欢被看轻的人，她一把扯过卷子，放狠话道："还没有我不会的题！"

说完，她把另外一份卷子给了丁辰。

丁辰一瞬间头都大了："我没说我也要参加啊！"

魏之笙白了他一眼："你那脑袋再不动动，真跟萝卜一样了，做题，哪那么多废话！"

林雾让了位置，魏之笙坐在丁辰的书桌前，丁辰只好跪坐在地上，靠着床头柜写卷子。林雾拿了本书，在沙发上看。

静默的一个下午，烈日转而变成了夕阳，余晖洒落进来，刚好笼罩着魏之笙和林雾，她看见林雾气定神闲，仿佛和这个世界格格不入。

林雾也在这个时候刚巧抬头，与魏之笙四目相对，他笑了，如夏花灿烂，他说："听说你要考 A 大？"

魏之笙点了点头。

"那你还差得远呢。"林雾合上书，站起身，走到丁辰的跟前，轻轻推了丁辰一下，丁辰的头就脱离了手掌，直接磕在了床头柜上，他嗷一声跳起来。

"每周六下午，我有时间，给你补课。补一个学期，上个省实验高中没什么问题。"林雾说完，又瞥了一眼魏之笙以及她手里的卷子，讳莫如深地走了。

丁辰从梦中惊醒，揉着自己的下巴，过来推了推表姐，问："他什么意思啊？"

魏之笙看着这张卷子，满头大汗。她没有料到，她纵横题海这么多年，还有她不会做的题。她仔细看了这份卷子，是手抄的，看来是林雾自己出的题。

"这人太嚣张了，太表里不一了，你也看见了，当着我妈的面，多稳重懂事，当着咱俩的面，多么轻浮！我就不上他的课！"丁辰气愤。

"别吵！"魏之笙一把捂住了丁辰的嘴，还沉浸在这张卷子里面，其中奥妙，无以言表。

丁辰被捂着嘴，满心的不高兴。

魏之笙把卷子小心翼翼地卷起来，转头同丁辰说："可恶之人呢，必有厉害之处！下次上课，你叫我一声。"

丁辰觉得，表姐只怕是疯了。

魏之笙回家的时候，满脸欣喜。就像是一个常年买彩票的人，突然中奖了一样。她怀里抱着的是林雾给的那张卷子。无论是在家还是在学校，她都在反复研究这张卷子的奥妙。

这让阮萌大吃一惊，摸着她的额头，看着傻笑的她问："中邪了？"

"你不懂。"魏之笙把头一扭，继续傻笑。

阮萌咋舌："你该不是谈恋爱了吧？早恋啊！"

魏之笙的眼睛突然有了神采，问："我的样子像吗？"

阮萌点点头，十分肯定地说："眼泛桃花且无神，一张朱唇笑嘻嘻，二傻子的模样，有喜欢的人了没跑！是谁呀？"

魏之笙一听呵呵呵地笑起来，说不出的诡异，好半天蹦出一句话来："林雾你听说过吗？"

阮萌先是震惊然后错愕了起来："你说 A 大的那个保送的变态？"

"变态？他变态吗？都干过什么？"

"跳级好几次，年年奖学金，没拿过第一名以外的任何成绩。据说过目不忘，新书发下来翻一遍就全会了！这样的人，还不是变态？"

魏之笙捧着脸，笑得越发灿烂了："原来是学习好到变态，下雨天我和变态更配了！"

阮萌狠狠地敲了她的脑袋："醒醒吧！咱们顶多也就是个别人家的孩子，被一般人羡慕羡慕。他林雾可是神的孩子！"

"什么意思？"

"被别人家的孩子供奉，参拜啊！"

魏之笙深呼吸了一口气："我要考 A 大！你考不考？"

阮萌咬了咬唇，委屈巴巴地说："那只怕是以后不能和你当同学了，我死都不上 A 大，我哥在那儿！我随便上个 985 得了。"

紧接着上课铃响了，又一次的模拟考开始了。

魏之笙再也没有马马虎虎地做卷子，也没有提前交卷，安静又乖巧。

很快，周六到了。

魏之笙出门特意洗了个头，横跨了半个城市，去姨妈家，等着林雾来补课。可等了一天，也不见林雾的踪影。她在房间里辅导表弟的功课，姐弟两个做卷子，都是心猿意马。等到了吃晚饭的时候，魏之笙终于忍不住问了："林雾今天不来吗？"

正在厨房里忙碌的丁辰妈妈出来说："林雾他今天有事，说是明天来。笙笙找林雾哥哥有事吗？"

魏之笙尬笑了好一会儿，挥了挥手说："没事！"

“洗手咱们吃饭了。”丁辰妈妈又说。

魏之笙和丁辰洗了手过来吃饭，发现丁辰爸爸不在家，丁辰妈妈叫了个海底捞的外卖。火锅沸腾，油烟缭绕，魏之笙从小就是个油头，没一会儿头发就腻住了，她随手把头发一绑，继续大快朵颐。反正林雾也不来，今天的精心打扮也泡汤了。

没过五分钟，门铃响了。

丁辰跑去拿饮料，魏之笙去开门。

大门打开的一瞬间，魏之笙瞪大了眼睛，然后又迅速把门给关上了。

“谁来了？”丁辰妈妈问。

“林雾……”

“那你关门干什么呀？”丁辰妈妈笑着起来，去给林雾开了门。

林雾的嘴角弯了弯：“明天有个实验要做，不能过来补课了，现在正好有空，阿姨，丁辰在吗？”

“在在在！林雾先一起吃饭吧。”丁辰妈妈笑呵呵地说。

“在吃火锅？我最喜欢火锅。”林雾在门口换了鞋，手上还拎了一袋水果。

“那个……我吃饱了。”魏之笙站起来，恨不得找个地方钻进去，她摸了摸自己油腻腻的头发，心都凉了。

丁辰正好拿了饮料出来，看见林雾，顿时也没了胃口，说了句：“我也吃饱了。”

“这孩子！”丁辰妈妈笑骂了一句，又对林雾说，“林雾你喜欢吃什么，阿姨点了很多，厨房还有。”

　　魏之笙和丁辰钻进房间里，从门缝里偷看林雾。林雾和丁辰妈妈聊得十分愉快，总是能逗得丁辰妈妈哈哈大笑，仿佛两个人没有任何代沟，共同话题一箩筐。

　　魏之笙心服口服，这果然是神的孩子，能让所有人都发自内心地喜欢他，能聊任何人感兴趣的话题，这源于他饱读诗书，并且情商很高。其实，不用林雾说什么好听的，他长那么好看，本来就是被喜欢的对象。

　　丁辰恨恨地说："太虚伪了，能假装和我妈聊得来，家教不一般啊！"

　　魏之笙抬起脚踹在丁辰的小腿上："你懂什么，这才是聊天的艺术！我以后如果做个记者，就要像林雾这样，能撬开所有人的嘴巴，让他们高兴地敞开心扉，吐露心声。"

　　丁辰委屈地捂着小腿："姐，你变了，你是不是喜欢他？"

　　提到"喜欢"二字，魏之笙立刻脸红了，心里已经开了花，说："有这么明显吗？"

　　点外卖的好处就是不用自己洗碗，在他们吃完之后，海底捞的员工上门把餐具都收回去了。

　　魏之笙焦虑起来，抓着丁辰问："哪儿能洗头？"

　　"洗头干吗呀？"

　　"废话！你看我这头发，还能见人吗？"

　　林雾就在这时敲了敲门，进来了。

　　魏之笙僵硬地转身，冲着林雾笑了笑说："我早上洗的头，你信吧？"

　　没想到林雾看都没看她一眼，说："和我有关系吗？"

　　魏之笙不但没有羞愧恼火，反倒是觉得，真有个性！

丁辰妈妈吃过饭要去跳一会儿广场舞，虽然她实在没到这个年纪。偌大的房子里就只剩下他们三个人，于是从丁辰的房间搬出来，在客厅补课。丁辰总算是有个正经的桌子和椅子了。

魏之笙则是靠在沙发上，腿盘起来，把书放在自己膝盖上，抱着腿盯着书。林雾带了电脑，坐在丁辰的对面写着代码。

丁辰的心思全然没在这张卷子上，他朝魏之笙努努嘴，意思是，想溜。

魏之笙皱着眉摇了摇头。

噼里啪啦的键盘声突然停了下来，林雾用右手撑着下巴，歪了歪身子，看向丁辰："半个小时三道题，一道都没对。你解题思路有问题。"

"你都没有正眼看过我，怎么知道我解题思路有问题的？"丁辰不服气。

"草稿纸，我余光看见了。你把书翻到 98 页，原理是一样的，自己代入公式再算一遍。"林雾说完又开始敲键盘了。

丁辰翻开书，按照他说的办法，研究着公式带入了，算了十几分钟，果然解开了，并且印象深刻。他承认，这种教学方法，让他很受用，但是很不爽。

魏之笙抱着膝盖，咬着笔，盯着林雾看了许久，更多的时候是看他的手。敲键盘的姿势可真好看，代码怎么能写得这么快，林雾到底是什么专业的，怎么看起来如此厉害的样子？魏之笙心里有一万个疑问，脸上终于开始忍不住傻笑了。她站起来，往林雾那边走，可以说是鼓足勇气了。

也不知道林雾是不是正好余光看到了她的举动，在魏之笙马上走到他跟前的时候，林雾突然站起身，去给自己倒了一杯水。

魏之笙走也不是，留也不是。

丁辰抬头看见了表姐的囧相，一个没忍住咧嘴笑了。

魏之笙白了他一眼，直接走到他跟前，抓起一支笔，在他的卷子上画了个叉说："这道题错了，这都能错，你这颗大脑到底是什么配置？"

丁辰："……"

林雾喝完水回来了，魏之笙琢磨了一会儿，又往他那儿凑。林雾又站起身，去了下洗手间。魏之笙深呼吸了一下，等下一次机会。

第三次主动靠近的时候，林雾突然一个回眸，清冷的目光对上了魏之笙的满眼桃花，冷冷地问她："你有事？"

魏之笙狂点头，然后一溜小跑，跑到了林雾的身旁，她能够闻到林雾身上有淡淡的香味，不是任何香水的味道，也不是洗衣液的味道，她说不上来那是一种怎样的味道，但是感觉却是让人心旷神怡的。

魏之笙把书往林雾的面前一放，微微弯着腰，问他："这道题怎么做呀？"

林雾只是扫了一眼然后说："选 C。"

魏之笙听了之后微微有那么一瞬间的恍惚，她歪了下脑袋，仿佛是把眼睛里的桃花给倒出去了，站直了身体，正色道："为什么选 C 呀？这道题不是选 D 吗？"

林雾眼皮也没抬一下，重复道："选 C。"

魏之笙不信邪，她重复看了一遍这道题，然后翻了一下后面的习题答案，十分有底气地说："选 D，你看答案也是 D！"

林雾似笑非笑地看了她一眼，说："那你为什么问我？"

魏之笙咋舌，但是也很直白地说："我怕气氛太尴尬，所以想弄出点动静。你是不是看出来我的意图了，所以故意说选 C？"

林雾接着笑："不，这道题就选 C。"

"咦？"魏之笙坐下了，从丁辰那儿抢了点演算纸，带入答案逆向推了一遍，表面上 D 也没什么不对的，C 好像也可以选？

隔天上课的时候，正好老师要讲这本练习册的题，魏之笙头一次很认真听课了。讲到这道题的时候，老师也没发现有问题，魏之笙举了手说："老师，这道题是否应该选 C？"

老师微微一愣，看似差不多的两个答案，但是仔细算一下会发现，这里面存在一个很小的方向误差，D 似乎不对，C 好像真的是正确答案。

老师当场就表扬了魏之笙，夸她学习好还勤奋爱钻研。

后座睡大觉的阮萌睁开蒙眬的睡眼问魏之笙："真要考 A 大？"

魏之笙点点头："这题林雾扫了一眼就知道正确答案不对，你说他厉不厉害？真乃学神！"

阮萌从包里摸出一张湿巾来，对着自己的脸一顿猛擦。

"你干吗？"魏之笙不解道。

"我提提神，好好听讲，不然怎么陪你去 A 大！"

如果不是正在上课，魏之笙一定要把阮萌抱起来，再转上三个圈。

距离高考还有一个半月，魏之笙终于搞到了林雾的 QQ 号，每天去林雾的空间给他留言，没想到一个礼拜后，林雾把空间给锁了。她在 QQ 上乐此不疲地跟林雾说话，只有问习题的时候林雾才会回答她。魏之笙仿佛找到了窍门，她专门去找一些刁钻的题发给林雾。林雾看到以后会把解题思路告诉她，魏之笙做出了答案发过去，林雾通常很久才会回复一个对的符号。

魏之笙看着这个符号都能开心上好一会儿，很快，高考来了，只剩下半个月的时间。魏之笙最后一次上网，告诉林雾她要考试了，短时间内不能上网了。那天林雾破天荒地给她打了很多字，包括如何调整心态等等。

印象里，这是林雾说过最多的话了。她能够想象得到，电脑的那一端，修长的手指快速敲打着键盘，脸上还是那样冷冰冰的表情，但是他十指连接的那颗心脏，肯定是炙热的。

和林雾说了 A 大见，魏之笙把和林雾的聊天记录全都保存下来，然后找了一家打印店，花了不少钱弄了个彩打，做成小册子，放在书包里。不能见林雾，也不能和他聊天的日子，她就打算看这些小册子度日了。

阮萌最近复习也很努力，她大哥听说她要考 A 大还专门给她辅导了几天，不辅导还好，辅导之后，阮萌什么都不会了。阮家大哥一气之下，把阮萌的三年高考五年模拟给撕了。

阮萌在家感觉喘不过气来，急忙发短信向魏之笙求救。

"大哥，我来找阮萌去一趟书店可以吗？"魏之笙说。

阮杰黑着的脸色稍微有了那么一点好转，嗯了一声："要我开车送你们过去吗？"

阮杰研究生已经快毕业，开始管理家里的生意了，进出都有专车。

"不用了大哥，我们坐公交去，绿色环保。"魏之笙笑嘻嘻地把阮萌成功解救了出去。

踏出阮家的大门，两个人同时松了一口气。魏之笙鞋带散了，把书包扔给了阮萌，蹲下系鞋带，一本小册子从包里飞了出来，阮萌没见过这个册子，翻了一下，发现竟然是本聊天记录，再一看内容不得了了。

她尖叫起来："你和林雾每天就聊这些？"

魏之笙系好了鞋带，看见小册子，心底的笑意就蔓延到了脸上："怎么样，是不是超甜蜜？我觉得他对我也有意思。"

阮萌目瞪口呆，过了一会儿才问："能不能借我看看？"

"干吗？"魏之笙警惕地看她。

"你别误会，我觉得你俩这聊天的内容，比那五年模拟厉害多了！这上面好多题我都没见过！"

魏之笙突然有点骄傲了，大方地一摆手："拿去，别弄坏了。"

阮萌再三保证后，收到自己包里，又说："他就每天给你发个符号，你都能开心成这样？"

"你懂什么！"

两个人还是去了书店，收银台有人结账，她一抬头，看见了林雾那张冷若冰霜的脸，以及旁边委屈巴巴的丁辰。

丁辰颤抖着下巴："姐……"

"林雾，好巧呀！"魏之笙先是冲林雾摆了摆手，然后才凑到丁辰旁边，小声关切，"怎么了？"

林雾点了点头，问店员："都要了，多少钱？"

店员挨个扫码后说："一共328块。"

林雾付了款，店员把柜台上的卷子都装进了袋子里。

丁辰觉得天瞬间就黑了，丧气道："我考进了前二十名。"

魏之笙猛然拍了一下丁辰的肩膀："厉害呀！恭喜你终于是中等生了！想要什么奖励？"

林雾这时把两袋卷子放到了丁辰手上，然后又去书架继续转。丁辰差点没号起来："瞧见了吗，这就是我的家教给我的奖励！"

阮萌吞了下口水："真是可怕！"

魏之笙双手放在胸前，眼睛里又开出了桃花："真是有个性！"她说完就跑到了林雾的跟前，问，"学长，你说我该报哪个专业呀？"

"除了计算机相关的，都可以。"

魏之笙思考着，点着头说："你是觉得这个发展前景不太行吗？或者太辛苦了，不适合女生？"

林雾把书合上，准备去收银台付款了，走过她身边的时候说："因为我是这个专业的。"

魏之笙愣了一下，阮萌凑过来说："他是不是不想见到你的意思？"

魏之笙一巴掌拍在了她的脑门上："阅读理解我满分好吗，要你讲！"

阮萌揉着额头："这就是一朵高岭之花，我劝你放弃！"

"你懂什么，有困难要迎头而上，免得他祸害别的女生！我这大无畏的献身精神，自己都感动死了！"魏之笙随手抽了一本林雾刚才买的书，也去付款了。

高考来了，让魏之笙和阮萌都没想到的是，这一年的数学卷子，难哭了大部分考生，更加没想到的是，后面的四道大题，竟然在那本和林雾聊天的小册子里出现过同类型的，变相地等于她们押对了题。

也正因为数学的成绩好，魏之笙和阮萌过了 A 大的录取线。

报志愿前，魏之笙给林雾 QQ 留言了，希望他能帮助自己参考一下，但是林雾一直没有回复。一直到报志愿这一天，林雾影儿都没出现。魏之笙有点失落，阮杰开车送阮萌来学校报志愿，作为前辈，帮她们两个参考了一下。

他毫不犹豫地给阮萌报了国际企业管理，阮萌登时脸就绿了。阮杰细长的眉眼挑了挑，问："你不愿意？我和爸爸都不指望你能把家族企业发扬光大，但是当你进入公司之后，总不能被人嘲笑是个什么都不懂的草包吧？"

阮萌深呼吸了一口气，眼睛瞪得大极了，她这些年来从没能反抗阮杰，这一次自然也是，气呼呼地把自己的名字一写，扭头就走了。魏之笙甚至都没来得及叫她一声，因为阮萌是跑着离开的。

阮杰收好了阮萌的志愿书，看了魏之笙一眼问："你喜欢什么？"

"啊？我……"她想起了林雾的专业，于是说，"计算机。"

阮杰颇为意外地瞥了魏之笙一眼，有些好笑地看着她，比起对着阮萌倒是和颜悦色了一点。他说："我记得，你是文科生，不对口吧。"

魏之笙不自然地挠了一下头发，眼睛已经飘到了窗外，嘴巴里应了一声。突然她发现门口有个穿白色 T 恤衫的人，简单得不能再简单的款式，却像个王子一样，吸引了一群人的注意力。她登时开心起来，噌地站起来，对阮杰说："大哥，我朋友来了，我和他说几句话呀！大哥你要是有事就先走吧，谢谢大哥。"

她走得虽然匆忙，但是也没有忘记带走自己的志愿书。她从教室飞快跑出去，差一点就撞在林雾的身上，在距离他十厘米的时候，林雾侧了个身，避免了两人相撞，同时抓住了魏之笙的胳膊，让她不至于摔倒。

魏之笙吐了吐舌头，站直了身体，昂起头看着林雾："你来得正好，我有个问题想请教你。你觉得，我报计算机系怎么样？"

天气热极了，魏之笙从有风扇的教室跑出来，才这么几步就流了汗，林雾掏出一包纸巾来，抽出一张递给她，同时接过了她的志愿书。

"这是你们班？"

魏之笙抓着纸巾，没回过神来，听到他这么问，反应了一下才点了点头。

"进去说。"

找了个位置，两个人面对面坐下。林雾看了一眼魏之笙的成绩，问她要了支笔。

"文科生学什么计算机，你的逻辑思维也没有那么强，计算机很苦的，不要学。"

"那你为什么学啊？"魏之笙问。

林雾避重就轻："听丁辰说，你平时喜欢写东西，给不少杂志社投过稿。"

魏之笙有点不好意思地笑了，就听到林雾又说："就是从来没有被杂志社采用过。"

魏之笙在心里把丁辰打了一顿，怎么什么都说。

"你喜欢书吗？"林雾问。

"还行。"

"除了还行的东西，你有特别喜欢的吗？"

"你啊！"魏之笙毫不避讳地这么说了出来，坦荡得就好像是在回答今天天气怎么样一般。

她的这种坦荡让林雾措手不及，万年的冰山脸有了一丝可疑的潮红，也不知道是害羞，还是天气热。

"我知道了。"林雾简短地分析之后，开始填志愿了，"我认为，这几个专业你都可以考虑。"

林雾把笔帽盖上，然后站起身说："还得去给丁辰补课，我走了。"

魏之笙和他道谢再道别，看了一眼林雾给她选的志愿，看起来还不错，都是文学院的，一个是新闻学记者向的，一个是编辑向的。好像是挺适合她的，魏之笙自己其实也比较中意这个。

高中毕业的这个暑假，阮萌跑去伦敦看奥运会，魏之笙坚决拒绝了她，守在姨妈家里，期待着隔三岔五能和林雾见一面。两个人见面了其实也没什么话可说，林雾基本不怎么理她。

为了不让自己尴尬，魏之笙只好也给丁辰补语文历史政治，等林雾来了再补习其他科目。那是丁辰这辈子度过的最难熬的一个假期，他生不如死，每天幻想着一睁开眼就开学了。

阮萌的奥运会没看成，她买到了假的黄牛票，于是又去环游世界，然而环游世界的愿望也没实现，才走了两个国家，她就觉得无聊了，没有魏之笙陪着，怎么都提不起精神来。她觉得除了魏之笙没有人能够懂她，于是灰溜溜地回来了，还挨了阮杰一顿数落。

日盼夜盼，终于盼来了开学。

巧的是，新生报到这天，林雾竟然是志愿者，刚巧就遇见了魏之笙，帮着她把东西拿到宿舍去。那条去宿舍的路很长，魏之笙就跟在他后面走，林雾腿长，步伐快，魏之笙几乎要跟不上了。但是好在，每走几分钟，林雾都会回头看一看她，等一等她。魏之笙就小跑着跟上去，两个人继续走。

九月的天气还很热，林雾把魏之笙送到寝室，已经汗流浃背。他们是第一个来的，6人寝，上床下桌，两边各放了三张床。林雾站在中间的两张床过道问她："左边右边？"

"我想靠窗。"

"宿舍楼的窗户好几年没换了，春天灰尘大，冬天冷。门也不要靠，不然你以后会经常去关灯。"

魏之笙恍然大悟，林雾果然经验丰富。

"林雾，晚上我请你吃饭吧。"

"你要叫我学长。"

"我就喜欢叫你的名字。"魏之笙嘻嘻笑着，又问他，"你住哪儿呀？离这里远吗？"

林雾拿了张地图出来："饭你自己吃吧，我要去实验室。这上面有学校的一些建筑和路线，你照着地图不会走丢。"

魏之笙点点头，送林雾走的时候有些恋恋不舍："林雾，明天见。"

林雾对这个明天见的约定没太在意，他在心里粗略算了一下，概率不大。

林雾走后，同寝室的几个人陆续来了，都是一个专业的，相互介绍认识了一下。魏之笙在地图上找到了自己的寝室位置，然后开始找林雾的宿舍，找了好半天发现，因为专业以及方便上课等等原因，他们学校的宿舍建得比较分散，她住西边，林雾住东边，他们中间隔着一整个校园。

魏之笙简直要怀疑，林雾是不是早就知道这样，才给她选了一个这么远的专业，两个人偶遇的可能性约等于零。不仅如此，就连想要去找阮萌，也得走上二十多分钟，还是在不迷路的情况下。面对这么多人工湖泊和花园，魏之笙对这一所堪称最美的大学绝望了。

同样绝望的还有丁辰，在林雾的辅导下，他被逼着去参加了一个数学大赛，然后拿了个冠军，紧接着回来就跳级了，直接上了高二。丁辰一家都沉浸在儿子不是傻子其实是个天才这种巨大的喜悦里，对林雾感激涕零，连带着，魏之笙的父母也对林雾印象特别好，想要亲眼见一见这位传奇人物。

彼时魏之笙咬着冰激凌勺子问："那我和他恋爱，你们反对吗？"

魏家父母对视了一眼，稍作思考，回答了四个字："暴殄天物！"

魏之笙从小都顺风顺水，很少有什么是她不能征服的。再加上她心直口快，胆大心粗，既然认定了林雾，那林雾就必须得是她的。于是她开始了三天一个小告白，五天一个大惊喜。

成天往林雾寝室跑，活脱脱练成了长跑种子选手。军训刚过去，学校举办运动会，长跑大家都不愿意参加，体委问都没问，就给魏之笙报了个 800 米。

魏之笙当时就傻眼了，直摇头："我不行我不行，我体弱多病！"

体委扫了她一眼说："这么健美的小腿，你天生就是运动员！你放心，比赛那天我有妙招！你肯定行！"

魏之笙将信将疑，也没太把这件事放在心上，还是照常围着林雾转。

在比赛当天，魏之笙站在起跑线上，心里没什么底，体育委员很讲义气，站在起点陪她，给她打气。

"你不用陪我，你回去吧。"魏之笙活动了一下筋骨。

体委摇了摇头说："其他项目全军覆没了，就指望你出点成绩了，等会儿我陪着你一起跑，肯定让你十分有动力！"

魏之笙看了看体委，也是个阳光美少年，但是再好看也不是她的强心剂，所以她还是蔫蔫的。

各就各位，发令枪响，体委迅速抖出一根简易鱼竿，上面挂着一个印有林雾头像的抱枕，然后再跑到内圈，一边跑一边对魏之笙大喊："快来追啊！"

魏之笙："……"

她发誓，她一定要打死这个体委。

魏之笙奋起直追，想要抢下这个抱枕，但体委不愧是体委，在男生当中跑步也算快的，四百米的操场绕了两圈，魏之笙甩开了后面第二名一大截，但还是没能追上体委。眼看前面就是终点了，魏之笙怎么也没想到，林雾竟然就站在终点线后。

她本来有些沉重的双腿，像装了发动机一样，向终点冲了过去。冲刺的时候，她带着满满的笑容，一头扑向了林雾。

或许是林雾突然善良了一次，怕她因为惯性摔倒，又或许是那时候被触动了，他没有躲开，结结实实地抱住了魏之笙，感受着她的心跳。

"林雾！奖牌我给你，你给我。"她仰着热情的笑脸，紧紧地抱着他的腰，柔软得像一只无尾熊。

林雾一个慌神，问她："你喜欢我什么？"

魏之笙想也没想就回答："我喜欢你有个性，人又好！"

林雾听了之后脸上波澜不惊，拍了拍她的手说："奖牌你自己留着吧，松手。"

"哎？"魏之笙愣在原地，又被拒绝了？

没关系，反正也不是第一次了，越挫越勇！

林雾爱看书，所以魏之笙每天蹲在图书馆里，一个星期总有那么一两次能遇见林雾。林雾涉猎广，看书快。魏之笙不爱看书，全靠脑子聪明，但是坐在图书馆里不看书又很奇怪，时间久了，她似乎被林雾感染了，也喜欢上看书了。

她知道林雾喜欢坐在固定的位置，每次她都刚巧坐在对面，会悄悄换掉林雾杯子里的白开水，倒上一杯和自己一样的奶茶。她有很用心地每次选不同口味的奶茶，直到快要没得口味换的时候，林雾终于给她传了一张字条。

上面写着：你每天喝奶茶，不怕胖吗？

魏之笙鬼使神差地捏了一下自己的腰，好像是有点？但是这字条也太刺眼了，她气得回复他：钢铁直男，你知道自己为什么一直没有女朋友吗？！！！

最后那三个感叹号，她还是用多头多色的圆珠笔，换着颜色画的，最后一笔感觉纸都要破了，可见她内心的愤怒。她团成一个纸团，丢给了林雾。

林雾拆都没有拆，直接放进了口袋里。

魏之笙写完以后就后悔了，早就知道林雾是什么属性了，干吗要口气那么差啊，林雾不理自己了怎么办？他既然没看，她能不能偷回来？

图书馆里，两个全神贯注的人，一个专注看书，一个专注偷纸条。林雾翻完了桌上最后一本书的最后一页站起来活动了一下，魏之笙紧张地低下了头，林雾走到她身边，弯下了腰，在她耳边说："谁说我没有女朋友？"

什么？

她怀疑自己听错了，赶紧掏了掏耳朵，想抓住林雾再问一问，他却已经走了。她一阵怔忪，清醒过来之后觉得天塌了。

原来他有女朋友了，为什么还一直默许自己跟着他？简直是个渣男！

不不不，她又摇了摇头，是她一门心思扑上去的，根本也没多做了解。她不会在无形之中已经破坏别人的感情了吧？

整整一周，魏之笙都像一个霜打的茄子，她无处安放自己那颗乱糟糟的心。在经历了自我反省与自我谴责之后，她决定放弃林雾了。做好决定的那天晚上，她拉着阮萌喝了个酩酊大醉，阮萌从头到尾都很迷茫。她不知道魏之笙到底是怎么喜欢上林雾的，也不知道是怎么就失恋了，只管陪着她。

魏之笙最近的日记写得格外频繁,在日记里一面缅怀对林雾单方面的初恋,一面又谴责林雾这个钢铁直男。

快到圣诞节了,学校里各个专业都在搞晚会。计算机系也算数一数二的和尚专业,于是拉着文学院搞联欢会。本来大家也没什么兴趣,但是两个学院外联部相当有门路,拉了不少赞助,还搞起了抽奖活动。

因为奖品实在诱人,联欢会大家热情很高,排练了十几个节目。魏之笙正处于"失恋期",看哪儿都觉得触景伤情。联欢会当天她还迟到了,找了个角落坐着,一口奶茶一口蛋糕,一副自暴自弃的架势。

体育委员拿了抽奖箱过来,踢了踢她:"别吃了,抽奖的时候要咧嘴,爱笑的女孩运气不会太差。"

自从上次的运动会以后,魏之笙和体育委员成了好朋友,此刻她只想翻白眼。从抽奖箱里摸了个信封出来,随手丢在一边,接着吃免费的蛋糕。

没一会儿她听到台上主持人开始互动了,声音好听又耳熟,一抬眼,便见林雾也是主持人之一。

女主持人说:"下面要开始开奖了哦!同学们快把你们手里的信封拿出来!"

魏之笙抹了一把手,把信封拆开了,里面似乎是一张相纸?她翻过来一看,果然是张照片,还是林雾的照片!她狠狠地瞪了体委一眼,真是个损友!明知道她失恋了,还放张照片来取笑她。魏之笙把林雾的这张照片撕碎了,塞进了信封里。

这时又听到女主持人说：“写着大吉大利的，就是三等奖啦，送上食堂的充值卡一张，一共50个！写着逢考必过的就是二等奖哦，共10个，送上数码小礼包一份！一等奖可不得了了，数码大礼包，掌上放映厅，还有一套发烧音响！一等奖的信封里藏着的是我们计算机学院男神的照片！哪位同学抽到了，快上台来！”

魏之笙瞬间错愕了，她扭头问旁边的同学：“同学计算机系的吗？男神是谁呀？”

“林雾学长呀！这你都不知道？”

魏之笙：“……”

她看了看手里的照片碎片，又看了看台上放着的一等奖，内心极其复杂。

主持人叫了三次，就快要把这个一等奖作废的时候，她在数码大礼包内含的发烧音响的诱惑下，站起来了。

体育委员激动地说：“我就说爱笑的女孩运气不差吧，魏之笙你得感谢我！”

魏之笙想哭。

到了台上，主持人问她要信封。

“能不能到台下验证？”她小声问，然后被拒绝了。

“我们的照片呢，是有特殊印记的。”主持人笑着说。

她明白，这是怕她弄虚作假。魏之笙在上千双眼睛的注视下，交出了中奖信封。

主持人接过去晃了晃，没想到信封口不紧，照片的碎片像下雪一样飞了出来。纵然是主持人身经百战，主持过大大小小的学校晚会，也有点蒙了。几个主持人蹲在地上开始拼碎片，终于找到了他们那个特殊的印记，确认了这张照片的唯一性。

魏之笙想死，非常想死。

因为林雾不知道什么时候站在了她的旁边，以一个非常冒犯的距离盯着她，问："你撕我照片做什么？"

"我高兴！"她咬着牙说，"你怎么这么自恋，还用自己照片。"

"和我无关。他们临时想不到合适的词儿写纸上了。"林雾坦白道。

她还是生气，奖品也没领，直接就跑了。

地上拼图的主持人刚想叫她，被林雾拦下了："我给她送过去。"

隔天林雾给魏之笙打了电话，叫她下楼拿奖品。

"你放楼下宿管那儿，我一会儿去取。"

"你确定？"

魏之笙咬了咬嘴唇，不确定，这个音响万一被判定成大功率电器，她就拿不回来了。

"那你放拐角第三个垃圾箱里，我去拿！"

林雾笑了起来："下来，我想见你。"

魏之笙被他这笑声笑得骨头有点发酥，同时也涌出了更多的愤怒，吼了一声："不娶何撩！"

"你是这么想的？"

"对！你接下来是不是要说，你要这么想我也没办法？"

"我上去找你。"

"你进不来！这可是女寝！"魏之笙生气地摔了电话。

五分钟后，有人敲门，只有她一个人在寝室，开门一看，是林雾。

"我是学生会的，宿管跟我很熟，我经常查寝。"林雾把东西搬进来，放在魏之笙的桌子上。寝室布置好后他没有来过，但是一眼就能看出哪些是魏之笙的东西。

林雾把音响给她装好了，说："昨天晚上帮你煲过了，可以直接用。"

"嗯，谢谢学长了。"

"你最近很忙？"

"不忙，不想见你。"

"为什么？"

魏之笙迅速抬起头瞪了他一眼，还有脸问？

"这题你算一下，过几天告诉我答案。"林雾在她的本子上写了一道题 $x^2+\left(y-\sqrt[3]{x^2}\right)^2=1$，写完之后人走了。

魏之笙看了好一会儿，神经病啊这个人，她把本子合上，开始听歌。

这道题她根本就没放在心上，没想到过了几天，她在学校花园里散步，林雾突然出现了，黑着脸问她算出来了没有。

魏之笙嬉皮笑脸地说不会，林雾冷哼了一声，损了她一顿。

魏之笙装作无所谓的样子，其实心里难过死了，哪有心情算题？

林雾皱着眉："你躲着我？"

"学校那么大，我们住那么远，遇不到很正常的学长。"其实，对她来说，不管有多大，只要想见到，怎么都能够遇见。

"为什么躲着我？"

"谁躲着你了！我都说了，学校太大了。"

"我不问第三遍，你如果不想说，我不逼你。"

魏之笙低着头，眼眶发热，好像忍不住要哭了，她强压着哭腔说："避嫌。"

"避谁的嫌？"

"你女朋友。"

林雾好似一下子明白过来，这一阵子她为什么闹别扭了，原来是个乌龙。他有些想笑，内心直接从多云转晴了，他找了根树枝在地上写下一串数字：$128\sqrt{e980}$。

魏之笙瞥了一眼："又算题？"

林雾点了下头。

魏之笙负气，还真以为她不会？虽然现在不学数学了，底子还是有的！她飞快计算出了答案，说："2113.82，回答完了，我走了。"

林雾恼了："你是不是智障？"

魏之笙很不服气："我算错了？"

"谁让你算了！"

魏之笙腹诽，不算你出什么题！但是下一刻，林雾把地上的题擦去了一半，赫然写着 I LOVE YOU。

"明白了？每天陪着我的你，就是我的女朋友。"

魏之笙突然就哭了，她不明白林雾这到底是什么高级操作，毫无逻辑地开始指责林雾，有点口不择言，其实她也不知道自己想说什么。

但是林雾凭借着聪明的大脑，总结出了她想说的内容。

　　"我一直都有问你为什么喜欢我，你每次都能给我一个理由，那么这就不是真正的喜欢。直到你红着脸看我，答不出任何理由，这才是真的喜欢我。魏之笙你难道不知道，喜欢一个人，哪找得出那么多理由？"

　　她被林雾抱在怀里，开始回忆，到底是见到林雾那天的光线太好，还是时间刚好，导致了她的喜欢。也不知道林雾为什么喜欢她，又是从什么时候开始的。或许是长期的陪伴，又或者是那天下午的惊鸿一瞥。

　　总之，她和林雾在一起了。

Chapter9
/ 杨枝甘露

♥

谈恋爱这个事情，乍一看起来没什么难的。

魏之笙好歹也算是学霸，他林雾也是个学神，两个人智商加在一起已经爆表了，所以这件事情对他们来说应该是得心应手的。

可是事实上，恰恰相反。

为了谈好这个恋爱，魏之笙下了不少的功夫。她用刚抽奖中的那个掌上影院，看了不少的爱情片，学习如何做一个温柔可爱的女朋友。她潜意识里其实觉得林雾不应该喜欢自己，所以她迫切想要证明自己的实力。

魏之笙学会了化妆，天赋还挺高，在不断的练习当中，大有当美妆博主的潜质，偶尔她还在微博上分享一点自己的化妆心得。

无论是妆容，还是穿搭，魏之笙都有了质的飞跃。传说大学是一个整容机构，进去了以后都会大变样，可事实上，真正让她们改变的是自己想要变得更好的那颗心。

她的这种改变是肉眼可见的，就连阮杰都夸她变漂亮了。最该发现这一切的林雾，却一点反应都没有。

魏之笙的课没有林雾多，没事的时候，林雾喜欢拉着她一起上课。他每次都坐在教室的最后一排，并且靠窗。无论窗外发生什么，林雾的心思始终都在学习上。这一点让魏之笙非常佩服。

她在旁边凹着造型，希望林雾能看她一眼。可事与愿违，终于她忍不了这种冷漠，捧着林雾的头，强迫他看自己。

"我今天有什么不一样？"魏之笙问。

林雾扫了她一眼说："左眼比右眼大了0.2毫米。"

魏之笙一愣，他的眼睛里是有一把尺子吗？可她想问的不是这个啊，她今天是不小心把左眼的眼线画粗了一丢丢。

"你再看看！"魏之笙又说。

林雾仔细端详了她三秒，突然间抬起了手。

魏之笙赶紧抓住了他的手："你干吗？"

"眼睛上有东西。"林雾很老实地回答。

魏之笙翻了个白眼，那东西更明显了，她无奈道："双眼皮贴，别撕。"

林雾收回了手，和魏之笙对视了五秒钟，就在魏之笙脸红，觉得林雾可能要亲她的时候，忽然听林雾说："你要不要一起做题？"

魏之笙立刻缩了缩，瘫在椅子上没精打采地说："我不要。"

"你今天有点奇怪。"

魏之笙咬了咬唇，内心十分不平静："林雾你最近都没发现我变漂亮了吗？"

林雾明显愣了一下，眉毛挑了一下。

林雾果然是个钢铁直男，只会讨长辈欢心，不会讨女朋友欢心，魏之笙正襟危坐，正色道："来我给你上一课，对待女朋友这种生物呢，你不要吝啬夸奖，女孩子的心情都是写在脸上的，如果哪天我突然话少了，那肯定是有心事，你一定要主动关心我。如果我一直说没什么或者没事，那肯定就是有事，你就一定要想办法哄我开心，不管我不开心是不是因为你。你要多和我说话，让我知道你在想什么，人本来都是个体，有了沟通和接触，才能越来越亲密。你就把女朋友当成一门学科来研究，一点也不比你那 C 语言简单！"

林雾似懂非懂："C 语言是很简单。"

魏之笙听了想撞墙，她抓着林雾的胳膊，死命地往他肩膀上蹭："你不要在意那么多细节可不可以呀，你关注前面的。"

"好。"林雾答应了，默默在心里记下了，魏之笙喜欢被关注。

期末考试结束，A 大放假了。

魏之笙拉着林雾在校门口依依惜别，恋恋不舍。

"放假了怎么办，寒假有两个月，我两个月都不能见到你了。"魏之笙说着眼睛红了。

林雾揉了揉她的头："我们是本市的。"

魏之笙酝酿好的伤感情绪被他熄灭了一半，强行调动起感官又说："本市又怎么了，也不能每天都见面。"

"在学校里，我们也不能每天都见面，东西宿舍区还是很远的。"

魏之笙狠狠地跺了下脚："没法接！句句扎心！"

　　林雾看着她懊恼又生气的样子，突然就笑了，紧紧地将她拥在怀里，柔声说："只要你想我了，我立刻就出现在你的面前。"

　　魏之笙转了下眼珠，思考道："你最近是不是看什么课外读物了，这情话哪里学的？"

　　"看你微博转发的。"

　　魏之笙打了个响指，开心得快要飞起："对对对，你这个习惯蛮好的，女朋友的微博最能体现出她的状态了，QQ签名你也别放过，好好留意着。要是一般人我就不要求了，毕竟信息量有点大，但是你是神的孩子，你脑容量很大。林雾，我得把你培养成模范男友。"

　　林雾觉得有点头痛，但是更多的是甜。他虽然不太习惯做这些改变，但是他愿意为了魏之笙改变。

　　情人节眨眼间到来，魏之笙给林雾准备了一个大礼盒，补上了他们没有在一起的那些年的礼物。可林雾给她发了个巨额的红包……

　　魏之笙："……"

　　"怎么？"

　　"你就给我准备了这个？"

　　"女生喜欢的东西，我不太了解，你喜欢什么就买什么，如果不够的话，还有。"

　　如果不是林雾满脸的真诚，魏之笙绝对会扭头走掉。她看在这张好看的脸的分上，叹了一口气，忍了。

　　"去商场。"魏之笙拉着林雾去了商场，然后站在化妆品专柜前，"你那么聪明说一遍就记住了哈。"

林雾到底是个高才生，一下子明白了她的意图："你坐，我去问导购。"

导购很少能见到这么帅的小帅哥陪着女朋友一起来买东西，所以介绍起来格外卖力，给林雾讲解了所有化妆品的用途以及哪一种更加适合魏之笙。林雾过目不忘，听过也就全都记住了。

就在他打算把导购推荐的东西都拿去买单的时候，魏之笙跳出来制止了他，从里面选了三样："太浪费了，以后你赚很多很多钱的时候，再给我买吧。"

晚上回家，林雾拆了魏之笙给他准备的礼物，是各个年龄段男孩子最喜欢的东西，他突然有些感动，魏之笙到底花了多少时间，去研究这些呢？女孩子果然比计算机有意思！

魏之笙忽然消失了整整七天，林雾怎么也找不到她，魏之笙的小姨一家去国外度假还没有回来。

2013 年的早春，林雾在街头狂奔，第一次感受到了他人生当中的无助以及害怕。他害怕魏之笙就这么消失了，他无助于为什么得不到她的消息。

终于在开学前一天，他接到了魏之笙的电话。她在医院里，气若游丝。林雾火速赶到了医院时，魏之笙躺在神经内科的病房里，咧着嘴冲他笑了。

林雾完全顾不了还有其他人在场，直接扑过去抱住了她。

"我没事……不小心中毒了，现在已经好了，我立刻给你打电话了。你是不是想我了林雾？"

"魏之笙，永远都不要离开我。"他紧紧地抱着她，魏之笙都有点透不过气了。直到有人拍了拍林雾的背，他才慢慢松开手臂，眼角挂着眼泪。

魏之笙嘿嘿一笑，说："我就说林雾和我恋爱了吧，你们这下信了吧。"

魏之笙的父母是第一次见到林雾，在这样一个十分仓促的情况之下。好在，他们本来对林雾就十分有好感。

魏之笙妈妈上下打量林雾，憋了好半天才问："笙笙，你是怎么追到林雾的？"

"阿姨，是我追的她。"林雾道。

魏家父母都露出了一个不可能的表情。

医生来查过房，表示魏之笙恢复得不错。但是对于怎么中毒的，林雾知之甚少，恐怕也就只有魏之笙的父母知道，魏之笙是硫化氢中毒。对此，魏之笙的爸爸一直陷在深深的愧疚与自责当中，如果他没有从事化学研究就好了，如果女儿没有来实验室找自己就好了，如果实验室的管理再严格一些就好了……但凡有一条成立，魏之笙也不会因为误闯实验室，吸入了有毒气体。

也就是这次中毒以后，魏之笙的记忆力大不如从前了，学习成绩突然一落千丈，翻开书竟然有很多东西她都看不懂了。她恍惚知道了，硫化氢中毒后，她的脑神经受损了。她开始怅然若失，林雾学习那样好，如果她成了一个白痴，那么林雾还会喜欢她吗？

"阿生，我好像变笨了。"魏之笙摸着哈士奇的头说。

这种忐忑，一直持续到她听说学校有一个保送留学的名额给了林雾。

魏之笙做梦也没有想到，她和林雾的感情路上会出现这么老套的剧情。她直接去林雾的面前问他是不是要出国深造，林雾并没有隐瞒她。

他的确想去，也似乎不能不去。

"那我陪你去，和你读同一所学校。我可以自费读。"她倔强地想要和他在一起，可林雾却会错了意，"我很快就回来，你安心在 A 大读到毕业，那所学校不适合你，分数要求有点高。"

林雾不知道，这句话对于敏感的魏之笙来说，像一个炸弹，她知道，她这辈子不可能考上林雾要去的那所学校。在那个大雨滂沱的午后，她负气离开，给林雾发了一条短信，只有两个字——分手。

随后，魏之笙消失了，或者说人间蒸发。

林雾去她家找她，已经人去楼空，他甚至撬开了大门的锁，发现只有一只哈士奇蹲在客厅里。他在魏之笙的家里等了一天，有人报了警，最后还是丁辰的妈妈来销案带走他，可是魏之笙一家人去了哪里，丁辰的妈妈也答不上来。

他再次回到魏之笙家，那只哈士奇围着他打转，似乎有很多话要告诉他。他感觉到一阵眩晕，跪在了地上，哈士奇舔了舔他的脸，林雾突然痛哭了起来，紧紧地抱住这只狗。

"我们好像一起被遗弃了。"

林雾带走了这只狗，给它重新起了个名字叫笙小笙，顺便带走了她房间里的两本日记，里面是这两年他们在一起的点点滴滴。他不知道魏之笙还有写日记的习惯，这成了她留给他最好的回忆。

不久后，林雾听说，魏之笙全家移民到了国外，不会再回来了。

三年后，笙小笙在美国寿终正寝，林雾的人工智能取得了一定的成绩，他将笙小笙变成了机器狗，永远陪着自己。

　　而林雾不知道的是，他们分开后在那场滂沱的大雨里，**魏之笙**精神恍惚，冲出了马路，出了车祸。连续的高烧不退，醒来后她的人生刷新了。她患上了罕见的苏萨克氏症候群，每一天睁眼，看到的都是"新世界"。不再有过去，不再有将来，只有 24 小时的现在。

　　他们全家不得不仓促离开，去国外求医。

　　她在澳洲疗养，父母每天介绍一次自己，后来从国内运来了她以前写的日记，魏之笙每醒来一次，就会翻看上一遍，日日看，年年看，但是总觉得人生缺少了点什么，可怎么也想不起来。

　　幸运的是，她在一年后病愈。她吃过晚饭，看完了日记，早早地睡下了，第二天醒来，墨尔本下了一场暴雨，她睁开眼睛叫了妈妈，并且清楚地说出了昨天吃了什么。这个莫名其妙的病，似乎一夜之间好了。没有人知道到底发生了什么，以及这个病到底是怎么治好的。

　　林雾有时候想，其实他们认识也没有多久，在一起也没有多久，感情能有多深呢？为什么让他一直念念不忘呢？以至于到了后来，他开始问自己，到底喜欢魏之笙什么。他也曾经迷茫过，替她找了各种理由，或许她有难言之隐。在分开的第一年，他几乎把国内翻遍了，所有的亲戚朋友都不知道她的去向，后来他把消息撒到国外去，可也都是石沉大海。

　　到了后来，他似乎明白过来，魏之笙像是他的一个习惯。成了在他漫长的二十多年的生命里，除了学习之外的兴趣。她是第一个毫不客气地撕下他在家长面前假面具的人，她真实，并且直率。他觉得魏之笙欠自己一个答案，所以苦寻多年。

幸运的是，他真的等到了重逢那天。

VR 影像围绕着他们展示了一夜，仿佛不知疲倦，那些过往的故事从她的眼前经过，她期待着与这些过往发生些什么，可是终究只是一个过客。

影像结束后，林雾帮魏之笙拿下了头盔眼罩。她低着头，似乎在思考，紧蹙的眉头泄露了她的不安和焦躁。林雾笑了笑，他知道魏之笙什么都没想起来，这应该是他所有设想中最坏的结果了，可现在看起来也没什么好难过的，反正除了他，谁都不能喜欢她。

"天亮了，你今天不要去上班了。"林雾按着她的肩膀，让她在床上躺下来。

魏之笙的脸上被头盔眼罩压出一个浅浅的印子，有点发红，林雾起身去卫生间给她拧了热毛巾，轻柔地擦拭着她的脸。

"要不要喝杯牛奶？"林雾问，却发现她已经睡着了，就那么枕着他的手掌。林雾笑了笑，轻轻地叫了一声 AI，系统下达了指令，把睡梦中的笙小笙给喊了过来，林雾把毛巾递给它，"去洗干净，晾干。"

笙小笙："喵？我只是一只狗啊！"

"那你说什么外语，喵是你叫的吗？快点去。"

笙小笙摇了摇尾巴，深情地望了一眼熟睡的魏之笙，不情愿地出去了。

林雾侧卧在魏之笙的旁边，头靠在床头，一只手压在她脸颊下，扭曲的姿势让他十分不舒服，但是心里却十分愉悦。他把室内调成人体舒适的恒温，谁让她把被子给压在身下了呢。

魏之笙睡相不太好，没一会儿就翻滚了一圈，从原本压着林雾一只手，到后来压着他半个身子，树袋熊似的抱着林雾，口水肆意污染了林雾的胸口。

一开始，她其实一点都不困，突然接收了那么多的信息，她脑子都快要爆炸了，怎么可能想睡觉呢，脑神经兴奋得不得了。但是和林雾在一起实在太舒服了，才假装了没一会儿，她就真的睡着了。

等醒来的时候，她感觉自己手脚发麻，脸上黏糊糊的，她抹了一把，颇为嫌弃地嘟囔了一句："怎么流口水了？"

"嗯，我也没想到。"

这个声音是从她头顶传来的，她稍微瞥了一下周遭的情况，她正躺在林雾的怀里，两个人过于亲密，她要不要继续装睡？实在是太尴尬了！

魏之笙绞尽脑汁，想了一个话题问："几点了？"

"7点，新闻联播刚开始。"

"我睡了一天？"魏之笙猛然间坐了起来，手按在林雾的胸口，他闷哼了一声，然后点了下头。

"完蛋了！"魏之笙手忙脚乱爬起来，嘴里念叨着，"今天还要剪片呢，要死了要死了，官宣也没安排……啊！怎么办，怎么办啊！"

林雾按住了焦躁不堪的魏之笙，让她冷静下来："我帮你安排好了，你别慌。"

魏之笙投过来一个狐疑的眼神："你是怎么安排的？"

"剪辑组、后期组、新媒体分别都打过电话来询问你,我帮你一一跟他们回复了。"林雾不慌不忙道。

魏之笙松了口气,拍了拍胸口,如释重负一般坐在了床上,可是脑中突然灵光一闪,抓住了林雾的手臂问:"所以,他们都知道咱俩一直在一起了?"

"我只是陈述了你在睡觉的客观事实,怎么?"林雾看起来相当的无辜,可他就是故意说这么模棱两可的暧昧话,让人误会,好坐实他们的关系,内心真是险恶啊!魏之笙想。

魏之笙咬了咬牙:"没什么,我回家了!"

林雾还躺在那儿,有点衣衫不整的样子,他半睁着眼睛,慵懒地从喉咙里发出一个嗯?

魏之笙脸红了,想了想说:"衬衫我会帮你洗干净的。"

"你除了这个没有其他的想对我说了?"

魏之笙一时语塞。

林雾缓缓坐起来,修长的手指解开了自己的衬衫纽扣,一颗接着一颗。

"那个,那个……不太合适吧,太快了吧?"

林雾嘴角含着笑,慢慢地靠近她,整件衬衫的纽扣已经全部解开了,他脱掉了自己的衬衫,结实的腹肌暴露在她的视线里。

魏之笙想看又不敢看他。

林雾把衬衫团了一下,放在魏之笙手里:"你去洗衣服,我去做饭,不合适吗?"

"合适合适！"魏之笙抬腿跑了，几乎是落荒而逃。

她关上洗衣房的门，看着镜子里慌张的自己，她深呼吸了一口气，紧张过后满是欣喜，她的嘴角不自觉地上扬。她好像控制不住自己，周围都是他的味道，满脑子都是他。可是欣喜过后，她又开始忐忑了。

六年前她病了，她的记忆现在也没有恢复，仍然无法告知林雾分手的答案。那段青涩的感情，让她无处安放。林雾又是怎么想的呢？

她开始垂头丧气，打开了手上那件衬衫，发现标签上写着，不可干洗不可水洗……她不禁感叹，有钱人的奢侈品一次性衬衫就是不一样啊！想来林雾也不是真的让她来洗衣服的吧，只是给她一个独处思考的借口。她把衬衫放到垃圾桶里，坐在凳子上开始认真思考。

过了半个小时，林雾过来敲门。魏之笙手忙脚乱从凳子上下来，打开水龙头，假装自己正在洗衣服。

"我还没好，要等一会儿，有事吗？"

"要不要喝奶茶？"林雾顿了顿又说，"饭后给你准备杨枝甘露可以吗？"

魏之笙深呼吸了一口气，既来之则安之吧。她把门一推，笑着说："我好了。"

林雾准备了四菜一汤，荤素搭配，营养又健康，笙小笙蹲在餐桌旁流着口水，对着一盘肉蠢蠢欲动。林雾走过去一巴掌拍走了它的爪子，指了指厨房说："自己去充电。"

笙小笙喉咙里发出了委屈的叫声，看了一眼魏之笙，魏之笙顿时觉得心情很复杂。

林雾为她拉开椅子，漫不经心地说："你从小养大的，我怕你哪天想起来了，它已经不在了，抱歉，没经过你同意，改装了你的狗。"

魏之笙嗯了一声，低着头，眼睛时不时往笙小笙那儿瞥。

林雾拿了碗筷，给她盛了一碗饭，然后给她夹菜。手上动作不停，嘴上在说："半个小时够你冷静了，过去的事情你有知情权，现在你需要好好消化我接下来说的话。第一，和我在一起。"

魏之笙默默听着，过了好半天，也没等到他的后续，忍不住问："第二呢？"

"你能做到第一，我们再考虑第二吧。"

魏之笙："……"

林雾给她倒了奶茶，直接喂了呆愣的她一口。有一滴顺着唇角流下来了，她伸舌头来舔，他恰好想给她擦掉，刚巧，她的舌尖碰到了他的手指。

魏之笙无比尴尬，连忙道歉："那个，我不是故意的。"

林雾眼角含着笑嗯了一声："原谅你了。"

林雾还想喂她喝奶茶，魏之笙赶紧自己接过来，诚惶诚恐的样子，让他觉得十分可爱。

她抱着杯子喝奶茶，心里忐忑不安，和林雾谈恋爱，有没有坏处？绞尽脑汁想了之后，他们也算办公室恋情，林雾这么冷冰冰的人，他们在一起也不会有人发现。所以应该没有坏处了。那好处呢？太多了，她数不过来。

魏之笙想着想着笑了起来，从她的内心深处，对林雾其实是喜欢的。

林雾又给她夹了菜，小心地挑出了她不喜欢但是不能不放的配料。

"突然一下转变人际关系，你可能会不习惯，适应一下就好了。"林雾安慰道。

魏之笙也很客气地摆摆手："没关系没关系，一回生二回熟。"

"丁辰要在你家住多久？"

"应该没多久了……吧。"魏之笙说了一个自己都十分不确定的回答。丁辰真的没说什么时候走，他回国以后，整天就吃喝玩乐，现在更是不知道在做什么，早出晚归，甚至不归。

林雾皱了下眉："他打算在国内发展了吗？我帮他找个工作吧。"

魏之笙刚想说不用，就看林雾已经开始翻手机了，给高助理打了个电话："你查一下丁辰什么学历，什么经历。"

五分钟后高助理发来了丁辰的信息，林雾扫了一眼，唇角露出了浅浅的笑意，抬头瞥了魏之笙一眼，隐约有那么一点炫耀："丁辰还是MBA呢，做过一阵子股票交易。我给他在证券公司找个工作，你觉得怎么样？或者做投资也可以。"

林雾联系了几个朋友，介绍了丁辰的情况，特意问了一句：你们那儿提供住宿吗？

过了十几分钟，工作搞定了。林雾放下手机，神采奕奕的样子，说："明天让丁辰去面试。我替他选了一家公司，我觉得还不错。"

魏之笙瞠目结舌，吞了下口水说："哦。"

吃饱了饭，魏之笙又吃了一碗杨枝甘露，还是就着奶茶吃的。她摸了摸自己圆滚滚的肚子，忧心忡忡地问林雾："我会不会变成个胖子啊？"

"不会，你属于干吃不胖那种女生。家里有秤，不信你去试试。"

魏之笙犹豫了一下，她摸着肚子，怕称又想称，如果她长胖了，林雾看见了多尴尬？他们才刚在一起，总是想给对方留下好印象的。

"我正好去收拾一下厨房，电子秤在卫生间，你自己去。"林雾说。

"好的！我自己去，你慢慢收拾。"魏之笙小心隐藏自己的雀跃，林雾真是太善解人意了。

在厨房收拾的林雾按了一下智能家居的按钮，召唤出 AI 来，吩咐道："家里所有的电子秤，设定重量固定为 45KG，不随着质量的变化而变化。"

AI 一秒钟设定好了，向林雾报告。

林雾笑了笑："谢谢。"

一楼卫生间里，魏之笙小心翼翼地关上门，她怕这是个报数的秤，她站上去之前还脱掉了拖鞋。魏之笙深呼吸了一口气，电子秤不是报数的，她看了一眼前方的电子屏幕，自动生成了体测报告：体重 45KG，脂肪含量 17%，水分含量 50%，基础新陈代谢正常……

她松了口气，还好没胖。

魏之笙放下心来，从卫生间出来，笑意盎然，走到厨房门口，探了半个身子进去问："要我帮忙吗？"

"我弄好了。"林雾洗了手出来。

魏之笙微微松了口气。

"去你家。"

魏之笙的瞳孔微微放大了一些："做什么？"

"虽然这里我什么都给你准备了，但是可能有些东西你用习惯了，去拿过来，你的房子，先让丁辰住。"

她的脑海里蹦出了同居两个字，还没等魏之笙说什么，林雾又一本正经地说道："接下来要录制的才是你们节目的干货，我希望你能随时随地和我沟通节目相关内容，以免出错。"

"嘶……"冠冕堂皇，由不得她拒绝。但是一想到要收拾东西，她想打退堂鼓了。

林雾拉着她，去了她家门口，照旧还是一张卡就开了门。

魏之笙像一个迷茫的小学生，在房间里来回进出，想不清楚要带什么。最后还是林雾看不下去了，按住她在沙发上坐下。

"你看着。"林雾找了个行李箱，把魏之笙的护肤品和化妆品装进去，然后是她还没看完的书，最后才是衣服。魏之笙的衣柜不太大，也没有衣帽间，她平时力求干净简洁，所以衣服颜色都有点老气横秋，这和她学生时代的风格差了很多。林雾把她当季能穿的收拾了几件进去，柜子旁边的五斗橱放着小物件，他在拉开第一个抽屉的时候，魏之笙突然尖叫了一声，里面放着花花绿绿各种款式的内衣……

"阮萌送的……"魏之笙苍白无力地解释道。

林雾嗯了一声，淡淡地问她："你喜欢哪件，我帮你装起来。"

"我自己来……"魏之笙懊恼地钻过去，把林雾推开了。

林雾提着她的箱子，魏之笙小小一只跟在后面。其实还有很多东西用得上，不过林雾早就按照 1∶1 的比例都给她准备了同样的。

他们在家吃饭的时候，林雾就让 AI 管家把所有的房间都打扫了一遍。林雾拎着魏之笙的箱子上楼，魏之笙抱着自己的笔记本，打量着楼上的这两间卧室。

　　林雾这栋房子，只有主卧是带了卫生间和浴室的，自然而然的，林雾把魏之笙的东西拎到了主卧，原本他睡的那间。

　　魏之笙当然不明白他的好意，走到自己原来睡过的那间客房就停下了，当她看到林雾的举动以后，整个人就惊呆了，原本流利的普通话，也开始结结巴巴："不不……不太好吧，我睡相不好，打呼噜还磨牙，有时候还梦游，别吓到你。"

　　"嗯，那我锁好门。"林雾推开了门，把箱子放平打开，拿出里面的衣服。

　　说起来，这是魏之笙第一次进他的房间，衣帽间有五十多平方米，正对着那面窄墙是鞋子，左右两边的衣柜放着四季的衣服，林雾是个很有规划的人，所以一点都不杂乱。

　　林雾随手拉开一扇门，把魏之笙的衣服一件一件挂进去。拉开的柜门隐约可见里面还有不少的衣服，但并不属于林雾。他索性就直接打开了另外几个柜门，转身对她介绍道："之前给你买的，我觉得应该合身，我都搭配好了，每天一套，你按照顺序拿就可以了，免得你选来选去迟到。那边的高跟鞋，我给你用白醋处理过了，不会磨脚。"

　　"我……"魏之笙惊讶得说不出完整的句子来。她想象不出，林雾在买这些东西的时候是什么心情，他工作那么忙，又是用什么时间来做的这些呢？

　　"会换床单吗？"

　　魏之笙愣了一下，然后说："会。"

　　林雾从柜子下面翻出一套新的淡粉色四件套来，包装已经拆掉了，看样子买回来他洗过了。

"你平时都喜欢这种花色的？"魏之笙咧了咧嘴，觉得有些好笑，想不到林雾有一颗少女心。

林雾轻轻地嗯了一声说："某人喜欢这个花色，我喜欢的是某人。"

"嘶……"她觉得心跳有点快呀！

两个人扯着四个角，轻轻一抖，床单抖开了，缓缓地落在舒适的大床上，来回扯了几下，铺平了。换被套魏之笙不太拿手，有点手忙脚乱，林雾就打发她去坐着，自己给凉被换了被套，然后换了两个枕套。被子他用模拟日光的程序晒过，所以有一股阳光的味道，温暖又舒服，魏之笙简直想立刻跳到这张水床上打个滚。

铺好了床，林雾把她的洗漱用品放到卫生间，毛巾和浴袍都是崭新的，粉嫩的颜色，新的粉色电动牙刷，新的粉色漱口杯，就连浴室门口的地垫都是粉红色的。

魏之笙看到这些就忍不住笑了："你不会以为，女生都喜欢粉嫩嫩的东西吧？"

林雾挑了挑眉。

"一般女生是那样没错的，我嘛……"魏之笙甩了一下头发。

林雾一根手指戳在了她的脑袋上："你从小学开始，就一直是一般的学生，你洗漱一下吧，然后去书房找我。"

魏之笙噘了下嘴，扭头看见镜子里的自己眼角好大一坨眼屎，头发乱糟糟一团，她恍惚想起来，睡醒了以后还没洗脸，林雾到底是拥有多么强大的内心，才能对着这样的她含情脉脉？

　　魏之笙对着镜子抖了抖，然后去洗了个澡，裹上头发出去找林雾。他在书房里开视频会议，似乎是和研究院的人，电脑的喇叭传来争吵的声音，她是见识过那些科学家吵架的。魏之笙识相地没有进去，默默回到林雾那间主卧，打开笔记本，她的电脑没关机，微信也没退出，手机一整天静悄悄的，而 PC 端的微信已经炸了。

　　她点开几个工作群看了，冒了个泡表示自己还活着，然后就根据昨天她试用的 VR 技术与大家探讨了起来，干脆也开了个视频会议，好不热闹，比起林雾那边好多了，大家欢声笑语，完全没有剑拔弩张的气氛。

　　说得多了，她有点口渴，起身去楼下倒水。回来就看见林雾不知道什么时候过来了，正准备脱身上的白色 T 恤衫，他回头看了魏之笙一眼说："去帮我拿件睡衣。"

　　"啊！"

　　"什么情况！"

　　"好帅！还有腹肌！"

　　"舔屏舔屏！"

　　原本在进行视频会议的那几个节目组的女孩瞬间把分贝提高到至少130，她们开始尖叫，大脑几乎要缺氧了。

　　魏之笙在短暂的惊讶过后，直接小跑过去，一把握住林雾的手，将他正准备脱的衣服给扯了下来。她瞪了林雾一眼，推着他赶紧出去。同时她扭头冲着摄像头说："你们眼花了！"魏之笙伸手准备去把笔记本给合上，林雾突然抓住了她的手，低下头在她的唇边吻了一下，然后冲着摄像头笑了笑说："幻觉。"

视频那头的人集体石化了，她们私底下发起了消息：原来，林先生会笑啊！

幸亏在这之前，她们已经讨论得差不多了，按照现在人人花痴加八卦的状态，肯定是不能工作了。魏之笙觉得脑袋要炸了，八卦这个东西宜疏通不宜堵。她得赶紧想个办法，把这件事盖过去。但是看到屏幕上那几双燃烧着熊熊之火的眼睛，她觉得不能简单地装傻。

魏之笙清了下喉咙，抱起了手臂，微微抬起头，眼皮搭下来，用故作高深的口气说："想知道是怎么回事儿吗？"

"想！"那边异口同声。

"枯燥的工作日久生情，然后我俩还是邻居，我过来蹭个网，蹭个饭，就这么在一起了。我本来也没打算瞒着你们，林雾这个人呢，脾气阴晴不定。你们说出去了，他可能会翻脸，到时候合作吹了……"魏之笙故意拉长了尾音，看那几个人的反应。

果然，她们都放下了手机，诚惶诚恐地对着摄像头保证："我们不是那种人！"

魏之笙淡淡一笑："没事没事。"

关掉了视频，魏之笙松了口气。回头就看见林雾在门口，衣衫不整地靠着门板，低沉的声音飘过来："我阴晴不定吗？"

被抓包了！

魏之笙赶紧站起来，赔着笑脸说："定定定，特别定！是我不定。所以，所以咱们俩要不要分开……"睡这个字还没有说完，林雾就去衣帽间拿了一件自己的睡衣，然后走了。

临走时他说："你好好休息。"

"哎？晚安。"

魏之笙目送他去了客房，就是她原来睡过的那一间，他们只有一墙之隔。她松了口气，是她想多了，她默默地关上了门，去浴室洗漱，然后失眠。

她和林雾在一起了？

是的，他们在一起了。

一切看起来，顺理成章却又毫无章法。

新一期真人秀录制正式开始筹备。

一期 100 分钟的节目，他们大概要录制两天时间，然而筹备起来却最少要半个月。网络上对他们这期节目都很期待，官博上不断有人询问。当然也有人质疑，会不会是五毛特效，认为科技还是国外的好。

每当看到这种言论，魏之笙都想披马甲在微博上跟人吵一架。她是见识过那些高科技的人，国内的怎么就差了？

"怎么了，气成这样？"阮萌刚巧回到办公室，看见魏之笙像一个气球一样，随时有爆炸的可能性。

"网上这些人，说话太不负责任了！"

阮萌瞥了一眼，笑了一声："你就不能佛系一点，看淡一切，随他们去，无论外界发生什么事，我自岿然不动。"

"你什么时候有这种境界了？"魏之笙诧异道。

"我一直都有好嘛！"阮萌翻了个白眼。

魏之笙握住了阮萌放在桌子上的手，她想起影像里阮萌的陪伴，忽然有些感触。

"你怎么了？突然这么深情地看着我，有什么阴谋？"阮萌狐疑，眼睛里却带着笑。

"谢谢你陪我考 A 大。"

"嗨！没有你我也考不上呀，那年的数学卷子……"阮萌突然顿住了，因为回忆起过去而洋溢的笑容渐渐散去。她吞了下口水，握住了魏之笙的双手，"你是不是想起来了？"

魏之笙感觉到了她颤抖的双手，从她残缺的记忆来看，当年她醒过来，所有人一起向她隐瞒了林雾这个人的存在，其实是怕她再次受到伤害。可是她和林雾还是遇见了，并且解决了所有的误会。

"我和林雾在一起了。"魏之笙说完，有点不敢看阮萌，因为阮萌曾经反对过他们接触。

可是阮萌在听到这个消息以后，并没有做出太大的反应。

"记得我哥生日那天吗，林雾来接你，我和他聊了一会儿。我过去的确对他有点意见，但是他上次和我说了你们分手的经过，我就知道，当时那事儿也不全怪他，他也怪可怜的。林雾让我别管你们的事情，所以你们好好发展吧，秀恩爱呢，就别让我看见了。受了委屈，姐姐帮你打回来。"

魏之笙简直想嘤嘤嘤地哭一会儿，她也就真的这么做了，憋了没有两秒钟，她就跑到阮萌跟前，扑进她怀里："现在就有一件事特别委屈，这一期推广经费还没批呢，您给看看呗。"

　　原来做节目，推广经费都是打包批复的，但是他们这个节目，非要一次一批，搞得非常麻烦。

　　阮萌拿单子一看，就差一个阮杰的签字了。

　　她咬了咬嘴唇说："要不，我模仿一个他的签名？"说完她自己又摇了摇头否决了这个提议，"那从我私房钱里出吧。"

　　魏之笙一脸无奈的表情看着她，阮萌把心一横，慷慨赴死的模样："我找他去！"

　　推开阮杰的办公室门，他正埋首于一堆文件里，见到阮萌抬了一下头说："等我一会儿。"

　　这一等就是半个小时，阮萌却一点怨言都不敢有。阮杰从抽屉里拿了一个文件夹出来，叫阮萌过来坐。

　　"你先看看。"

　　阮萌翻开一看，是一份人事任命书，她极为抵触地合上了。

　　"我不去。"

　　"理由呢？"

　　"我无能。"

　　阮杰听到这个答案，突然笑了，好似听到了什么笑话一样。他很少能这么开怀大笑，让阮萌都感觉到了陌生，心想这真的是我那倒霉哥哥吗？

　　"你还挺有自知之明。"阮杰笑完了，下了这么一个结论。

　　阮萌想翻白眼了，但是碍于哥哥的威严，她忍住了，说："你看你也觉得我不行，那就不要把一个子公司丢给我来管理。我就在集团，哪儿都不去。"

"不行就赶紧学，公司早晚是要交到你手上的，你不能一辈子都靠我。"

阮萌下意识紧张了起来："哥你得癌症了？"

阮杰："……"

"你能不能想我点好的？"阮杰无奈道。

阮萌尴尬一笑："有你在，公司指望不上我呀。"

"我知道你对娱乐产业不感兴趣，子公司主要经营的是对外贸易，和你的专业也对口。这些文件你拿回去看，我会打好招呼，你下周去子公司报到吧，现在的工作你如果顾得上也可以继续做，没事你回去吧。"

阮杰不再给阮萌任何说话的机会，直接叫了秘书来送她。以阮萌对哥哥的了解，他从来说一不二，这次是铁了心要送她去子公司了。只是，为什么突然这样？

阮萌从总裁办公室门口出来的时候，黄洛洛正从电梯里面出来，两个人打了个照面。阮萌自然没给她好脸色，好在黄洛洛已经习惯了，面对一张冷脸，还是给了阮萌一个笑容，说："你们那节目办得还可以。"

"谢谢。用心做节目，和用脚做节目是不一样的。"阮萌昂首挺胸，眼睛都没瞥她一眼，径直走开了。

"阮萌。"黄洛洛忽然叫住了她。

阮萌烦得不行，一转身一甩手，人事任命书就掉了出来，刚好落在了黄洛洛的跟前。她捡起来扫了一眼，然后交到了阮萌的手上，继续笑着说："怎么，这家公司要交给你管吗？"

阮萌从来没从这个女人嘴里听到过好话，于是翻了个白眼说："与你何干？"

"你哥还真是疼你。上次你在美国谈的那两个项目，你回来没多久就出事了，他不得不飞过去给你擦屁股。董事会其实一直不赞成你在公司任职的，是你哥一直保你。小公主，你长点心。"

"你以为我心里没数啊！"阮萌气得电梯都没有等，转身去了楼梯间。她就是不想让哥哥难做，重男轻女的家族企业，女孩子那么要强做什么。从小就被灌输了这些思想，长大了以后她也想要放弃了，只是这些年，她哥一直没有放弃她。阮萌看了一眼阮杰给的任命书，也许，这是她最后一次机会了。

阮萌给魏之笙打了个电话："我得去一趟 J 市。"

Chapter10
/ 芝士云朵

♥

录制这天，魏之笙在现场指挥，高助理作为技术顾问也在帮忙调试设配。一切进行得都非常顺利，嘉宾跨越时空，和过去的自己对了话，感动哭了现场一票人。

第一天拍摄结束收工，节目组送嘉宾回去休息，一大堆的东西等着送回公司，魏之笙第一次感觉到，自己是不是应该学开车了？

晚上回到家，她把这个想法跟林雾说了。林雾只是愣了那么几秒钟，然后就开始找靠谱驾校了。

参考了几个驾校的 APP，林雾首先 Pass 掉那些评价教练长得帅的，然后选了一家综合实力较强的驾校，帮魏之笙在线报名了。

填资料，看合同，选班次，缴费，一气呵成，前后没用上三分钟。

魏之笙颇为惊讶："你都不阻止我？"早几年她也想考驾照的，全家人都阻止她，她早就已经习惯被反对了，突然有人这么赞成，她受宠若惊。

"你的身体状况允许，既然你喜欢，我为什么要阻止？"

"啧啧！"

"怎么了？"林雾问。

"有个男朋友是挺好的。"

林雾伸手摸了摸她的头，又说："但是你只能开我研制的车。"

魏之笙的眼珠转了转，林雾的车好像是自动驾驶，哪怕她走神也没有什么关系。她欣然答应了，再一次感慨，有一个科技感十足的男朋友真好。

消失了有一段时间的丁辰，突然联系了魏之笙，她都恍惚以为丁辰回美国去了。丁辰还是不太敢出现在林雾的面前，所以就在林雾家门口等魏之笙出来。

"你干吗跟做贼似的？"魏之笙看了一眼自己被抓红了的胳膊，戳了戳丁辰的脑袋，"你干吗去了这几天？"

"姐，阮萌去哪儿了？"

"她说去J市几天，你找她有事？"

"嗯。"丁辰想了一下又问，"我身份证在你那儿吗？"

魏之笙惊讶道："你还有这东西？"

丁辰一脸黑线。

"我的意思是，你不是外国人吗，你不是移民了吗，怎么还有身份证这种东西？"

"我护照！"

"你要护照干吗？你要回你爸妈那儿吗？"魏之笙隐约有一种不好

的预感。

丁辰却不想多说，他摆了一张臭脸："你不给我，我就去挂失。"

魏之笙抱着肩膀看他，跟她耍横是吧，又不是没见识过，她冷笑了一声："那你挂失去吧。"

林雾恰好这时候出来了，看到剑拔弩张的姐弟俩，礼貌地问："需要帮忙……"

就在丁辰以为林雾突然很有人性的时候，就又听见了他的后半句："挂失吗？"

"再见！"丁辰转身钻入了电梯。

没多久丁辰收到了林雾的微信。

"J市不远，你打车去，无家可归阮萌会收留你的。"

林雾还给他微信转了一千块的打车费。

丁辰的心情难以言喻，他越发好奇这几年林雾哥到底经历了什么，套路如此之深情商如此之高！没错，他是要去找阮萌，并且动机不纯。

早起是个晴朗的好天气，魏之笙自己去录影棚开工，林雾昨天半夜就离开了家。桃源计划的部分人工智能硬件进入了测试阶段，他变得异常忙碌。

魏之笙到了现场就指挥大家工作，忙得早餐都忘记了吃，录完了两位嘉宾，已经到了下午，副导演喊了放饭，她这才感觉到胃痛。

林雾的电话直接打了进来："哪儿不舒服？"

"你怎么知道的？"

林雾盯着手机里的监测软件说："你心率有点快。"

魏之笙往休息室走，拿了个杯子准备接杯热水喝，边回答他说："也有可能是我见到了什么喜欢的人也说不定啊。"

林雾才不相信她的鬼话，切换屏幕连接了家里的 AI 管家，发现餐厅的食物纹丝未动，颇有些生气地问："早饭怎么没吃？你是不是胃痛？"

见这个谎撒不下去了，魏之笙吐了吐舌头，小声说："起来晚了，我等会儿拿个盒饭吃就行了。"

"盒饭不要吃，很难吃，高助理发朋友圈了。你等我一下。"

"你该不是要过来吧？你今天不是很忙吗？别来了，我这还有别的能吃。"魏之笙边说边四处张望，她还真的有点怕林雾就这么突然过来，毕竟大家现在都还不知道他们在一起了。

林雾笑了下："你猜。"然后就挂断了电话。

十五分钟后，高助理在门口叫她，并且推了一辆餐车，是附近某高级餐厅的外卖。

"喏，这个给你。祝您用餐愉快哦！"高助理笑着把车推进来，然后关上了门。

魏之笙的手里多一个黑色的小盒子，一共两层，下面一层有一个镜头，上面一层翻开盖子是个手机模样的东西，屏幕上 Boss 来电闪烁起来，她按了一下接通了电话。下面一层的镜头射出光来，在她身旁投射出一个人影来，逐渐清晰，她就看见了林雾。

"哇！"她下意识地惊叹，因为这个投影实在是太真实了，她几乎要以为是林雾本人站在她面前了，她伸出手，手从林雾的影像中穿了过去，颇为神奇。

"别闹，快点吃饭。"

"你看得到我？那我在你那边也是立体的吗？"

林雾此刻正在实验室里，和一群测试员进行紧张的测试，反复核查测试数据。测试员全部都是大龄单身男青年，还是不要刺激他们好了，万一不干活了呢？所以，他看得见她，却只是在他的眼中，并非是她那边看到的立体影像。

所以他很诚实地回答说："不是，我在工作。"

魏之笙突然有点兴奋，只听到他说不是，并没有仔细想他的意思，断定了林雾看不见她，那她可以为所欲为了！

魏之笙笑了笑，然后伸出一根手指，在林雾虚拟影像的脸上戳了戳，然后还觉得不过瘾，又做出捏他下巴的手势。她四处看了看，休息室的门是关着的，也没有玻璃窗户，她大着胆子，把手放在了"林雾"的胸口，然后一顿狂摸。

林雾这个人穿衣显瘦，脱衣有肉，她不止一次想要摸摸他的胸肌了，奈何跟他相处的时候，完全不敢。虽然现在她只是摸个假的影像，但是视觉上也过足了瘾。她小声嘟囔了一句："啧啧，这也穿太多了。"

那边实验室的林雾微微低下了头，从试验台的玻璃反射看了下自己今天的打扮，休闲长裤，白色蓝条的制服外套，很多吗？

魏之笙摸了摸下巴，对着林雾这认真工作的脸流了口水。她从旁边的餐车拿了外卖，吃一口，看一眼林雾，回味无穷。

认识这么久了，她几乎没什么机会能够这么看林雾，有些冒犯的距离，十分放肆的眼神。她灼热的目光一直在林雾的脸上，她想不通，怎么有这么好看的男人。她笑了笑，手指在"林雾"的胸口上画了个圈。

实验室的林雾本人喉结动了动，他感觉快要被魏之笙的眼神给烤焦了，最后的那一个圈，虽然是画在虚拟影像上，却好像通过电子的传输，进入了他的血脉之中。他的心跳似乎都快了许多，手腕上的智能检测手环已经发出了警报。

魏之笙傻笑了一会儿，又吃了几口饭，问林雾："我等下就拍完了，今天不剪片子。你要加班吗？"

"不加班。"林雾回答说。

同在一个实验室的测试员们突然听到这句话，顷刻间放下了手里的硬件零件，发出了赞叹声。

"耶！"

原本温柔似水的林雾突然变了脸色说："没说你们。"

测试员高举起来还没来得及击掌庆祝的手，又意兴阑珊地放下了。果然，资本家是要吸血的！

"发生什么了？什么声音呀？"魏之笙好奇地问。

林雾看了一眼没精打采的测试员，笑着说："没什么，抽血的声音。"

"晚上要等你一起吃饭吗？"

"别等我了。"

"你不会要通宵吧？"魏之笙做出了一个失望的表情来。

林雾看在眼里，轻声说："无论多晚，我都回去，你自己先睡，醒来你能看见我。"

"嘻嘻……"魏之笙捂着嘴笑了，她突然有一个想法，她踮起脚尖，在林雾的嘴唇上亲了一下，像做贼似的，虽然她明知道林雾看不见。

可是，实验室那边的林雾不仅能够看见，似乎还感受到了这个浅浅的亲吻，柔软到跌入他内心深处的吻，他深呼吸了一口气，他感觉到有一股不受控制的力量。

"我先去开工了，回见。"魏之笙挂断了电话，林雾的影像也变淡了，最终消失。

下半程的拍摄更加顺利了，不愧是林雾亲自调试过的程序，完全没有出任何差错。最后一位嘉宾的回忆录完之后，大家在一片喜悦的气氛之中收工。魏之笙请大家吃饭，让栏目组的田叮先带大家过去。

她留在现场，和后勤组一起做最后的收尾工作。

"魏PD（节目总监、制作人），这些有我们就行了，您快去休息吧。"

"我就随便看看。"

魏之笙和工作人员寒暄了几句，在现场发现了一个遗落的剧本，是其中一位嘉宾的，她捡起来收好，准备先锁进休息室里，免得泄露内容。经过一个转角的时候，突然有人拉了她一把，她吓得扔了剧本，她没怎么站稳，连连后退了几步，那人也跟着上前，将她抵了门旁边的墙壁上。还未来得及反应，那人又顺手拧了下门把手，拉开了门，抱着她一个转身进入了化妆间，然后反手锁上了门。

"林雾，你怎么来了？"魏之笙又惊又喜。

林雾把下巴埋在她的肩上，她的碎发扫着他的鼻子，痒痒的。林雾低沉的嗓音在她耳边响起："来送快递的。"

"快递？什么快递？"魏之笙不明所以。

林雾直起身，笑了笑，然后说："就是我啊……"

他的吻落在了她的唇上，霸道又蛮横，不允许她拒绝，舌尖在她的嘴唇上辗转，急切地撬开她的牙关，用力地亲吻着她。他将她抱得很紧，狂热的吻让她几乎不能呼吸，她的身体软了下来，抱着他的脖子，两个人不小的身高差让她备感无力。

这个亲吻来得太突然了，林雾也来得太突然了，魏之笙几乎丧失了思考的能力。缠绵悱恻的吻，让她陷入到了一股燥热里，眼神迷离起来，时不时发出一声呢喃。

"魏小姐，这个本子还有用吗？"突然外面有人敲了敲门，似乎是一个保洁。

魏之笙当机的大脑开始运转了，那是她的剧本。她拍了拍林雾，林雾没什么反应，她只好咬了他的嘴唇，林雾这才给了她一个喘息的机会。魏之笙的胸口剧烈起伏着，她深呼吸了一口气，用尽量平稳的语气说："帮我……放在门口吧，我自己拿。"

林雾却在这时亲了下她的耳垂，又吻了吻她的颈，她感到了一阵战栗，咬着唇求救一样地看着林雾。

林雾笑了笑，放开了她。

魏之笙整个人松懈下来，她扯了扯衣服，开门把剧本拿了进来，都没敢正眼看那个保洁大姐，慌张之下道了声谢谢。

再次关上门，发现林雾正在解扣子。

魏之笙吓坏了，赶紧去抓他的手，用警告的语气说："这是化妆间呀，外面很多人的，你要干吗？"

林雾的大手抓住了她的手，穿过衬衫，放在了自己的胸口。

他好看的唇动了动："你不是想摸吗，我送上门来了，如何？"

他抓着她的手，在自己的胸口画了一个圈，魏之笙眼睛都直了，她吞了下口水，问："来都来了，能不能再摸一下腹肌？"

"你确定？好吧……"林雾歪着头看她，继续解扣子，他的衬衫解开四颗扣子，胸膛一览无遗，他的手指撩了一下衬衫，明明是很正常的一个动作，看在魏之笙眼里就魅惑极了。她再一次吞了下口水，然后一把握住他的手说，"下次吧！好东西要留着。"

林雾又笑了笑说："把手伸出来。"

"又干吗？"她这么问，却还是伸出了手，摊开手掌。

林雾弯下腰，把下巴放在了她的掌心里，"可以捏了。"

魏之笙内心一阵狂喜，却在三秒钟之后反应过来，红着脸问他："通话的时候，你是不是看见了？"

林雾点了点头。

魏之笙恼羞成怒："你骗我！"

"我只说了不是立体影像，总不好让你出现在实验室，让大家都看到你吧。怎么了？"

说得何其无辜，她却毁了一世英名。魏之笙捂着脸，简直想钻地缝。

林雾的手机忽然响了，他看了一眼，对魏之笙说："我还要回实验室，你去哪里，我送你。"

"我去吃饭，栏目组聚餐，就在这附近，你不用送了。"

"没关系，我送你。"

林雾开车几分钟就到了饭店门口，他指了下脸，魏之笙扭捏着凑过来，就在要亲上他脸颊的那一刻，突然有人敲了敲车窗，林雾扭头看见了高助理。

高助理完全没料到是这么个场景，他只是好奇 Boss 的车为什么出现在这里，此刻他满脸"我是谁？我在哪儿？"的表情。

魏之笙红着脸跑下了车，林雾无奈地叹了口气，按下了车窗，冲高助理笑了笑："上车。"

"Boss！我什么都没看到！"

"嗯，测试机想你了，今夜需要你的照顾。"

高助理："……"

魏之笙姗姗来迟，菜已经上齐了。明星们没有参加，只是组内的聚餐，大家比较放松。田叮盯着魏之笙看了一会儿突然说："阿笙，你嘴怎么肿了？"

魏之笙脸不红心不跳地撒谎说："菜有点辣。"

田叮尝了一口，疑惑道："还行啊！要不要再点几个清淡点的？"

魏之笙摇着头，嘴角止不住上扬："不用，挺好的。"

她可能是跟林雾学坏了。

林雾的工作突然忙碌了起来，夜里回家很晚，有时候甚至通宵，但是他都尽量保证了，每天魏之笙醒来一定能够看到自己。他会亲吻她的脸颊，亲自送她上班。魏之笙每次都让他在街对面停车，尽量低调。

阮萌去了J市有一阵子了，忙得昏天暗地，朋友圈都不怎么发了，再也没有那些美食刷魏之笙的屏，她觉得生活美好极了。

阮萌现在打字的速度越来越快，常常是魏之笙还没说几句，阮萌已经自顾自和她说了几页的话了。

"你是不是压力太大了？"魏之笙忍不住电话里问她。

阮萌用力地咽了一口水说："你听出来了？"

子公司并没有想象中的那么好混，已经成型的管理层让她这个初来乍到的空降者完全无从入手，无形之中的排挤，让她没办法融入进去，更别谈管理好公司了。她在子公司束手束脚，感觉到了无限的窒息感。

"不行，我得去放松一下了，再这样下去我要疯了！"阮萌说完，不等魏之笙的回复就挂了电话，选了一套衣服，化了一个美美的妆容，出门潇洒去了。

魏之笙只能给她发微信叮嘱她注意安全，不知道为什么，她有一种不太好的预感，总觉得要出什么事，右眼跳得厉害。这种不安一直到下午她收到了一个巨型的快递……

办公室的人围着这个快递打量了许久，人手一把美工刀，研究着该不该拆开。这个快递箱子有半人那么高，说里面藏了个人也是有可能的。收件人是魏之笙，但是她并没有买过什么东西。

"会不会是粉丝送的？咱们节目，不是还挺有人气的吗。"田叮道。

"不可能吧，我们也没暴露过地址，这上面还有PD的电话呢！肯定是熟人啦！"官博的管理员道。

"该不会是炸弹吧！"又有人惊呼了一声，遭到了其他几个人的白眼。

"长点脑子好不好，现在寄快递可都要身份证登记的，然后还得过安检，你觉得炸弹过得了安检吗？"田叮用力地戳了戳着说话人的脑袋，仿佛戳这么几下，那个人会聪明一些似的。

魏之笙摸着下巴，她眼皮还是在跳，她也不是迷信，就是所有事情赶到一起去了，就容易让人联想。

"拆开看看就知道了。"魏之笙撸了一把袖子，右手握着美工刀，推出了刀片。她划开了封条胶带，这个巨大的快递在众目睽睽之下露出了真面目。

纸箱里面，还有一个半人高的礼盒，上面打着丝带，包装精美。

几个人面面相觑，田叮摸着下巴若有所思。

魏之笙揭开了丝带，动作有点粗鲁，她把盒子掀开，松了一口气。她原本以为是谁的恶作剧，给她搞了一个俄罗斯套盒之类的，还好不是。

就在魏之笙还在神游的时候，旁边的田叮尖叫了一声："哇！土豪啊！啊啊啊啊！我刚刚就感觉不对了，早知道我就录一个抖音了！"

"嗯？"魏之笙投过去一个莫名其妙的眼神，渐渐把注意力放在了这个快递上。

礼盒内先是放了一只毛绒熊，熊的怀里抱着一套 YSL 星空限量版的口红，还有 MAC 全套口红，粗略一看大概有一百多支，旁边依次码放了十几个品牌的精华液以及乳液，品牌从欧美到日韩，国产的网红产品也有几个。再往下一层是许多美妆博主都有推荐过的粉底液、粉底膏、气垫 BB，不同的品牌不同的色号，一共有二十几盒。几个一线品牌今年主推的彩妆，眼影、腮红，一应俱全。

当这些东西一一展现在大家面前的时候，办公室里的女生们都疯狂了。

"这得十来万吧？"

"PD 你隐形土豪啊！"

"一次性买这么多，用不完会过期的吧？"

……

对啊，这得十来万呢。

她怎么可能是土豪呢？她还在还贷呢，还没有脱离月光的族群呢。

这么多是有可能会过期的，所以这到底是怎么回事？

"阿笙你是要当美妆博主了吗？"田叮对这些东西爱不释手，如果办公室没有别的人，她很可能就钻到这个箱子里去了，她越发后悔没能拍个抖音，肯定会有几十万个赞。

这一句美妆博主，让魏之笙回过神来了，她那种不太好的预感呼之欲出。她快速打开了微博，翻出了自己前几天转发过的那条美妆博主的微博，对照着该博主发的种草测评帖子，一一对应了一下，和箱子里的东西完全对得上！

这些单品虽然有很多美妆博主都推荐过，她也有经常化妆的习惯，但是就像阮萌说的，不一定都适合自己，她也想过找个机会去试试，然后再买最适合自己的。但也仅仅是去专柜试试，而不是全部都买回来试试。所以花了十几万买化妆品回来等过期，绝对不是她能做得出来的！

魏之笙的脑海里蹦出来一个人名，她偷偷拍了一张照片，然后发给某人，问：你干的？

下一秒，她的电话就响了。

电话那头的人声混杂着机械的声音。

"怎么用我都写下来了，在最下面有一个小册子，你翻翻看。"

魏之笙瞪大了眼睛，她用头和肩膀夹着电话，弯下腰在箱子里翻了好一会儿，耳边的机械声小了许多，应该是林雾换了个地方。她也没有说话，周围的同事已经从惊讶中回过神来，继续自己未完成的工作，但是那管不住的眼睛余光，还是充分说明了他们的八卦之魂未灭。

"找到了。"魏之笙说。

果然是一本小册子，足足有四十几页那么厚，并且是手工制作的，所有的化妆品都有一张照片，下面还带着编号，和每一件化妆品都对应着。按照护肤和化妆的先后顺序，组合排列了每个系列的产品，外加一行字解释说明。

这一行字是手写的，字迹工整，笔法有力，自从毕业以后，已经很少有人愿意写这么多字，并且能把字写得这么好看了。

魏之笙抚摸着这些字，唇角不自觉开始上扬起来。她随便翻了几页，到了粉底篇，某一款粉底的照片旁边写着，我认为最适合你的皮肤，这款三个色号都可以使用，不油腻，易推开。

魏之笙没忍住笑了出来，把这句话念给他听，然后说："你怎么知道的？"

"让高助理试了，以他试色的效果加上一些理论推导，我得出的结论，错误率应该是 1% 到 3%。"

魏之笙简直叹为观止，她过了一会儿才堪堪收住自己的惊讶，问道：

"高助理还好吗？"

林雾看了一眼不远处工厂操作间外走廊上掏出气垫 BB 正在按压的高助理，若有所思道："有些化妆品你用着不合适的话，可以给高助理用。"

高助理奇迹般地从嘈杂的机械声里听到了自己的名字，然后扭头看了一眼自己的 Boss，笑嘻嘻地走过来，问道："Boss 面膜测评什么时候做？Boss 你看我最近是不是帅了许多，皮肤变好了是吧？Boss，我跟你说，保养要趁早，你别看你现在长得帅，你这常年熬夜，要不了几年就不行了，颜值嗖嗖嗖地掉……"

林雾手心朝内挥了挥手，给了他一个眼神，让他自己体会，又对电话里的魏之笙说："听到了？"

魏之笙一扭头，看到了镜子里的自己，她拿手指按住自己的眼角，往上扯了一下，用幽怨的口气说："我觉得他说得对，我黑眼圈好重哦，你给我买眼霜了吗？不行，我还是用化妆品遮一下吧。"

"等等。"林雾突然说，"你今天早起化妆了没？"

"化了啊！"

林雾叹了口气，又说："我给你买了卸妆湿巾，你擦一下下眼睑，就没有黑眼圈了。"

魏之笙不明所以，但是照着做了。湿巾在眼周抹了一下，湿巾变黑，她的皮肤却变白了，她小声惊呼，原来根本不是黑眼圈，是她的眼线晕染了。魏之笙觉得自己有点傻到家了，握着电话傻笑。

"我眼线晕染你是怎么知道的？林雾你怎么什么都知道，怎么什么都会啊？"

"我……有经验。"林雾顿了顿，轻声笑了起来，他似乎想起了过往的趣事，脸部的线条都柔和了许多。

魏之笙很默契地没有继续追问下去，她知道一定是过去发生过什么，属于他们两个人的回忆。

"晚上吃西湖醋鱼，你早点回家。"林雾说。

魏之笙的眼睛亮了，一扫心中的抑郁，欢快答应了。

午休的时候，魏之笙想着晚上的西湖醋鱼，再一看食堂的第九大菜系，突然就没了胃口，一个人回到办公室，睡了一觉。

她做了一个梦，梦里有温暖舒服的风，有纯白的云，还有好看的他。

那是一个晴朗的天气，她和阮萌一起坐在阮杰的车里，离开学校去市区商场逛街。阮杰是顺便视察商场的工作，她们搭了顺风车。

到了商场以后，阮萌拉着她直奔了化妆品区域。她们以前是学霸，也没怎么化过妆，阮萌也就是比魏之笙多看了两个美妆视频，就成了魏之笙的老师，买了一堆化妆品，研究着化了个妆。

"好看吗？我怎么觉得有点怪啊？"魏之笙照着镜子，心里特没底气。

阮萌把脸凑过来，两个人挤一面镜子。

"哪里怪了？好看得很啊，我可是照着视频给你化的，这美妆视频点击特别高！欧美那边很流行的！"

魏之笙将信将疑。

阮杰正好视察到化妆品区域，顺便来看了她们一眼。当这两个女孩转过身的时候，饶是一贯老成的阮杰，也微微色变。

"阮杰哥，好看吗？"魏之笙大着胆子问，阮萌早就躲到一边去了。

"好看……"阮杰鬼使神差地这么说了。

两个小女生笑开了花，抓起单子去柜台买单了。

"你看我没说错吧！就是很好看！"阮萌内心雀跃，她又掌握了一项新技能。

魏之笙也很高兴，在她心里阮杰大哥是直男审美，林雾更是钢铁直男。听说直男这种生物，审美都差不多的，阮杰大哥说好看，那林雾肯定也会觉得好看。

魏之笙回到学校，去林雾的宿舍楼下蹲守，结果整整一个下午他都没有出现。打他的电话也没有人接，魏之笙花了二十块钱，买通了一个男生，去林雾寝室帮她看看。得到的回答是林雾外出了，好像是一个学妹来宿舍找他，不知道他们去了哪里。她一直等到了晚上，林雾始终没能出现，却等到了张维，林雾同寝的寝室长，也和林雾一个实验室，两个人弄过不少电子方面的小发明。

"张维，吃饭了吗？"魏之笙拉住他问。

"干吗？"

因为魏之笙一直追求林雾，张维和魏之笙也算是熟人了，但是还没有熟到一起吃饭的地步。

"请你吃饭！"魏之笙手一挥，抓着他的袖子就往校外走。

校门口的小吃一条街，魏之笙找了个小馆子，点了几个菜，然后还要了一瓶老白干。

"还要喝白酒？魏之笙你成年了吗？"张维隐约觉得这姑娘不太对劲。

"我都上大学了，你说呢？"魏之笙白了他一眼。

菜还没上，酒先上来了，魏之笙给自己和张维一人倒了一杯。

张维按住了她的手，问："真喝啊？你今儿怎么了？"

"和林雾一起出去那学妹是谁？"魏之笙发狠地问。

"林雾生人勿近，他不是就你一个学妹吗？"

"那我不是坐在这儿吗，所以他现在有别的学妹了！"魏之笙嘴一瘪，觉得自己委屈极了。她追林雾这么久，也只是混上了宿舍楼下等他这种待遇，那个学妹竟然能去宿舍里找他。魏之笙感觉自己这么久的喜欢，都像是喂了狗。她偷偷抹了一把眼泪，趁着张维不注意，端起酒杯，喝了一口白酒，然后被呛得眼泪直流。

"哎呀，你没喝过酒就慢点喝。"

魏之笙猛地咳嗽了一阵，张维给她倒了杯水漱漱口。

她吐了吐舌头："这么辣，为什么还有人爱喝酒？"

张维耸耸肩："不然你喝水？"

魏之笙摇了摇头："我是来喝酒的，喝水算怎么回事儿。"

说完，她就往杯子里兑了一半的水，还念念有词："虽然兑水了，但是只要喝得够多，提炼以后还是酒！"

张维一听赶紧偷偷倒掉了大半瓶酒，在桌子下鬼鬼祟祟换成了水。同时，他还给林雾发了信息，让他赶紧过来。

"你给林雾发短信了？"魏之笙吸着鼻子问。

张维嗯了一声。

"联系不上的，我今天发过好多条了！"

　　张维看了看手机里林雾回复的一个嗯字，转而联想到了前几天自己干的事情，顿时汗如雨下。他把魏之笙拉黑了，用的林雾的手机。因为这个丫头总是在他们实验的关键时刻打电话找林雾。作为一个多年的单身狗，他觉得做实验这个事儿比谈恋爱重要多了，所以偷偷干了这件事，想着过几天实验结束了，就把魏之笙从林雾的黑名单放出来。

　　眼前这场景也算是他一手造成的，张维有些愧疚，主动站起来去催菜。

　　"老板催催菜啊！"他一边说着，一边偷偷买了单。

　　林雾来的时候，魏之笙和张维正抱在一起哭，桌子上杯盘狼藉。林雾皱紧了眉头，他一把拉开了张维，魏之笙就顺势倒在了他的身上。张维被这突然一拉，有点醒酒了。他鼻涕一把泪一把地看着林雾说："你可来了，她掐死我了。你看看我这胳膊！"

　　魏之笙晃了晃头，林雾的样子在她的眼睛里逐渐清晰了。她咧嘴笑了一笑，问林雾："我今天好看吗？"

　　林雾看着这张色彩缤纷的脸，说了句："好看。"

　　魏之笙开心极了，心想直男的审美果然是一样的，阮杰大哥没有骗自己。

　　旁边的张维打了一个哆嗦，他刚才一定是醉了！眼前这个乌青眼、花猫脸、血盆大口的人到底是谁啊？

　　林雾去隔壁便利店买了湿纸巾来，帮魏之笙擦脸。她一直躲，嘴里嚷嚷着："好不容易化了个妆，你别碰我的脸！不然就不好看了！"

　　这一吼引来了周围人的观望，这个点会出现在这里的，基本上都是

A 大的学生。他们十分好奇，是谁说话这么没羞没臊。

林雾注意到周围的变化，脱下外套一把罩住了魏之笙的头，然后半抱着她出了小馆。

虽然已经是夏末，但天气还很燥热，操场上人不多。等走到一个没人的地方，林雾才把她的头给完全露出来。又抽了一张湿巾，继续帮她擦脸。魏之笙扭了扭，林雾捏住了她的下巴："别动。"

"你干吗呀。"魏之笙小声抱怨，却也没动了。

林雾好不容易才擦干净了她那张大花脸，看着舒服多了。

"学化妆干吗？"

"想变得更好看，那样你就会喜欢我了。男生不是都喜欢长得好看的女生吗？"魏之笙昂起头，眼眸里映着繁星。

"不需要。"

"我打你手机，为什么不接？"

林雾疑惑，掏出手机一看，把她从黑名单里放了出来，说："张维帮你打两个月的开水，能弥补这个过错吗？"

魏之笙认真想了一下，然后用力点头。

"你跟哪个学妹出去了？她怎么能去你宿舍找你，我都不能去你宿舍！"魏之笙嘟着嘴，因为醉酒脸上一片绯红。

"那是个学弟，长发而已。男寝任何女生都进不来，你难道不知道吗？"

"好像也对，我被坑了。"她吸了吸鼻子，心里的委屈好像少了一些。

魏之笙抬起头，夏夜繁星灿烂，还挂着一轮明月，她哇了一声，然后像一只小鹿似的围着林雾转圈："林雾，你看见这夜空了吗？你要是跟我在一起，我就能给你摘星星！你想不想看星星？"

林雾抬起头，月光、星光和她的目光，尽收眼底，他的心脏突然跳快了一拍。

他上前一步，问她："你摘的星星呢？"

魏之笙的唇边绽放出一个笑容，踮起脚抱着他的脖子，在他的耳边说："我就是你的星星。"

那一刻林雾觉得，有什么在他的心里生根发芽了。他几乎是不受控制地在她说出这句话以后，在她快要松开抱住自己的手臂之前，一把抱住了她，然后吻了她。

魏之笙就在他的吻里彻底醉了……

她从梦境中醒来，周围还是她的办公室。她摸了摸自己的嘴唇，仿佛还有他的气息一般。

魏之笙突然流下了眼泪，她发了条微信给林雾说：那天是第一次喝醉，我第二天断片儿了，不然我一定会去找你的。其实我在第八次告白的时候，就成功了对吧。

林雾紧紧地攥着手机，他怕自己还在梦里神游，醒来魏之笙还是不记得自己。他小心翼翼将这条信息收藏起来。

林雾：星星晚上要加个菜吗？

魏之笙记起来了，虽然只是一个片段。但这在这个特殊病体人群里，是很少出现的现象，这代表她受损的脑神经恢复了，所以记忆也慢慢恢复了。这是一个好的开始，她不强求过去，但是也不会放弃过去。

Chapter11
/ 可可芭蕾

♥

　　黄洛洛的恋爱真人秀完结了，惨淡收场，她给集团的解释是现如今这种节目已经没有受众了。然而在她这个定论下了没多久，另外一家平台的恋爱综艺火热推出，打造了三对情侣，一瞬间引爆了话题，上线当天，就占据了三个热搜位置。这让集团高层对黄洛洛颇有微词，毕竟她手上的那档节目，在以往是王牌。

　　与此同时，阮氏集团旗下的综艺节目，丢失了三个冠名赞助商客户，让部分节目陷入了尴尬境地。有小道消息传出，他们赞助了孟楠和张总的新节目，也就是原来阮氏集团网络综艺的老大和人工智能节目的制作人，并且陆续有一部分骨干员工从公司离职，加入了他们的新公司。

　　这一切都被添油加醋，归罪到了黄洛洛的头上。她这个集团 COO 的位置，似乎做到了头，在人事罢免的会议上，阮杰没有直接出席，票数一半一半。

　　就在这个时候，阮萌回来了，并且向集团董事会要了 COO 的职位，董事会隔天就发了全员邮件，阮萌正式成了集团的 COO。

　　这一系列的操作，让人叹为观止。大家纷纷好奇，阮萌在子公司到底经历了什么，为何如同脱胎换骨一般，如此的杀伐决断，有商业头脑了。

　　魏之笙也很好奇，到底发生了什么事。

　　所以她主动提出要帮阮萌打扫房间，毕竟她的房子空了一个多月，积了不少灰尘。

　　晚上吃过晚饭，林雾准时将魏之笙和自家的新型智能扫地机器人送到了阮萌家里。

　　林雾调试好了模式，功成身退了。

　　临走前特意看了一下魏之笙的手机，确认有足够的电量。

　　阮萌翻了个白眼："我家有充电器好不好，她以前也经常和我住一起的。"

　　"今时不同往日。"林雾说完，在魏之笙的额头上亲了一下。

　　阮萌大呼辣眼睛，推着林雾出去，关上大门，一切安静。

　　魏之笙一个人傻乐，阮萌按着她的肩膀问："我和林雾同时掉进河里，你先救谁？"

　　"救林雾，我游泳还是跟你学的，你不需要我救。"

　　阮萌不甘心，又问："那林雾和我干妈你亲妈同时掉进水里呢？"

　　魏之笙听了想打人："那还是你的亲干妈吗？"

　　"哎呀，你就乖乖回答问题嘛！你们家，只有干妈水性不好了。"

　　"救我妈。"

　　阮萌略微放了心，魏之笙这丫头还没有丧失人性。

　　可才刚开心了没一会儿，就又听到她说："子女对父母有赡养责任的，不救她可是犯法的。"

阮萌狠狠地戳了一下她的脑袋："没出息！"

魏之笙反手抱住她的腰，笑着说："我不会让这种事情发生的。你赶紧跟我说说，你在J市发生了什么，我表弟怎么没一起回来？"

阮萌的表情瞬间凝固了，没一会儿陷入了纠结和悔恨之中。她突然抓住了魏之笙的手，郑重道："笙笙，如果我做了对不起你的事，你会原谅我吗？"

"阿姨做的小竹笋，你不会一个人全吃了吧？你没给我留？"

阮萌翻了个白眼："全给你留着呢！我和你说正事儿！"

魏之笙是故意逗她，此刻已经笑成一团。

阮萌在这一声声狂笑中，红着脸说了句："我把丁辰睡了，一个月之前的事情了，我被子公司的老头子们逼得喘不过气，喝了点酒他正好去找我。"

"太禽兽了！"魏之笙咋舌。

阮萌点了点头："是我不好，我强迫的他。"

魏之笙差一点咬着自己的舌头，在她惊讶的眼神下，阮萌交代了一切。魏之笙一边听一边神游，她觉得这里面似乎有什么不对。她悄悄给目前还处于失踪状态的丁辰发了微信，问：你和阮萌？

丁辰过了会儿回复了一个胜利的表情。

阮萌越讲越眉飞色舞，并且还十分详细，很快就发展成了十八禁的话题，魏之笙赶紧让她打住了。

魏之笙问："丁辰没和你一起回来，他在做什么？"

阮萌的眉毛挑了一下，身体也放松下来，十分自豪地说："在子公司，和那些人斗智斗勇呢！你不知道吧，丁辰学的是金融，在国外做过投行，很有本事。他说会帮我搞定公司，果然只用了半个月，就让那些人服服帖帖。这次我回来竞争黄洛洛那个职位，也是丁辰的主意，他帮了我很多。"

魏之笙用力掐了自己一把，确认不是在做梦，然后摸着下巴问："咱俩认识的丁辰是同一个人吗？一个学渣，这么有才华吗？"

阮萌再一次翻了白眼："你压根就没认真了解过他，你懂什么！"

"啧啧……"魏之笙捏了下阮萌的下巴，仔细端详她，又说，"你是不是打算对他负责任了？"

阮萌咧嘴一笑："他爱做饭，我也醉心厨艺，他是金融才俊，我是金融大小姐，确认过眼神，是想怼的人！丁辰你交给我，放心吧。"

这个消息对于魏之笙来说，还是有一些突然的，虽然从先前的一些点滴里，她发现了蛛丝马迹，丁辰是对阮萌有贼心的。让魏之笙始料未及的是，他们两个竟然是以这种方式确定了关系。阮萌从她的好闺蜜，变成了弟弟女朋友，她们的关系更近了一步。只是丁辰靠谱吗？丁辰万一只是一时新鲜呢？

"你就别担心我了，我会自己处理好的。我以前是不想管公司，但是我哥上次点醒了我。他不可能照顾我一辈子，我得自己扛起来。"阮萌把胳膊搭在了魏之笙的肩膀上，给了她一个拥抱，接着说，"你呢，就好好地把人工智能这个节目做好，黄洛洛我已经帮你搞掉了，我知道你想和她较量一番，现在你已经赢了。"

她曾经渴望和黄洛洛来一场公平的较量，看看到底谁才是那个被大家认可的制作人，从目前来看，她似乎是赢了，她的节目大火，黄洛洛几乎被扫地出门。可这一切都来得太顺利了，让她没了斗志。

她们聊了很久，还是林雾来敲门领人，她们才结束了谈话。

林雾牵着魏之笙的手在小区的花园里穿行，她若有所思，心不在焉，林雾突然停住了脚步，她还差一点摔倒。

"怎么了？"她问。

林雾指了指花园里的一个小蘑菇亭说："我在那捡到过一本书，有一枚特殊的叶子书签。"

魏之笙惊呼了一声："我的！"

林雾点了下头："我原本已经快要放弃找你了，直到我搬来这里，发现了这本书，和银叶子书签。你的喜好还是和以前一样，喜欢这种金属质感的书签。虽然这种书签也算常见，但是我第一次看到的时候很震撼，我希望是你。然后没过几天，我在电梯口见到了你，而你告诉我你有老公了。"

魏之笙吐了吐舌头："我以为你是变态啊，我故意那么说的。你当时真的有点吓人，如果我不这么说，你会怎样？"

"大概会破门而入。"

魏之笙一摊手："中华开锁王了不起哦。"

林雾无声地笑了。

两个人手牵手，漫步走，好像可以就这样走到天荒地老，魏之笙内心无比的踏实。但是紧接着让她不踏实的人出现了——丁辰。

他大概是连夜从 J 市赶过来的，风尘仆仆，眼睛里布满了血丝，但仍旧是个美少年。三个人在小区遇见了，丁辰去的方向不像是回家的。

"你要去阮萌那儿？"魏之笙问。

丁辰点了点头，眼睛对上林雾目光的时候，他感激地一笑，没有之前那么害怕了，看来林雾带给他的阴影消散了不少。

魏之笙突然闻到了一缕香气，她嗅了嗅，警惕道："手里拿的什么？"

"排骨汤，炖了十五个小时了。我给阮萌送汤，一会儿还得回 J 市。我先走了啊表姐。"

"等等……"魏之笙想去拦他，丁辰已经撒腿跑了，"果然只是个表弟而已！丁辰这么不靠谱，阮萌会不会吃亏啊？"

林雾仿佛听到一个笑话："你从哪里看出来阮萌靠谱了？"

"阮萌一直很靠谱啊！"

"丁辰也很靠谱。"

"你怎么看出来的？"

"我教的。"

难怪丁辰身上有狐狸的气息。

两个人回到家里，魏之笙还瘪着嘴。林雾开了电视，给她冲了杯奶茶，加了很多椰果让她咬着玩。自己去了厨房，从冰箱里翻出了上次买的鱼，用高压锅给魏之笙做了一碗鱼汤。

当林雾端着汤出来的时候，魏之笙的两只眼睛是亮的，仿佛闪烁着星星。林雾用勺子舀了一勺汤，放在唇边吹了一下，然后送到她的嘴里。

魏之笙咂咂嘴，一脸幸福地表示："美味！才不稀罕丁辰的排骨汤呢！"

　　林雾喂了她半碗汤，魏之笙有点困了，突然林雾的私人手机响了，连续几条微信提示音。手机就放在茶几上，她眼睛的余光瞥到了，有些好奇，这么晚了，是谁找他呢？直接问他，会不会显得不太信任他？

　　魏之笙的纠结林雾尽收眼底，放下汤碗，顺手拿了手机，靠在沙发上，让魏之笙枕在自己怀里，他解锁了手机屏幕，当着魏之笙的面看信息。她内心窃喜，没有躲着她，看来没什么见不得人的。

　　扫了几眼以后，魏之笙发现不得了，她赶紧正襟危坐，和林雾对视了一下。

　　微信来自于林氏家庭群，里面就三个人，林雾和他爸妈。

　　林爸：儿子，初恋你搞定了没？

　　林妈：早就在一起了，你也太不关心儿子了！你每天都在忙什么？

　　林爸：我忙什么你还不知道吗？我不是每天都陪着你打麻将吗？

　　林妈：您那麻将技术也忒差了点，出去别说是我教的。

　　林爸：呵呵。

　　林妈：中老年男人竟然敢呵呵我！儿子，明天我回国，见见你女朋友。有事私聊。

　　林妈退出了群聊。

　　林爸：儿子，我就是笑了一声，你妈怎么就生气了？

　　……

　　林雾摇了摇头，单手给他爸打字：爸，有空多上网。

　　林雾放下了手机，看了看紧张兮兮的魏之笙，故意也严肃了起来问她："我爸估计也会一起回来，现在怎么办？"

"我我……我去机场接他们？明天几点到啊，我没有特别正式的衣服，我先去买衣服可以吗？你爸妈喜欢什么样的女孩啊？我是成熟点，稳重点，还是活泼点？哎，不行不行，万一他们不喜欢我怎么办，不然还是先别见了吧，我最近胖了。"

林雾按住了躁动不安的魏之笙，终于打破严肃笑了起来："我们的节目我妈有在看，她很喜欢你。她虽然说明天回国，但最少也要三天。他们会住在我家的老房子，如果你还没准备好，我们可以出去旅游几天，等他们走了我们再回来。"

"把他们自己留在这儿？"

"他们又不是外地人，而且你看到了，刚刚又吵起来了，我不想给他们断官司。"

魏之笙自然知道，林雾这么说都是怕她尴尬。这突如其来的见家长，的确是吓着她了，完全措手不及。

林雾内心有一丝的惆怅，看来他还要继续努力才行。现在的魏之笙，就像当年的他，十分慢热以及矜持。看来高助理买的那些小说诚不欺他，一段恋情想要有结果，必须有一个人先不要脸。

真人秀节目要连着录两期，联合了一个跑酷的游戏，高科技酷炫场景十分刺激，嘉宾们充分发挥了自己的幽默细胞。在这期录制里，也第一次展示了林雾研究院的最新产品——智慧型人形机器人。在跑酷的一些关卡当中，是这些机器人充当 NPC，与嘉宾斗智斗勇。

这一系列的机器人，最大的亮点是软触手的设计，将来可以投放到一些易碎品的工厂去，代替大量的人力。

机器人们经过了大量的测试和调试，完全合格后才被派出来。魏之笙忽然想拍一个机器人跳舞的宣传片，一来想上个热搜，二来也给林雾打打广告。

可万万没想到，在一段舞蹈之后，有两台机器人突然瘫痪不动了，并且颈部有火花。好在现场有灭火器，进行了紧急处理。高助理检修后并没发现什么问题，真人秀节目还没有拍摄完毕，每台机器人都有特定的程序要完成自己 NPC 的任务，在这样下午，恐怕会耽误进度。

高助理摇了摇头："恐怕得请个工程师来，我搞不定。"

魏之笙咬了咬嘴唇，思考了片刻，同田叮说："这样，先拍一下本期的个人宣传照，给姜末山打电话，请他快点过来，如果需要派个车去接他，我去联系工程师。姜末山来之前，大家休息一会儿。封锁消息，清场，让路人和粉丝赶紧离开，不能让人知道机器人出故障。"

田叮意识到事情的严重性，用力点了下头："明白，我马上去办。"

安排好了这些，魏之笙躲到一边去给林雾打了电话，哭唧唧的语气："快来救命啊！"

直到林雾来了，魏之笙悬着的心才放下来。她快步走上前去，将方才发生的事情说了一遍。

林雾皱了皱眉，转向了高助理："你检修过，没发现问题？"

高助理若有所思："我是按照程序进行演示的，不排除是天气原因，机器人经过暴晒，部分零件温度过高……"

"那就是不合格，存在安全隐患，立刻停止生产，重新研发改进，重新测试。"林雾道。

魏之笙不太懂机械，但是也知道这个问题不小。她也跟着紧张起来，林雾冲她笑了笑："有我在，不会耽误拍摄的。我来修。"

魏之笙点点头，她担心的不只是拍摄，还有林雾的科研成果。

"要不要我帮忙？"魏之笙问。

林雾嗯了一声："我开了一天的会，很累，没力气了，你得帮我加油。"

"加油？"魏之笙挥了下手，扭了一下腰，像一个身体不协调的初级舞者，问他，"是这样吗？"

林雾笑了笑，突然搂住了她的腰，在她的唇上亲了一下："是这样。"

魏之笙脸红了，旁边的工作人员惊呆了，刚巧赶来的姜末山用相机记录下了这一瞬间。

这一吻简直是一道雷，直接在拍摄现场炸了，大家纷纷好奇起来，魏 PD 和林博士是什么时候在一起的？

有了林雾，修理工作事半功倍，在魏之笙的监管下，暂时也没有流传出对机器人不利的消息，究其原因是他们属于外行人，就算有路透也没看出来哪里有问题。姜末山拍摄好了个人宣传照，在极远处和魏之笙打了个招呼，然后就跟助理回去修片了。

魏之笙放下了挥舞的手，有点尴尬地问田叮："他是不是有点怕我？离我快一百米远了，如果不是那个相机显眼，我都看不出来是姜末山。"

田叮神神秘秘地摇了下头说："不是怕您，是怕那位。"田叮朝正在现场监控设备的林雾努了努嘴，"听说姜末山老师之前电脑被黑了，求着林先生帮忙恢复的数据。"

"被黑了？谁干的？"魏之笙问。

田叮一摊手，给了她一个自己体会的眼神。

"在说什么呢？"

田叮一回头，赫然看见一张帅气的面庞，吓了她一跳，她赶紧后退了一步，鞠了一躬："林先生，我先去忙了！"

林雾微笑着点了点头，抬手将魏之笙耳边的碎发拢到耳后去，温柔地问："今天能准时下班吗？"

魏之笙看了一眼手表，又看了下现场的拍摄情况，摇了摇头："你先走吧，我好多工作要做。"

"好，你手机给我一下。"

"干吗？"魏之笙边问边给了他。

林雾接过来，又招了招手，让高助理送过来两个微型耳机，连接好了魏之笙的手机，然后拨通了电话，把耳机戴在了魏之笙的耳朵上。

"不许挂断。"他说。

魏之笙把耳机又往耳朵里塞了塞说："万一没电了呢？"

"不会的，你这款手机电量很耐用，我测试过。"林雾说完自己也戴上了耳机，冲魏之笙笑了笑，"我走了。"

魏之笙冲他挥了挥手，然后就投身到拍摄当中去，她也没顾得上和林雾说一句话，指挥现场工作让她不亦乐乎。同样的，林雾那边也很忙碌，魏之笙的耳边总是有他的各种声音，魏之笙并不觉得吵，相反很安心。节目一直拍到了凌晨一点半，艺人们才去酒店休息。魏之笙总算收工了，她累得瘫倒在沙发上，伸了个懒腰。

“饿了没？”耳机里突然传来了林雾的声音。

魏之笙摸了下肚子，瘪瘪的，用力地嗯了一声。

“吃馄饨吗？”林雾又问。

魏之笙嘿嘿一笑：“吃！你在哪儿，我去找你！”

“影棚门口。”

“你没走？我就来！”

“嗯。”

魏之笙拎起背包往外跑，林雾刚好走到门口，两个人隔着一条长长的走廊，感应灯应声亮起，光明的两头是他们的身影。

魏之笙笑了起来，林雾也看着她笑。

恍惚之间，她觉得很久很久以前，他们也曾经这样对望过。大学的自习室外，走廊的灯坏了一部分，总是明一个暗一个，也不知是不是为了省电。那时候她和林雾刚在一起，她不管不顾加速跑到他的身旁，想要扑进他的怀里。就像偶像剧演的那样，女主角和男主角甜蜜地拥抱在一起。可现实狠狠地打了她的脸，当她加速跑过去的时候，林雾侧了侧身，她险些摔倒的时候，林雾一把抓住了她的领子。

“你干吗要让开啊？”魏之笙气得跺脚。

林雾一脸茫然：“我以为你有急事，给你让路。下次小心点。”

魏之笙那会儿无话可说，只能在心里一遍遍告诉自己，这是个钢铁直男，什么都不懂，不解风情！

林雾的声音从耳机里传来，将魏之笙拉回了现实。

“过来。”林雾说，他张开了双臂。

魏之笙把背包斜挎在身上，撸了下袖子说："你可别躲啊！"

林雾点了下头，魏之笙狂奔而至，扑进了林雾的怀里。林雾抱着她转了三个圈，转得她有点晕了，就瘫软在他怀里，听林雾在她耳边轻声问："是这样吗？"

"差不多。"魏之笙拍了拍他的背以示嘉奖，又问，"这么晚了，去哪儿吃馄饨啊？"

"A大。"

林雾开车载着魏之笙回了A大门口的小吃一条街，还有几家小店是营业的。A大最近翻修教学楼，所以晚上有工人来吃饭，小吃街的几个店老板就索性营业得晚一些，为这些工人提供一点便利。

他们去了西边第三家店，店里有几桌客人，一边吃着盖饭一边盯着电视看。老板瞧见他们进来，忙放下了手里的活儿，热情地打了个招呼："林雾来啦！女朋友好些年没见过了。姑娘今天还喝酒吗，我帮你提前兑水。"

魏之笙一下脸红了，她为数不多的记忆里，有这家店。

林雾忍着笑，在魏之笙的眼神杀里对老板说："来两碗馄饨，不加辣椒，香菜少放。"

落座后，魏之笙小声问："老板怎么还记得我，我好像就来过一回啊！"

"可见喝酒光明正大兑水的人只有你一个。"林雾道。

没一会儿两碗馄饨上来了，老板特意多给了一些，满满的两大碗。

林雾把魏之笙碗里的香菜挑出来，放进自己的碗里。

老板有些迷茫："是我记错了吗，一碗不要香菜？"

林雾解释道："没有。她不吃香菜，但喜欢过一下味道。老板，您忙您的。"

魏之笙嘿嘿一笑，林雾给她掰开一双筷子，打磨了一下才递给她。

不知是不是她的错觉，她觉得这个味道很熟悉。吃了几口以后，魏之笙放下了筷子问林雾："我们以前总来吗？吃馄饨？"

林雾的手不易察觉地抖了一下，然后嗯了一声，抬头望着她说："你以前半夜会饿，我带着你翻墙出来吃这家馄饨。"

魏之笙笑了起来，握住了林雾的手，说："我好像有一点印象了，林雾，我会努力想起过去的。"

"其实没关系，一辈子那么长，你都得和我在一起，我们还会有很多回忆。"

魏之笙吃饱了很容易困，一整天的疲惫，在她沾到林雾的车座椅的时候全部袭来，她秒睡了。

等她醒来的时候，已经站在家门口了，她是被林雾抱在怀里的。她听到林雾说："爸妈，你们是怎么上来的？"

魏之笙噌地从林雾身上跳了下来，活像是被开水烫了。她二话不说开始鞠躬："叔叔阿姨，你们好！"

林爸林妈愣住了，林雾忍着笑，把魏之笙的方向转了一下，她这才从自己弯着腰的视线里看见了四条腿。

"我们给物业看了户口本，物业就让我们上来等了。怎么回来这么晚啊，你这孩子！"林爸数落了林雾几句，林妈背地里掐了他一把："你回家再说孩子不行吗？没看见笙笙在这儿吗？"

林妈一转脸，收起了对林爸的嫌弃脸，对着魏之笙露出慈母般的笑容。她拉住魏之笙的手，扶起了她说："笙笙呀，加班辛不辛苦？你们那个节目我看了，拍得真好。"

"还……还可以……"魏之笙手足无措，万万没想到会以这种方式和林雾的父母见面。他们要是知道自己和林雾已经同居了会怎么样？会不会看轻她啊？还好她自己家也在这儿，魏之笙感到了一丝欣慰。

显然，林雾也没料到，他的父母突然来了。

"时间不早了，叔叔阿姨先休息吧。我也回家了，我就住在这儿，和林雾是邻居。"魏之笙强装镇定，露出个笑脸来。她打开包开始翻钥匙，左翻右翻，在林家一家三口的注视之下，钥匙不见了。她恍惚想起，好像是扔在林雾家抽屉了。她求救似的看了一眼林雾，林雾掏出一张卡来，把她那间许久没人住的公寓大门打开了。

"回去休息吧，有话明天说。"林雾也开了自己家大门，请他父母先进去。他刚想对魏之笙说什么的时候，魏之笙赶紧和他父母道了个别，把门关上了。

林爸林妈面面相觑，问："我们是不是吓着她了？"

林雾无奈地关上门，在玄关处换好拖鞋，说："何止是她，我都被吓着了。不是才打完电话吗，这么快就过来了？"

"我们在日本度假，所以来得比较快。"林妈说。

林妈大致看了一下房子，房间虽多，却只有两间卧室。她果断把儿子推了出去："你去女朋友家挤一挤，就说你爸妈冷战呢，要分房睡。"

夫妻二人合伙把林雾给推了出去，他连拖鞋都没来得及换掉，然后反锁了大门。林雾叹了口气，去敲魏之笙的门。

魏之笙从门镜里看见了林雾，给他开了条缝隙："干吗？"

"借宿一宿可以吗？我爸妈分居，把我赶出来了。"

魏之笙立即将大门打开了，求之不得的表情："你来得正好，家里太脏了，我一个人打扫不完。"

可是林雾进来之后，她就后悔了，她忽然想起她家只有一间卧室，林雾会打地铺吗？

那边林雾家，林妈在检查完儿子的房子以后，突然拍了下大腿："我们坏事儿了！小两口已经同居了，让我们给赶出去了，儿媳妇会不会生气？"

林爸哼了一声："我就说不来吧，你非要来！明天回老房子去！"

房子和车子一样，不怕住，就怕空着。自从林雾强制性地让魏之笙搬到自己家后，丁辰也搬走了，这间小公寓就空着了。平时也没有人来打扫，因此落了一层灰尘。已经是半夜，担心影响邻居休息，他们只能用抹布简单打扫。

林雾从柜子里翻出了一套四件套来，是之前洗干净放进来的，不知怎么也落了尘。林雾抖开床单，魏之笙咳嗽了好一会儿。

整理好了魏之笙的房间，两个人坐在沙发上大眼瞪小眼。魏之笙此刻睡意全无，她有点紧张。

林雾突然往她旁边挪了一下，手撑着沙发，问："你睡哪儿？"

魏之笙不经意之间吞了下口水，紧张兮兮之下也没听清楚他到底在说什么，支支吾吾大道："丁辰原先有个地铺……"

林雾皱了皱眉："在你家睡，还让你打地铺，不太合适。你也一起睡床上吧。"

"哎？"魏之笙反应过来，好像哪里不太对啊！她连忙拉住要去洗澡的林雾又说，"沙发，我睡沙发可以了，长短也够。"

林雾瞥了一眼客厅的沙发和她房间的床："你确定？不然还是……"

魏之笙疯狂点头："就这么定了！你快去洗澡。"

林雾在魏之笙的推搡下，进了卫生间。

魏之笙的小公寓自然和林雾的现代化豪宅比不了，用的还是燃气热水器，林雾很久没用过这种了，水拧开了，好半天都没热。他左右调节了一下，突然水变得滚烫，他差点尖叫出来。照了照镜子，后背的皮肤红了一块。林雾叹了口气，得给她家换个热水器才行。

凑合着洗完了澡，洗漱台上方挂着一个吹风机，他对着头吹了几下，有一股难闻的味道，他又叹了口气，得给她买个新的吹风机才行。马桶也是最普通那种，头顶上这个浴霸，除了照明没什么用，排风系统好像有点问题……

总之，林雾觉得魏之笙家里但凡是带电的东西，都不太行。

他强忍着吹风机的胶味，一边吹头发，一边上网把想换的家用电器都买了新的。头发吹了个半干，实在忍不了了，他索性就这么出来了。他在这儿没有换洗衣服，所以只能围着浴巾出来。

魏之笙听到卫生间门响动的那一刻，掀开被子，躺倒开始装睡。她装睡的技术实在太差，林雾走近一看，她紧闭着的眼皮下，眼球还滴溜溜地转动着。

林雾笑了一声，推了推她："别装，去给我找衣服穿，丁辰的就行。"

魏之笙这才睁开眼睛哦了一声，去书房翻了翻，幸好之前她想做一个好姐姐，给丁辰买了点家居服，丁辰没有带走。两个人的身高差不多，林雾穿着应该也合适。

魏之笙兴致勃勃地拿出来给林雾，他神色凝重，抖了一下衣服，反复看了一眼问："是不是你给丁辰买的？"

"对啊！他一次都没有穿过，落在这儿了。"

"你确定是他不小心落在这儿的，而不是他不想穿？"林雾盯着T恤衫上小猪佩奇的图案问。他又看了一眼裤子，团了个团，丢给了魏之笙，"没有别的了吗？"

衣服是小猪佩奇的没什么特别，裤子上却有一条尾巴，毛茸茸的十分可爱。她无法想象，林雾这么高冷的人，穿上这么可爱的衣服到底是什么样子。魏之笙强忍住笑摇了摇头："不然你就光着吧。"

林雾长叹了一口气，去房间里换衣服。魏之笙趁机去卫生间里洗漱，她冲了个澡，然后就去蹲等林雾变装。只是当她去推门的时候，发现林雾把门反锁了！

"你睡了？"

里面没人应声。

"我还没看你变装呢！"魏之笙瘪了瘪嘴。

还是没有人回应她。

魏之笙失落地走了，去客厅的沙发上躺着。凌晨三点，心猿意马。

有一点点麻，一点点酸，一点点痛。该是长时间保持一个姿势导致的身体不适，魏之笙闭着眼睛想，沙发虽然不太舒服，但是怀里这个抱枕不错。粗细正适合她的怀抱，还暖暖的有温度……

有温度？她吓了一跳，骤然睁开眼睛。她正以一个非常扭曲的姿势，趴在一个人的身上，她抱着的也不是什么抱枕，而是那人的腰，她的脸正贴着人家的腹肌。她抬起头，就看见了林雾含着笑的眼睛。

"醒了？"

"你不是锁门了吗？我怎么进来的？"

林雾歪了下头，示意她看门口。魏之笙扭了下脖子，赫然看见大敞四开的门，门上有一把钥匙。

"我开的门？"魏之笙狐疑着问。

"不然呢？我第一次在你家过夜，不太熟。"林雾睁着眼睛开始撒谎，实际上昨天她秒睡后，他就把她抱进来了。

魏之笙咬了下手指，她怎么想不起来呢，半夜她起夜了？走错房间了？

"对不起。"她诚恳道歉。

"你这么抱着我睡了一夜。"

"我失态了。"

"你还脱了我的上衣。"林雾环住她，慢慢起身。

魏之笙的瞳孔瞬间放大："非常失态了。"

林雾的身体弓起来，鼻尖贴着她的鼻尖，半睁着眼近距离看她，又说：

"你流口水了。"

魏之笙红着脸："可能是睡姿不正确。"

林雾嗯了一声，在她嘴唇上亲了一下说："甜甜的。"

魏之笙躲了一下，发现无处可逃，只能红着脸，闭起眼睛不敢看他。林雾又亲了下她的脸颊，她的耳朵，她的鼻子，她的下巴，她的额头……

"笙笙。"

"嗯？"

"我爱你，我走了很远的路，才能再次找到你。"

魏之笙睁开眼睛，盯着他的眼睛，抱住了他的脖子，大声回应他："我也爱你。我不会再走了。"

昨天拍摄结束，魏之笙可以休息个一两天，素材粗剪后，她再去盯着。林雾今天也没去上班，隔壁住着的他爸妈，他还得去陪一下。

卫生间洗漱的魏之笙突然尖叫了一声，林雾吓了一跳，赶紧跑过去问她："怎么了？"

魏之笙站在电子秤上，一脸的悲痛欲绝，她指着电子秤上显示的数字 50kg 问林雾："昨天早上在你家称还是 45kg，我不可能一夜之间长了十斤肉啊！"

林雾盯着这个秤看，百密一疏。

"林雾，你家的秤你是不是做手脚了？呜呜呜……我怎么胖成这样了！"魏之笙开始哭号起来，她就纳闷，为什么天天奶茶蛋糕小布丁的也没长肉，她委屈巴巴地数落林雾，"一个秤的职责就是称重量，你怎么能剥夺它的功能呢，太没有职业道德了。"

"没关系的。"林雾抱住了魏之笙，抚摸着她的头，轻声说，"你的任何样子我都喜欢。"

魏之笙还是委屈，抽泣着说："那你怎么不长胖一个试试，你天天还健身保持身材呢！"

林雾笑了："我发福的话，你抛弃我怎么办？"

魏之笙抹了一把并不存在的眼泪，接着号："我是那么肤浅的人吗？"号完了在林雾的腹肌上摸了一把，突然收声了，手感真好，这么好的腹肌只有她一个人可以摸。

"我等下去给你买可可芭蕾？"林雾又抛出一个诱惑。

算了算了，不差这一杯了，她安慰自己，咳嗽了一声说："好。"

"我爸妈应该已经把饭做好了，我们先去隔壁吃。我爸厨艺很好，比丁辰好。"

就在两个人充满期待地打开隔壁的大门之时，房内空无一人，只有笙小笙一只狗。

笙小笙趴在沙发上舔着爪子，不慌不忙道："走啦走啦，天没亮就走啦！"

"可能去买菜了，我问一下。"林雾解释道。

他的手机没电了，充上电开机，看到了林氏家族微信群里林妈回到了群内，二老给他留了言。

林爸：儿子，你们俩同居了，也不早说！我已经批评过你妈了，我们回老宅子住了，你们快回来吧。

林雾飞速回了一条：你们俩回来。

林妈：儿子，我忽然想起来，你们的衣服是分开放的，是不是分房睡的啊？

林雾：是是是，你们二老赶紧回来，这样我就可以继续住在她家了，她家只有一个卧室，明白了吗？

林爸：孩子他妈，儿子什么时候套路这么深，这么流氓了？

林妈：简直无耻！

林雾：带饭过来。

林爸、林妈：给我一首歌的时间！

和父母沟通好，林雾出去和魏之笙说："他们买菜去了，马上回来，我们就可以吃饭了。"

没过多久，林爸林妈果然回来了，神神秘秘地带着两个袋子，又神神秘秘地进了厨房。林爸不负众望，将外卖二次加工成了美味家常菜。

魏之笙一点儿见家长的准备都没有，也没什么经验，全程规规矩矩。林家父母的所有发问都被林雾抢着回答了。林家父母对魏之笙表现出了十二分的喜欢，魏之笙松了一口气，她也从心里喜欢上了这对父母。能养出林雾这么好的男人的父母，想来也是和蔼可亲的，她之前的担心，如今来看全都是白担心了。

阮氏集团大厦，黄洛洛已经连续加班一周了，她做了一份新的策划案，反复修改后，觉得很满意。她在卫生间里补妆，用粉底盖住了黑眼圈，出来后，又是一副精致的女强人模样。她背上包，拿着策划案，刷卡上了总裁的专梯。

秘书请她等一会儿，阮杰的办公室里有人。她等了一个多小时，办公室的门才打开，阮杰亲自送那人出来。是个黑瘦的男人，黄洛洛有点印象，一个纪录片的导演，刚获了奖，在圈内小有名气。她之前和阮杰提过纪录片这个想法，莫非阮杰已经帮她铺路了？黄洛洛内心一阵窃喜，自从上次她被罢免后，和阮杰的关系就陷入了尴尬的僵局。阮杰独断专行，从来没有哄过她，两个人交往了大半年，说是情侣，实际上更像是合作伙伴。

阮杰曾经直言欣赏她的工作能力，她一路高升凭借的是自己的能力，以及阮杰的提拔。他们好像都没有正经约过一次会，黄洛洛哑然失笑，这个恋爱谈得太随意了，看来以后要好好检讨一下了。

黄洛洛站起身，同导演打了个招呼。

导演微微一点头，电梯来了，阮杰亲自送他。直到电梯门关上了，阮杰也没有引荐她的意思，这让黄洛洛有点奇怪。

"进来吧。"阮杰转身对她说。

黄洛洛收拾好心情，带着自己的策划案去了阮杰的办公室。

"我想这个你会感兴趣的。"黄洛洛将策划案打开，放在了阮杰的办公桌上。

"你很想做这个？"阮杰沉思道。

"当然！这几年纪录片火了，各地都在搞非物质文化遗产保护，如火如荼的，我们趁机拍个系列纪录片，肯定也能火……"黄洛洛兴致勃勃地介绍自己的想法，却发现阮杰的心思没在她的身上，她的热情逐渐熄灭，问他，"怎么了？你不感兴趣？"

"公司是想要投资纪录片，刚才来的徐导演和你的想法不谋而合，公司已经决定用他了。洛洛，你在记者领域做得很好了，为什么一定要做制作人呢？"

黄洛洛瞬间被点燃："她魏之笙都能做制作人，我比她差在哪里了？"

阮杰叹了口气，退了一步说："如果你实在感兴趣，我可以推荐你去跟组，由徐导演主导这件事。"

"是董事会觉得我不行，还是你觉得我不行？"

"我是总裁，没有区别。"

她一向骄傲自负，自然不会接受阮杰的这份怜悯。黄洛洛冷笑几声，从桌上拿回了自己熬夜做的策划案，冷冷道："你会后悔的！"

黄洛洛摔门而走，秘书惊慌色变。阮杰没有去追她，他揉了揉睛明穴，从什么时候开始，黄洛洛也不懂他了呢？

黄洛洛一路从总裁办公室下来，穿过演播厅外走廊的时候，跟一个人撞了个满怀。

"黄总对不起，对不起，实在对不起。"那人连连道歉。

"没事。"黄洛洛看了看自己被弄脏的衣服，勉强挤了个笑容出来。她抬头看了一眼撞自己的人，是个年轻女孩，有点面熟，"你以前跟着孟楠的？"

"是的黄总，我叫田叮。"

"没事了去忙吧。"黄洛洛吩咐道。

田叮嗯了一声，蹲下来捡起自己散落一地的素材带子，捡完头也不抬跑开了。转了一个角，看不见黄洛洛了，她才松了口气。

黄洛洛回到家，手提袋和策划案随手一扔，吧嗒一声，一盒带子掉了出来。她弯腰捡起来，上面的标签是人工智能真人秀的。

怎么会出现在她这里？她回忆了一下，应该是和田叮撞在一起后，不小心掉进她包里的。黄洛洛拨通了综艺部的电话，顺便把带子放进设备里播了起来。屏幕上的内容吸引了她的注意……

黄洛洛立刻挂断了电话，冷笑了起来，魏之笙凭什么当王牌制作人，真的就比她优秀吗？

Chapter12
/ 全糖椰奶

♥

最新一期真人秀做完后期之后，内部审片得到了一致的好评。不仅仅是高科技的酷炫和嘉宾之间的搞笑互动，还有许多的正能量，他们不抛弃不放弃的精神，使整个主题都得到了升华。

只是魏之笙隐约觉得有些不放心，她不知道这种担忧来自于哪里，惴惴不安了许久。她右眼跳得厉害，虽然大家都安慰她可能是没睡好，但是她始终放心不下。

她被一个噩梦惊醒了，忽然联想到了一些事情，急忙打电话给田叮问："素材带是不是少了一盘？"

电话那头的田叮哇的一声哭了起来："阿笙对不起！我不是故意的……"

魏之笙心里咯噔一下，她爬起来，开了电脑，关于智能机器人自然爆炸的话题已经悄悄上了热搜，在这个夜深人静的夜里准备发酵，如果不是半夜噩梦惊醒，明天早上这件事情不知道会演变成什么样子。

魏之笙沉吟了片刻，电话里还有田叮的抽泣声。

"哭和自责都不能马上解决问题，等事情解决后，你再向我说明。现在让公关立刻行动，撤掉热搜，合理解释，绝对不能给'桃源计划'带来影响，否则即便是林先生答应，那些投资人也不会答应！不要忘了前车之鉴！"

田叮听了这一席话，打了一个激灵，她赶紧抹了一把眼泪，哽咽着说："放心吧，我竭尽全力！"

S市的深秋，让魏之笙感到异常的寒冷，她裹紧了身上的披肩，用电话一个一个地叫醒了栏目组的其他工作人员，一起来迎接这一场战争。这已经注定是个不眠之夜了，她要想到万全之策，应对明天天亮后的各种可能性。

网络世界便利发达，却也隐藏了太多的险恶。她不怕那些真正的水军，拿钱办事不必在乎太多。她怕的是那些愚昧又自负的网民，他们大多躲在网络后，像是正义的化身，抨击一切，说着不负责任的话，以讹传讹，然后是谩骂。所谓造谣一张嘴，辟谣跑断腿，她不忍心看到林雾的科研成果被糟蹋，也绝不能让他们一群人倾注心血的节目，被糟蹋。

通宵的视频会议，大家提供了很多解决办法。微博暂时已经撤下了这条热搜，然而背后有一股势力不断地冒出来。

天终于亮了，可是笼罩在他们身上的阴霾还没有散去。全员没有休息，赶到公司继续处理后面的危机。

魏之笙在路上接到了林雾的电话，他正在外地出差，已经两天了，每天都有早晚安的电话，还有各种精致外卖，就像他在一样无微不至。魏之笙强打起精神和他聊了几句，借口工作忙挂了电话。

在十点上网高峰来临之前，阮氏集团通过各种手段，终于暂时压下了这个事件。阮萌的介入，让效率变高了不少。可是魏之笙刚喘了口气，就接到了张维的电话。

"魏之笙，怎么搞的啊，我刚接到小道消息，你那节目要下线整改。不是挺正能量的吗？"

张维在有关部门工作，综艺节目这一块正好归他管，先前这节目能马上上线播出，张维也是帮了忙的。他的小道消息，对于魏之笙的节目组来说，可以说是只差一个大印的圣旨了。

"是什么原因让我们整改呢？"

"我不知道啊，应该是有人举报你们节目存在极大的危险性，不顾嘉宾的死活。好了，我就说这么多，有事给我打电话。没事别找我。"

说完就挂了电话，迅雷不及掩耳之势，魏之笙连句谢谢都没来得及说，可见两个人的宿敌身份十分明显。

如此一来很明确了，就是拍摄当天机器人起火的事。

魏之笙突然灵光一闪，立刻冲回了会议室，大声说："立刻联系艺人，让他们马上发微博，提前辟谣，现场绝对不存在安全隐患！"

众人听了之后立刻明了，马上各自去联系这几位嘉宾的经纪人。和艺人经纪人沟通是一件非常费神的事情，艺人有时候对自己的微博也没有绝对的控制权利。总算各方沟通完毕的时候，魏之笙所担心的谣言出现了。

经过剪辑加工后的视频流传到网上，从智能机器人跳舞后的自燃，逐渐变成了爆炸。有人开始带节奏对节目组群起而攻之，指责他们不顾艺人的生命安全，进而对"桃源计划"产生了怀疑，质疑人工智能是否真的安全。有一小波也不知道是不是这几位艺人的粉丝，在网上谴责节目组，不顾"爱豆"死活。紧接着大批粉丝也回过味儿来，跟着一起谴责节目组。

网上乱成了一锅粥，阮氏集团的股票连着跌了几个点，甚至惊动了阮杰。

事情发生得太快了，不像是个人所为，背后肯定有一个团队在推进这件事，最终目的是给阮氏集团和"桃源计划"重重一击。

艺人们现在出来辟谣也没有起到什么特别大的作用，粉丝甚至觉得这是节目组的威逼利诱。一切的一切都往不好的方向走去，魏之笙第一次感觉到苍白无力，她眼前一阵眩晕，彻底失去了知觉。

比她的神经更早醒来的应该是她的嗅觉，她闻到了医院特有的消毒水味儿，里面混杂了甜甜的椰奶香气。魏之笙缓缓睁开眼睛，四面白墙，手上还挂着点滴，她果然进了医院。

唇边靠过来一根吸管，她喝了一口，果然是椰奶。甜甜的味道让她短暂地满足了一下，放松不少，眉头也舒展开了。

"喝个椰奶开心成这样？"身边的人明显地还哼了一声。

她动了一下，将脸贴在了握着椰奶杯的人的手上，蹭了蹭，小声叫他："林雾……"

林雾叹了口气,原本想要教训她不爱惜身体的话一句也说不出口了,他先前的严肃也消失得半点不见了,摸了摸魏之笙的头,说:"看来以后要看着你吃饭,幸好这次只是低血糖。"

"我睡了多久?"魏之笙问。

"三个小时,挂完这袋水,我们就可以回家了。"

魏之笙看了一眼吊瓶,还有大半袋呢。

"怎么滴这么慢啊?"

"你想干什么?"

"这打的是葡萄糖吧?我喝点口服液是不是也行?"她抱着侥幸的心理问了一句,抬头看见林雾的脸色又不好了,咬了咬嘴唇,往被子里躲了躲。

林雾说:"节目的事情我听说了,你不用担心会对我们研究院造成什么影响,那机器人本来就没有投放市场。是我们东西质量不过关,存在一些问题,和你们没关系,反而是我们影响了你们的节目。如果真的认真算起来,是我方的过错。"

"可带子一定是从我们这边流出去的。"

"我觉得这是好事。在你们这儿演练的时候出现了问题,总好过投放市场后出现问题。"林雾在她床前坐下,摸了下她输液那只手下的小热水袋,已经温了,转身去换了个热的来再次给她垫上,又说,"这大概是上天比较眷顾我,选中了这几台机器人去录节目。我们之前的测试方式有问题,经过这件事已经解决了。节目停播的事情,张维和我说了,你打算怎么办?"

提到这个，她又来了精神，从被子里钻出来，林雾扶着她，让她半靠在枕头上坐着。

"当时现场的经过肯定是都被拍下来了，现在的剪辑都是恶意加工的，我们只要找到那盘母带全部放出去，应该就可以澄清造谣了。张维还能打电话提前透露消息，应该还没有那么严重。"魏之笙说。

林雾说："距离节目播出还有两天，到期没有播出，观众肯定会有猜测的。"

魏之笙想了想，又看了下手机日历，松了口气："马上是国庆节，全网转播国庆专题特别节目，我们不更新节目，也还好。"

林雾点了点头，表示认可："母带我已经让人去找了，应该就快有结果了，你们的监控系统也还不错。"

话音刚落，高助理发来微信：Boss，母带找到了！

林雾微笑了下："没事了。"

魏之笙简直不知道说什么好，她直起身给了林雾一个大大的拥抱，在他耳边说："谢谢你。"

"即便我不插手，你也很快会解决这件事的。我的阿笙现在很能干。"

如风医院住院部，阮萌带着刚从 J 市赶来的丁辰风风火火而来，手上还拎着保温饭盒，里面装着丁辰熬的汤。她在看到病房门口徘徊的人的时候，下意识抖了一下，同时和丁辰保持了距离。

"哥你怎么来了？"

阮杰回过头，面无表情地说："在公司晕倒的，所以我来看看。"

"那进去吧。"

"公司还有事，你代表公司好好照顾一下，一切都要用最好的，公司负责到底。"阮杰掏出钱夹来，从里面拿出一张卡，放在了阮萌的手上，然后离开了。

阮萌和丁辰面面相觑，丁辰道："不就是没吃饭低血糖吗，你哥是不是有点过于紧张了？"

阮萌抬手就想给他一巴掌："怎么说话呢，里面那可是你亲姐姐！"

丁辰摊了摊手，两个人敲门进去。

魏之笙已经好多了，正靠在林雾的怀里打电话，林雾也开着远程会议，见到这两个探病的，头也没抬，魏之笙说："好像闻到饭味儿了。"

林雾瞥了一眼说："丁辰给你送饭了。"

魏之笙应了一声："放下可以走了。"

放下！可以！走了？

阮萌十分同情地看了丁辰一眼，丁辰却已经习惯了，放下东西真的走了。阮萌感慨了一声："你果然只是个表弟。"

醉意茶楼雅间内。

沏了一壶上等的庐山云雾茶，黄洛洛无心喝茶，时不时从门缝看外面的情况，焦虑地等待着她约的人。

没过多久，雅间门开了。

"怎么是你？"黄洛洛颇感意外，她约的明明是圈内有名的营销公司老总，那人手里握着数不清的大 V 账号。

"赵总他不会来了，现在正跟张雷一起打高尔夫。这笔交易，由我来跟你谈。反正卖给谁都是卖，不如卖给我们公司啊。"

"孟楠，你到底想干什么？"黄洛洛咬紧了后槽牙。

最开始，她拷贝了一段视频交给了赵总，只是想小惩大诫，却没想到事情发展到这个地步。当她发现阮氏集团这座无坚不摧的大厦也被入侵的时候，她知道这件事并没有那么简单，竞争对手已经开始操盘，恶意竞争了。所以她迫不及待地约了赵总，想要解决这件事情。

但黄洛洛怎么也没想到，从阮氏集团离职的综艺部原老大张雷，如今这么风生水起，这个曾经的阮氏集团王牌制片人孟楠，也打了她一个措手不及。

"你别紧张，我只是想和你谈谈。你也很讨厌阮氏集团那些老顽固吧，腐朽的董事会，哪怕阮杰再精明能干，也救不了大厦将倾。你不如加入我们公司，那盘母带，就是你的试金石。你这么聪明能干，我想你不会看不清现实吧？"孟楠给自己倒了一杯茶，想起了曾经在阮氏集团的种种，有过辉煌也有过低潮，有过委屈，有过不公，她相信，如今的黄洛洛和当时的她处在同种境地。

黄洛洛的脑海里浮现出了许多画面，这些年她加入阮氏集团后起起伏伏。起初她只是个小记者，被老记者教做人，被抢了多少版面她自己都不记得了。后来她发誓自己要有绝对的主导权，她越发努力，也混上了不错的职位，她为了点击率，无所不用其极。再后来，她瓶颈了，转型去做制作人。这一路走来，荆棘满地，如果说有什么是让她欣慰的，那就是一次次成功后，阮杰的赞赏。

"的确。你肯定也知道，光靠这么一个小小的事件，是打不败阮氏集团的，还需要很多运作才行，我怎么知道，你们真的有这个实力呢？孟楠，你回去问问你的老板，跟我合作，你们打算开什么条件。"黄洛洛笑了笑，一开始的慌乱已经荡然无存，像一个久经沙场的女将军，她站起身，"我先走了，单我买了。"

黄洛洛走出茶馆，风衣下的拳头紧紧攥着。她开车回家，在地下停车场见到了她十分不想见的人。

"有空吗，和你聊几句。"

"没吃饭呢。"

魏之笙坦然道："那一起吧。"

两个人在吃什么上差点没吵起来，最后黄洛洛妥协了，两个人去吃火锅。

锅底上来之后，黄洛洛突然笑了："我这辈子都没有想过，会和你一起吃火锅。"

"彼此彼此。"魏之笙道。

"你来找我，应该是已经知道了。"

"那天你和田叮撞在一起，母带不小心掉进了你的包里。你并不是有意的，后来发生的事情，已经不在你的掌控之内了。我打听到你今天约了赵总，应该是想要挽回局面吧。但是结果似乎……不尽如人意？"

"你很聪明。"

魏之笙笑了笑："你第一次夸我。那你现在打算怎么做？这件事不会摧毁阮氏，却会摧毁你奋斗十年的成果，你甘心吗？"

她不甘心！当然不甘心，她筹备了那么久，才能转型成制片人，她努力那么久才有今天的成就。

"我做这档节目一开始是赶鸭子上架，后来是为了林雾。这档节目结束，我会回到杂志部。而阮氏集团还会有非常多的优秀节目。"

黄洛洛的眼角垂了下来，讪讪一笑："你让我啊？"

"想多了，我不过是运气好，遇上这个节目，我离开综艺部，还有非常多优秀制作人呢。你自己的路怎么走，还是看你自己的抉择。"

"我一开始很嫉妒你，你有阮萌那么好的朋友，得到阮杰的青睐，阮萌的特权让你在集团里为所欲为。而我……"黄洛洛兀自感慨起来，魏之笙赶紧比了个手势："你打住，这么听起来，你该嫉妒的人是阮萌才对。"

黄洛洛一顿，然后笑喷了，笑着笑着，就流了眼泪："我总算是明白了，这些年来阮杰当我是最好的伙伴，却从没把我放在心里，因为他心里有你。"

"我心里只有林雾。"魏之笙不想去深究那些情感。早些年的事情她不记得，有记忆以后，阮杰就只是阮萌的大哥，她和阮萌一样敬他怕他，除此之外，再无其他。而阮杰也始终像一个好兄长那样，对待她和阮萌一视同仁。

隔天魏之笙收到了一个同城闪送，里面是那盘丢失的母带。一切真相大白，一开始谩骂他们的网友，又开始一起骂造谣者。网络世界的风云，总是如此的变幻莫测。

没多久阮氏集团出了一个新的纪录片节目，正是国内知名的纪录片导演徐导亲自掌舵。破天荒地，黄洛洛申请去做一名策划。她想从哪里跌倒，就要从哪里重新开始。渐渐地，圈内知名严苛的徐导演，对黄洛洛赞赏有加，二人配合十分默契。

魏之笙的人工智能真人秀复播了，又是张维跑前跑后帮她办好的。张维这次连个电话都没打，直接发了封邮件给她，言辞恳切，希望二人不要再有交集了，头疼。

林雾的研究院通过排查，找到了事故机器人的主要负责人，通过调查，此人只是粗心大意，并不是蓄意为之。研究院联合机器人的厂家一起发了声明，与广大机械爱好者约定三年后再见。

大部分机器人爱好者都爆了粗口，纷纷谴责之前的网络暴民，让你们乱喷，把我们的宝贝儿喷走了吧！

真人秀最后一期节目播出，点击量累计破了四十亿，成了同类型节目的里程碑。

魏之笙也在节目收官后，正式提出调回杂志部。

万主编亲自带着杂志部的得力干将，把魏之笙在综艺部的东西原封不动搬回了杂志部，全然不顾综艺部那些人的哀号。

魏之笙在杂志部的那张办公桌还保留着，上面纤尘不染，她抚摸着这张桌子，突然间有一种恍如隔世的感觉。

传统出版业一直被称为夕阳产物，让他们这样的大刊物也日渐凋零，依靠发行量根本养活不了这一大家子人。所以万主编决定将新媒体好好利用起来，带着大家赶紧转型，发家致富奔小康。

魏之笙拿回了她原来的几个版面，脑子空空的。她上 QQ 和之前的专栏作者们聊着不咸不淡的天儿，看作者们天南海北地晒旅游，突然一声长叹，她怎么连个假都没休，就直接调岗上班了呢？

魏之笙更新了 QQ 签名：你们的编辑回来了，专栏写起来啊！！！

一连三个感叹号，所有的怨念都在里面了。

没多久，她 QQ 上林雾的头像跳动了。

林雾："我有五天假，一起去趟巴厘岛？"

魏之笙内心十分想去，奈何工作不允许。她输入又删掉，内心的抑郁简直快要爆炸了。突然万主编发来了内部邮件，是一份委派任务。大致意思是让她负责本期的旅游板块，目的地巴厘岛。

"耶！"魏之笙欢呼雀跃，引来了旁边同事的注意，她傻笑了一声，在电脑前光速打字，给林雾回复。

"没问题！我正好要去那儿出差！公司包一切费用，你算家属，应该也能打折！"

林雾回复了一个卖萌求包养的表情。

然后他把高助理叫了进来："巴厘岛的自由行，两个人，要最好的行程。办好了以后把出行通知和旅游合同发到万主编邮箱里。"

"万主编邮箱里？ Boss 您难道要和万主编去旅行？"

林雾扶额，一眼横过来，高助理被这眼神杀给吓得一个激灵，然后马上明白过来了。

"明白了，我这就去跟万主编要魏小姐的护照！"

隔天，万主编将出行通知发给了魏之笙，叮嘱她注意安全。

魏之笙再三感谢主编答应她可以带家属的请求，紧接着看着出行通知单，又有点疑惑："主编，您怎么没问我要林雾的护照呀？"

"我和高助理熟，直接问他要了。"万主编不愧是在文坛打滚几十年的老编辑，撒谎不打草稿。

美好的假期在一个晴朗的天气里来临了，林家父母得知对门的儿子和准儿媳妇要去旅游，无比想要跟着过去。众所周知，旅行是最检验情侣的试金石，他们担心，万一自家傻缺儿子把儿媳妇给得罪了怎么办？毕竟，儿子从来都是一副我最聪明你们都是智障的表情，万一儿子惹儿媳妇生气，还不会哄怎么办？毕竟，儿子的眼睛长在头顶上，只能看到别人有错，自己就是道德规范。他们怀着忐忑不安的心，订了跟儿子和儿媳妇同一班的飞机票，想要暗中照顾。

却没想到，临登机前，他们的机票被取消了！然后就收到了儿子发来的微信：不要搞事情，她很害羞，你们不想抱孙子了？

林家父母二话没说，打车回家看房子！

林雾给魏之笙准备了智能行李箱，只要打开 APP，点击跟随，箱子就自动跟随主人前进，完全不费力气。

魏之笙走几步退几步，在机场时不时回头看看箱子，最终忍不住发出一个疑问："这箱子难道不是撒手没？它在后面跟着我走，别人不是一把就能拎走吗？"

林雾把两个箱子办了托运，然后跟她解释道："箱子有记忆功能，被陌生人拿走会报警。"

魏之笙恍然大悟，抱着林雾的脖子："你真是懒人之光！"

"我从来不想做懒人之光，我只是你一个人的光。"林雾说这句话的时候表情认真极了，魏之笙除了甜到了心坎里，还隐约觉得有一点点诧异，于是问："这些年你到底经历了什么？钢铁直男嘴巴竟然也能抹蜜。"

林雾笑而不语，推着她过了海关。

长达八小时的飞行过后，他们落在了巴厘岛努拉莱伊机场，有司机拿了牌子在门口等他们，接机的是一辆奔驰商务车。

商务车蜿蜒盘旋了好一阵子，才抵达了他们入住的酒店，并不是海景房，而是坐落在热带雨林里的独栋小别墅。从窗户望出去，除了青山之外，还有湍急的河流。

飞机上魏之笙没怎么睡，十分疲惫，靠在沙发上等林雾。林雾办好了入住，已经接近凌晨，扭头看见魏之笙已经睡着了。他将行李交给服务生，小心翼翼将魏之笙抱了起来，跟在服务生身后，穿过曲径通幽的小路，到达了他们的住所。

魏之笙做了个梦，梦境如此的真实。她梦见少年时代她和林雾一起去郊游，被大雨困住，只能投宿在郊外的小旅馆，不得已开了一间房，她一整个晚上都心猿意马，和林雾背对背躺在一张床上。他那时候以为她害怕，被子下他握住了她的手，告诉她，打雷下雨只是自然现象，没什么可怕的。

其实，她那时候只是内心在进行天人交战，要不要就这么扑向林雾，把生米煮成熟饭。

她睁开眼睛，身边躺着林雾，被子下的他似乎是裸着的，而她似乎也是。魏之笙晃了晃神是不是还在做梦？梦里她真的把林雾给扑倒了？
生米煮成熟饭了？她微微侧了下头，看林雾好看的睡颜。他将松软的枕
头压下去，脸埋在枕头上，乌黑的发丝有些凌乱，他的喉结很性感。她
伸手摸了一下，有触感，不是在做梦！难道她真的对他动手了？

原本睡着的林雾突然抓住了她的手腕，翻身将她压在身下，双手压
在枕头两侧，她能感受到他炙热的呼吸，他的体温，以及他的坚硬。

魏之笙一下子吓得不敢动弹了，结结巴巴地问："昨天……我不记
得了……我把你怎么了？"

林雾故意做出一副委屈的样子："睡觉也能断片儿？还是你想赖
账？"

到底发生了什么？她的大脑开始运转，却一丁点儿的印象也没有了。
她对昨天的记忆模糊了，她莫名有些恐惧。她整个人像丢了魂儿一样，
双眼无神且空洞，她似乎在想着什么，可又什么都想不起来。

原本林雾只是想和她开个玩笑，没料到魏之笙会如此认真。林雾松
开手，轻轻抚摸了一下她的脸，柔声道："你怎么了？"

魏之笙毫无反应。

"笙笙？"林雾叫她，魏之笙的这个反应不对，他紧张起来，"我
和你开玩笑的，昨天什么事儿都没有。你怎么了？笙笙？阿笙？"

一连串的叫声，让魏之笙回了神，她迷茫的眼睛对上了林雾的眼睛，
她歪了下头问："你刚说什么？"

林雾抱了她一下说："没什么，吃早饭吧，我让他们送到房间里来。"

魏之笙笑了一下，她的脸色苍白。六年了，是不是重新轮回了呢？

她怕光，记性变差，会不会有一天再一次忘记了这一切，忘记了林雾？

魏之笙突然从背后抱住了要起身的林雾，脸贴在他的背上。她在心里默念着：2018年11月1日，我爱林雾。

"怎么了？"林雾轻轻地拍了下她的手臂。

"不想起。"她借口说。

"那你再躺一会儿。"

林雾起身去了卫生间，不一会儿传来了水声。

魏之笙的背包放在沙发上，她蹑手蹑脚下床，拿出了自己的日记本，她还是保留着这个习惯，和林雾在一起之后的点点滴滴都记录在上面。

苏萨克氏症候群是一种很难解释的病，她也不知道自己当时是怎么好起来的，医生也没有说会不会再发病，她只能期望一切都朝着好的方向发展。她在本子的扉页上写下：如果有一天我忘记了一切，要记得我深爱着林雾，要相信他所说的每一句话，要重新爱上他。

洗手间的水声停止了，魏之笙把本子藏在箱子的暗格里锁好，又重新躺回了床上。

林雾拿了两条温热的毛巾出来，掀开凌乱的被子一角，找到藏在里面装睡的魏之笙，一条毛巾擦了脸，一条毛巾擦手，然后要给她擦身上的时候，魏之笙睁开眼睛说："不用了，我吃完饭去洗澡。"

她抬手摸了摸林雾的下巴，突发奇想："我帮你刮胡子吧。"

"你会？"

"不会，练练手。"

"你倒是坦诚。"

魏之笙穿上了睡袍，拉着林雾去卫生间，按着他坐下，在他的下巴上涂满了泡沫，然后拿着刀片在他脸上来回比画，寻找角度和方向。有好几次都差点从他动脉划过，林雾无奈地笑了笑问她："你累不累，要不要坐下？"

"坐哪儿？"魏之笙弯着腰是有点累。

"坐这儿。"林雾一把握住她手里的刀，一把拉住她，让她跨坐在了自己的腿上，她一阵脸红，林雾闭上眼睛说，"你可以开始了。"

这一副大义凛然的样子，对魏之笙是极大的鼓舞，她运用了平时修眉毛的手法，在林雾的下巴上游刃有余地刮起来。刮完了一遍，擦去脸上的泡沫，魏之笙沉默了一下。

林雾闭着眼睛问："好了吗？"

"马上就好了。"

她从洗漱台的盒子里翻出创可贴来，给林雾的下巴上贴好了，然后极为心虚地说："好了。"

林雾睁开眼睛，摸了一下自己的下巴，若有所思。

"你相信我，这绝对是你脸上最后一个口子。"

林雾叹了口气："反正以后都由你来替我刮胡子，这脸是你的，你看着办吧。"

到底是来出差的，魏之笙吃饱喝足后，给万主编发了个微信报平安和工作安排，她出了酒店才发觉，这家酒店如此豪华，她扬了扬下巴，有些骄傲地说："看见了吗，我们公司多豪气，公干都是这种标准的。"

林雾赶紧奉承道："是是是，我们单位出差都是住如家。"

雇佣的司机和私人导游带着他们陆续去了几个巴厘岛的景点，在金巴兰海滩看了日落，蓝梦岛环岛骑行，情人崖的海风格外舒服。去库塔冲浪的时候，好几个美女跑来和林雾搭讪，林雾礼貌拒绝，并且换上了他定制的写着"I have a wife"的衣服。

最后一天租了艘游艇出海去看海豚，凌晨四点多出发，魏之笙基本上是被林雾抱着上的船，然后睡了不知多久，被他推醒了，海豚在海面上跳跃着，一张张微笑的脸像天使。

魏之笙感到惊奇，她忍不住站起来往前走了几步，扶着栏杆，感受着海风。她一抬手，发现无名指上多了枚戒指。她扭头问林雾："这是什么？"

"婚戒。"

"刚刚在船上，我求婚，你不是答应了吗。"

魏之笙仔细回忆了一下，她那会儿困得不行了，林雾好像一直在跟自己说话，她为了不让林雾打扰她睡觉，随口答应了几句，难道那时候他是在求婚？魏之笙简直想打人了，还有这种操作？和林雾讲道理怕是讲不过他。她憋了一口气，反复看了看自己手上的这枚戒指，诡异的花纹盘绕，一颗鸽子蛋大小的钻石，怎么看怎么不和谐，她终于忍不住问："戒指这么丑，你哪儿买的啊？"

林雾："……"

"该不会是你自己做的？"魏之笙疑问道。

林雾张了张口，刚想回答说是，魏之笙就又自言自语道："肯定不是，你怎么可能是这个审美。"

林雾说："嗯，官网订的，他们可能发错货了，你如果不喜欢，我拿回去换。"

"算了，算了。婚戒哪有随便换的呀，不吉利。"魏之笙又仔细端详了一下这个戒指，依然很丑，但是下一秒她回过神来，怎么就莫名其妙答应求婚了呢？

从巴厘岛飞回来，魏之笙交了一篇很出色的专栏文章，整个人神清气爽，她手上那枚极丑的鸽子蛋引起了大家的关注。她来不及解释，就收到了一个巨大的快递。因为有上一次的经验，一般巨大的快递都是林雾送来的。她回忆了一下，最近没有随便给美妆博主点赞，林雾应该没有乱买东西。

那么这里面到底是什么呢？该不是林雾把自己给寄来了吧？怀着忐忑的心情，魏之笙拆开了快递，发现里面是一个个包装精美的巴厘岛特产。

"哇！这么客气！"同事们一拥而上，取了自己的那一份。

综艺部那边同样也收到了这份特产，纷纷向魏之笙表达了谢意。她粗心大意，完全没考虑到这个问题，倒是林雾表面看起来冷冰冰的，其实什么都帮她想好了。魏之笙给林雾发了一个么么哒的表情。

林雾回她：你这个么么哒可以亲自送过来。

魏之笙抱着手机傻笑起来，一颗心仿佛被泡在蜜里面。

下午选题会。

这是魏之笙调回杂志部后的第一个选题会，她格外重视，把手机静音了，开了整整一个下午，大家各抒己见，聊得热火朝天。等到会议结束，大家直接下班了。

看了一眼时间，还没到晚高峰，她直接打车回家，在附近的超市买了菜。林雾的父母来了那么久，她也没能好好招待，总得做顿饭吧。

魏之笙买好了菜，在路上下载了一个做菜的 APP，打算回家露一手。当她从电梯里出来，发现两家的门都是开着的，里面传来了一阵爽朗的笑声。她怎么听怎么耳熟，走到林雾家大门口，难以置信地开口道："爸爸？您怎么在这儿？"

那张中式沙发上，魏爸和林爸相谈甚欢，仿佛多年未见的知己好友。

听到魏之笙的声音，林雾从厨房里出来了，接过她手里的菜。

"是不是笙笙回来了？"厨房里传来了中气十足的女声。

魏之笙瞪大了眼睛，几秒钟后，她妈出现在了她面前。

"你们不是应该在澳大利亚吗？怎么回来也没告诉我？"

魏妈妈哼了一声："打你电话一下午，就是不接！本来想给你个惊喜，差点就无家可归了，多亏了林雾去机场接我们。"

魏之笙递过来一个询问的眼神，林雾解释道："你手机有设置转接来电，转到我这儿了。"

"我爸妈和你爸妈……"魏之笙难以言喻。

林雾比了个手势："相见恨晚。"

到底还是没能让魏之笙下厨，两家妈妈战斗了半个小时，一桌子菜就出了锅，样样色香味俱全。

笙小笙本来很黏魏之笙的，结果今天全程都在魏妈妈和魏爸爸的身边，它似乎还有以前的记忆，想起这曾经是最疼爱自己的主人。魏妈妈全程双目含泪，抱着笙小笙不撒手。她想起开门看见这只狗的那一刻，几乎泪崩了。她数落林雾："好啊你，我家的狗让你给偷了！"

林雾这才知道，当年魏之笙的父母在医院照顾她，他去撬门发现只有一只哈士奇，他以为它是被遗弃了，实际上魏家父母是拜托了钟点工定期来照顾的。结果他干脆带走了狗，而魏家父母回家发现狗丢了，还专门托人找寻了很久。

闹了这么个大乌龙，让林雾非常不好意思。幸好现在总算一家团聚了。

双方家长的第一次亲切友好会面，成功制订了几个方案。第一，订婚要抓紧；第二，结婚要趁早；第三，孩子我们轮着带。

速度快得让人始料未及，魏之笙甚至来不及提出一个疑问，就戴上了林妈妈给的林家祖传手镯。

晚饭过后，双方家长占据了林雾的这栋房子，魏之笙和林雾只好继续住在她的小公寓里。魏之笙这才从一连串的爆炸性消息里缓过来，问林雾："你做了什么？我爸妈可是很难缠的！"

林雾抱住了她，她不太高，小小的一只，抱着她却像是抱住了一整个世界。他要做这个世界上最爱她的人，除了他，谁都不可以喜欢她。他想把自己的一切都给她。他想跟她永远在一起，所以他近期一直有试着联系魏之笙的父母，解释当年的事情。他费尽了心思，向她的父母表达了自己的真心，取得他们的原谅。

　　他知道，魏之笙的身体不好，可能会有疾病复发的一天。他会努力研发一种记忆芯片，帮助这一类病人。如果在研发成功前，她忘记了自己，那么也没关系，他会让她每天睁开眼睛，第一个看见的人是自己，哪怕每一天都是刷新的，他也会让她在崭新的生命里，一次次重复与他相爱。

　　"魏之笙，我想跟你合法化。"

　　"真巧，我也是。"

番外
/ 天生一对

♥

魏之笙终于学会了开车，拿到了驾照。

为了庆祝这一伟大时刻，林雾给她买了一辆车，是他们有技术参与的智能超级汽车，可以自动驾驶。魏之笙本来觉得自动驾驶万事大吉，然而并没有想到，这车不会倒车入库！

这辆新车开出去第一次，车头就挂了彩。毕竟是第一辆坐骑，魏之笙心疼不已。修补好以后，她再也不开车了，照旧每天蹭车上下班。第三天林雾就发现了，魏之笙委屈巴巴说了缘由。

"我帮你停车，以后你到楼下了，打个电话给我。"

"真的？"

"你不相信我的技术？"

"相信相信！"

这个难题总算是解决了，林雾每天乐此不疲地帮魏之笙停车。魏之笙必须要开车的时候，他就让高助理开一辆车在后面跟着，他帮魏之笙停完车再走。

一来二去，高助理要崩溃了。他强忍着内心想骂人的冲动说："Boss，咱们这个车，不是有自动泊车功能吗，再不济也还有远程协助功能，您干吗天天人工来停车啊？"

林雾坐在后排，按下车窗和魏之笙道别，春心荡漾。可是当车窗关上之后，他就变了脸色，哼了一声说："你懂什么？要让她每时每刻都需要我，这样感情才能长久。"

高助理惊呆了。他感慨，Boss 果然是高才生啊，无论在哪个领域都是大师，套路真是深！

人工智能像是一张无形的网，将所有人关联了起来。当智能产品走入千家万户之后，为人们带来了无限的便利，却为林雾他们带来了无止境的加班。

他们最近的招聘大部分要求是声音甜美耐性好的客服人员，他们每天能够接到无数的咨询电话，某某产品怎么用……

客户买回去，不会用，第一反应不是给经销商打电话，而是想方设法要到了研发团队的联系方式。高助理从原来的小傲娇，见谁都哼一声，变成了开口闭口"亲好评哦"的淘宝体。

林雾则以考察市场为由，带着魏之笙满世界溜达，时不时和他们开一个 VR 视频会议，以此来视察研究院的工作。

研究院众人十分羡慕，什么时候能像 Boss 一样，带着老婆开世界巡回"出差"会。

林雾和魏之笙在大溪地考察，但是谁都知道，这个地方有什么好考察的，其实就是度假。两个人早就养成了早睡早起的习惯，夜里十一点就进入了梦乡，魏之笙的手机偏偏在这个时候响了。她迷迷糊糊起来，偷偷摸摸去客厅里接听。

是一通视频电话，杂志部打过来的，那边现在是下午五点多，还没有下班。魏之笙灌了一口冰水，让自己清醒了一点。

"万不得已给你打了电话，情感篇要开天窗了，口碑大神苏一姗竟然拖稿了！她最近养成了懒惰的习气，现在关机玩失踪！十万火急,笙笙,能不能救命！"刘希在那头哀求道。

能让刘希这位老编辑如此慌张，可见真的是没有办法了。

"你等一下，我开个电脑，邮箱里有一篇新人写的，我觉得还不错，文字很美，我发给你看看。"魏之笙把手机放在一边，开了电脑，给刘希发了过去。

"多……"刘希还没说出那个谢字，就从屏幕里看见了一张无比幽怨的脸，尽管他此刻睡眼蒙眬，毫无造型可言，但是仍然帅得没边了。

林雾坐到了魏之笙旁边，由于他还没有睡醒，所以眼睛是半眯着的，他将头靠在了魏之笙的肩膀上，嗅着她脖颈间的头发，带着些许鼻音说："你怎么醒了？"

"有点工作要处理。"魏之笙觉得痒痒的，他抱着自己腰的那双手有点不老实。

林雾哦了一声，带了点委屈。

魏之笙抓住他的手问："你怎么也醒了？"

"没有你我睡不着,工作处理完了吗?"林雾前半句是对魏之笙说的,后半句则是对手机视频那头的刘希说的。

刘希对此人存有不好惹的印象,于是赶紧说:"完了!完了!"

林雾笑了笑,对刘希的识时务表示赞许。

刘希赶紧挂断了视频通话,拍了拍胸口,林先生的笑真可怕啊!

"你喝水吗?"魏之笙问。

林雾点了点头,魏之笙拿过自己的杯子,喂了他一口。

林雾舔了一下嘴唇说:"还要。"

"少喝点,晚上喝这么多水,对肾不好。"她最近看了不少养生的文章,于是也开始教育他了。

林雾闻言睁开了一直眯着的眼睛,似笑非笑地看向魏之笙:"你应该是有什么误解。"

"没有啊,书上是这么说的。夜间喝水增加肾脏的负担。"

"我说的不是这个,而是⋯⋯"林雾看了看她,突然将她抱了起来,快步走向了卧室,接着说,"我的肾很好。"

为了证明自己的肾很好,林雾每天都辛勤耕耘⋯⋯

双方父母都很满意这两个孩子的表现,特别是林家父母感慨找了个好女婿,女婿能放下忙碌的工作多陪魏之笙。林家父母一直将魏之笙当成掌上明珠,呵护备至。

可是当他们结婚一年多以后,还是没能孕育出下一代,双方父母着急了。尤其是林家父母,悄悄问过林雾好几次,他是不是有什么问题。

　　林雾："……"

　　林妈："你二舅认识一个老中医，很厉害。有空你陪我去一趟？"

　　林雾笑了："我不想要弟弟或者妹妹了。"

　　"你这死孩子！"林妈作势就要打他，但到底是雷声大雨点小，抬起的手又轻轻放下了。

　　又过了两年，林雾和魏之笙的孩子总算出生了，是个女儿。由于是千呼万唤才来的这个孩子，所以干脆就叫林盼盼。

　　林盼盼在四个老人的宠爱下，上房揭瓦，无法无天。

　　当林盼盼长到三岁以后，林雾就开始研究一门课程——《如何防止自己的孩子变成熊孩子》。奈何每当他想教育女儿的时候，女儿都表现得异常懂事乖巧，简直是个戏精，人前和爹前是两副面孔。

　　就在林雾觉得自己可能搞不定女儿的时候，小弟弟出生了。林盼盼当了姐姐，从此变了个人似的，完全成了懂事乖巧的代言人，寸步不离地守着弟弟，总想着给弟弟喂奶换尿布。林雾松了一口气，对魏之笙表达了万分的感谢，感谢她带来了这么可爱的儿子，治好了他心肝宝贝女儿的多动症……

—全文完—